Kadokawa Fantastic Novels

Contents

序章　大叔拿槍四處掃射

成群的殭屍突然襲向路那．沙克城。

為了調查發生在索利斯提亞魔法王國內的怪異死亡事件，潛入梅提斯聖法神國的傑羅斯和亞特被捲入了這場戰鬥之中。

起初他們是在一旁觀察勇者和聖騎士團的奮戰，然而戰況處於劣勢。會讓受害者化為新的伙伴，無止境增加的殭屍群讓這兩人產生了危機意識。於是兩人依據現場的情況，決定戴上面具遮住臉，使用武力介入戰局。

跟勇者「八坂學」也沒說上幾句話，傑羅斯便自己跳入有大量殭屍蠢動著的防壁下方。在墜落的短暫過程中，他把溫徹斯特M73步槍的槍機往下拉，裝填下一發子彈。而且還順便以不經詠唱的方式附加了魔法在子彈上，朝著群聚在正下方的殭屍開了槍。

子彈貫穿了殭屍的頭部，在擊中地面的同時展開並發動魔法陣。伴隨巨響產生出的衝擊波打飛了好幾隻在附近的殭屍。

傑羅斯和亞特降落在漂亮地成功確保的著地地點上。

「喔～意外的飛得很遠耶。他們是比外表看起來還要輕嗎？」

「你居然突然在這種地方使用『壞滅氣流』喔。你還是老樣子，一出手就很誇張耶～……」

亞特邊拿著Ｍ４卡賓槍開槍射擊，邊傻眼的說道。

在他們對話的期間，威力經過強化的子彈一發便粉碎了好幾隻殭屍，殘骸散落在周遭。

原本一般Ｍ４卡賓槍的裝彈數是20發，不過這把槍因為是魔導槍，子彈不需要加裝彈殼，所以可以裝入約50發的子彈。

大叔徹底依照自己的嗜好製作的魔導槍，發射的原理是利用他加裝在膛室內部，刻有魔導術式的刻印來引爆，並靠引爆的火力來射出子彈。所以擊出子彈的同時，會從原本排出彈殼的地方排出多餘的魔力和熱能。

由於構造本身比現存的槍枝還要簡略，他有利用強化魔法來提昇槍枝本體的強度。

而傑羅斯他們自身過高的魔力化為了需要另尋他處消耗的多餘魔力，連結上了設置在槍枝本體上的強化強度的魔法術式，發揮出與附加魔法同樣的現象，加強了子彈射出時的威力。

這是傑羅斯這個製作者本人也沒料到的結果，他也不太了解事情為什麼會變成這樣。

如果是一般人，應該在確認魔導槍是否出了任何問題之前都不敢乾脆地拿出來用吧，然而身為製造者傑羅斯反而看開了，抱著「哎呀，反正都做成這樣了，無所謂吧」的心態，可見他的思考邏輯有多不正常。他說不定還單純的因為威力提昇了而感到高興呢。

「喂，傑羅斯先生。子彈本身的威力是高得誇張啦，可是附加魔法上去之後，魔法本身的威力果然還是會下降耶。」

「是啊～我想應該有什麼原因啦，不過也沒空去查清楚，就這樣猛攻下去吧。」

「這樣真的沒問題嗎？」

「別擔心，沒問題。只要在誤射前打倒敵人就好了啦～♪」

在大叔說著聽來有些危險的玩笑話時，殭屍也感應到了傑羅斯他們的魔力，成群襲來。

兩人用手上拿著的槍揍飛殭屍，或是用拳腳粉碎殭屍，再在極近距離下射出子彈。

位於彈道上的殭屍們不是身體被開出了一個大洞，就是手臂或側腹被打穿，伏倒在地。然而這些殭屍仍想襲擊人類，趴在地上往這邊爬了過來。

殭屍們異樣的姿態，就連作弊級的這兩個人都覺得可怕。

「嗯～……這些傢伙好像就是有會往人多的方向聚集過去的傾向呢。雖然過來的傢伙不多是比較輕鬆啦，可是能打倒的數量比想像中的更少，所以只能從外側慢慢減少他們的數量了……好，也來試著用用這玩意兒吧！」

大叔手上拿著的是莫斯伯格Ｍ５００。

利用泵動式槍機填彈之後，附加上將威力抑制在最底限的「爆破」，朝著成群迫近的殭屍們大開殺戒。

這把散彈槍裡裝的子彈類似地球上使用的散彈，不過是內含祕銀的特殊子彈，可以輕易地附加魔法上去。

然而要是上面附加的是廣範圍魔法會怎麼樣呢？

——轟轟轟轟轟轟轟轟轟轟轟轟轟轟轟轟轟轟轟轟！

答案是化為相當於在極近距離下進行的地毯式轟炸般的連續爆炸。

散彈槍的子彈是在彈殼裡面塞滿了小小的特殊彈。這些特殊彈上全都附加了「爆破」的效果，經過槍管擴散出去。

散彈槍的射程很短。要是在極近距離下連續引發這種爆炸，這些連續小爆炸造成的餘波當然也會波及到槍手本人。

就算單一顆散彈的威力不大，數量一多，還是有相當於炸藥連鎖爆炸的規模。

「好燙！燙燙燙燙……」

「你為什麼要在散彈上附加爆破啊！我還以為我要死了！」

儘管威力不高，廣範圍魔法仍是在短距離射程內連續爆發出來，可不是一句「好燙」就能帶過的事。依然具有光是爆炸產生的衝擊波就足以造成死傷的威力。

不對，正常來說在這種情況下根本不可能存活下來，大叔他們卻承受得了這樣的威力，不得不說他們已經嚴重脫離人類的範疇了。

「反正能一舉清光這些小嘍囉，沒什麼不好的吧。」

「我之前就說過，要你出手前先跟我打聲招呼了。而且根本沒什麼用啊！」

「哎呀～畢竟這些殭屍的數量多到不行嘛～再說爆破當成附加魔法來使用，威力也會減半，可以一口氣驅除他們的話，本來就該毫不猶豫的下手吧？」

「可是我也遭到波及了耶！」

「沒死就好了吧。我們要以救人為優先啊。」

「你啊……是不是用『既然這傢伙跟我同等級，那就算波及到他也無所謂吧？』的態度來看待我的啊？你不會是想說『反正這點程度也弄不死他』，就乾脆地動手了吧？」

「…………」

「就算是騙我的也好，拜託你否認一下啊！」

大叔是個過分的傢伙。

「不過只要對這些殭屍造成一定程度的損傷，他們的再生能力好像就不會運作了。是跟什麼魔力方面的東西有關聯嗎？與其說是再生，不如說是修復……真搞不懂這些殭屍。」

「居然轉移話題……都打成這樣了，他們還能保有那個誇張的再生能力的話，那我們也沒轍了吧。趕快處理完這些傢伙，去吃飯吧。」

「也是……我們大開殺戒到一定程度之後，就把後續的處理工作推給勇者們吧。畢竟光想就很麻煩。」

「你還真過分……」

兩人四處奔跑的同時也換上了新的彈匣，對話途中也沒忘了要開槍。

這時候已經有三分之一的殭屍被他們除掉了。就算是有殭屍從背後襲來，他們也沒有回頭，把槍身靠在肩上便往後一槍貫穿了敵人。兩人手腳俐落地一一擊退就連聖騎士和衛兵集結起來奮戰也打不倒的怪物大軍。

僅憑兩人之力就徹底顛覆了本來處在危急狀況下的戰局，這兩人的存在實在是太破壞平衡了。而且他們甚至能輕鬆躲開殭屍們超越人體極限的強力攻擊，打到現在身上連個擦傷都沒有。

或許是覺得莫斯伯格不適合用在團體戰上吧，傑羅斯一邊躲開殭屍的攻擊，一邊把克拉克17手槍丟給亞特，自己也同時改拿起小型手槍。

「Ha～hahaha！Come on、Come on！你們這些臭殭屍！大叔我的沙漠之鷹和托卡列夫要狂噴子彈啦！」

傑羅斯的衝勁絲毫不減。

大叔輕鬆地跳過成群的殭屍頭上，不知何時變成了手上拿著雙槍的架式，手臂左右交叉著在殭屍群中央著地。在極近距離下扣下沙漠之鷹和托卡列夫的扳機。

一腳踹開伸手打算抓住他的殭屍，用手槍的握把毆打其頭部，再用宛如在跳舞般的流暢動作將金屬子彈射進敵人體內。

「傑羅斯先生你為什麼打得這麼起勁啊？」

「咕喔啊啊啊啊啊！」

「少來礙事！」

亞特用昨天拿到的魔導槍ＺＢ26把襲來的殭屍擊倒在地。每當他隨意地使出一記劈砍，就會有好幾隻殭屍被打飛到空中。

他趁隙重新拿好ＺＢ26，附加上範圍魔法「火炎爆破」。

然後一口氣掃射。

——噠噠噠噠噠噠噠噠噠噠噠噠噠噠噠噠噠噠噠！

——Ｄｏｄｏｄｏｄｏｄｏｄｏｄｏｄｏ！

子彈隨著掃射聲飛射而出，發動了附加的魔法。

周遭的殭屍被爆炎給吞沒。

其他殭屍們則由於爆破的衝擊而無法接近他們。

硬是想辦法靠近的殭屍也火葬在火系魔法那壓倒性的強大威力之下。

「喔啊啊啊啊啊啊！」

這時在防衛戰中犧牲並變成了殭屍的騎士怒吼揮劍，猛然逼近亞特。

然而亞特輕鬆的側身躲過，將ＺＢ26扛在左肩上，右手拿起克拉克17，把槍口對準了殭屍騎士。

「……到地獄再會吧，Ｂａｂｙ。」

——咚！

一發子彈打爆了殭屍。

這兩人完全醉了。醉於槍械的觸感。

陶醉於射出子彈的感受，沉醉於除掉敵人的快樂。

射擊的快感……兩人已經陷入了如痴如醉的瘋狂狀態了。

聖騎士和衛兵們阻止不了他們，就連勇者都無法阻止他們。

瘋狂的作弊二人組不會讓任何人來阻止他們。
他們也絲毫沒有要收手的意思。

第一話　勇者學不禁戰慄

目睹擁有超作弊級能力的兩人戰鬥（也可以說是單方面的施暴）的樣子，參與防衛戰的眾多戰士們全都啞口無言。

『那威力是怎樣啊！根本不是槍該有的威力吧，根本就是毀滅性兵器了啊！魔導士超強的，太強了吧！那些神官幹嘛要和這種人為敵啊？贏不了啦，我們絕對贏不了手上有這種武器的國家啦！我們會被幹掉啦，他們可以輕鬆幹掉一個軍團規模的戰力耶！根本不用三兩下就能幹掉我們了！神的權威？勇者是絕對正義的使者？那什麼鬼話，能當飯吃嗎？面對這種壓倒性的強大火力，勇者的存在根本就毫無意義嘛！天底下還需要什麼勇者啊！』

今天，勇者「八坂學」體認到了自己的存在毫無意義也不具任何價值的事實。

勇者的成長速度確實很快，是很強的戰力，不過和眼前這兩個不斷擴大戰局，可能是轉生者的人相比，感覺也不算什麼。

雙方的戰鬥力有著大到無法顛覆的差距。落差實在太大了。

襲來的殭屍單一個體的戰鬥力雖然不高，然而大批湧入的話，就算是勇者也防不住。若是拋下一切，勇者是有辦法單獨逃離這裡，可是相對的得犧牲掉旗下的聖騎士們，結果反而增加了殭屍的戰力。

相較之下，那兩個人個人的戰鬥力高得異常，甚至可以游刃有餘地靠著槍戰格鬥技除掉成群襲來的殭屍。而且手上握有槍這種武器，根本沒辦法應付。

殭屍和可能是轉生者的人物，要問這兩者相比那一方比較具有威脅性的話，學會回答後者吧。

『明明就有那種程度的戰鬥力，為什麼到現在還沒有出名啊？一般來說不是會喜孜孜的想著「老子最強啦！」為所欲為才對嗎？』

勇者們在剛被召喚來的時候，除了一小部分有常識的人之外，這些愛作夢的少年少女們都因為異世界真的存在而開心得不得了。

這種傾向最嚴重的就是大家口中謠傳的不良少年「岩田定滿」，以及平常就不認真念書，甚至還會蹺課的「笹木大地」。他們得到了特殊的力量後便得意忘形了。

相對的，轉生者除了少部分的怪人之外，根本沒有半點名氣。

他們是在由岩田擔任指揮官，侵攻獸人族居住區域的「魯達．伊魯路戰役」才確認到轉生者的存在。報告中有提及轉生者使用了廣範圍殲滅魔法，不過要是轉生者單憑一個人就能對付一個軍團，那與之為敵的現況簡直令人絕望。根本沒有任何能夠獲勝的要素。

更何況這兩人此刻在學眼前使用的槍械，正好完美的證明了學所擔憂的預測為真。

『我害怕發生的事情成為現實了……那兩個人肯定和索利斯提亞魔法王國有關聯。畢竟其他國家不可能做出擁有那種威力的武器，搞不好他們還參與了開發工作。這可不是開玩笑的……梅提斯聖法神國根本就完蛋了嘛。』

比起來源不明的成群殭屍，現代兵器更令學感到恐懼。

聖騎士們手上雖然有火繩槍，但也就是單發式槍械而已。面對使用高性能且可以連射的重型兵器進行大規模攻擊的戰鬥部隊時，他們根本無能為力。

對方只要靠著武器的性能差距，就能輕易地顛覆他們原有的人數優勢。

事先準備好穿甲彈就能輕鬆打穿騎士的鎧甲，手拿長槍突擊的騎兵隊正是絕佳的標靶。而且攻擊還加上了魔法帶來的附加效果，所以能發揮出等同於現代兵器的火力。

原本接近中世紀文明水平的這個世界，一下子進展到了現代。這個事實令學的背脊發涼，不過他並不知道，傑羅斯他們所使用的槍械只是基於個人興趣才製造出來的。

就算知道，他也會頭痛的想著「為什麼要做出這種危險的玩意兒」吧。

而神祕二人組無從得知學的心境，仍在底下大肆活躍著。

有如喊著「髒東西就是該消毒啦～！」的單方面屠殺秀。

不管是對襲擊方還是守城方來說，這兩人都像是颱風。

外表看起來像魔導士，卻輕鬆愉快的打倒了讓騎士們陷入苦戰的殭屍群。

而在另一邊，負責防衛的戰士們再怎麼不情願，也理解到自己根本無法應付這樣的對手。

就算想否認也辦不到。

現在所看見的景象，在他們心中劃下了從未體驗過的未知恐懼。

「這、這是戰鬥嗎……？」

「只有敵人被一舉剷除……無論是名譽還是尊嚴……這力量都能把那些玩意兒當成垃圾，吹到九霄雲外去……」

「這根本就是單方面的虐殺吧！」

「雖然敵人是殭屍……」

「壓倒性的強啊。」

「要是那個武器朝著我們……」

「這、這根本不是戰鬥……只是屠殺啊！我不接受！我無法接受這種事！」

『唉，說得沒錯。光是開一槍就能打飛好幾隻殭屍了。如果那兩個人是敵人，我們只會像那些殭屍一樣被打得四分五裂吧。』

聽了終於開口發言的聖騎士們的評論，學也半是死心地這麼想。

他們所知的槍只有火繩槍，威力沒那麼強。想要有效利用就得準備一定數量的槍枝，就算努力湊到了足夠的數量，也無法保證能得到期望中的戰果。

畢竟火繩槍的射程距離很短，每次射擊後都要手動填彈，也有會受天候影響的弱點在。

儘管在武器分類上，火繩槍和傑羅斯他們所用的魔導槍都屬於槍械，可是魔導槍的威力與方便性所能造就的犧牲者人數遠不是火繩槍所能比擬的。

『不過不管話說得再好聽，火繩槍都是用來殺人的工具。對方只是有比我們性能更好的武器。要在這點上討論是非根本沒有意義。』

騎士是守護國家的劍，同時也是盾。

一對一對決是戰場上的亮點，騎兵隊是最受矚目的職業。身穿厚重鎧甲的重裝槍騎士甚至能帶給人安心信賴的感覺。正因為騎士背負著國家的威信與正義，懷抱信念，賭上性命奔向嚴苛的戰場，為了守護國家主動投身於危險之中，展現自己驍勇善戰的一面，所以民眾才會如此憧憬騎士。

他們就是因為凝聚了民眾的期待與責任於一身，才會受到信賴。

此外在國力上，整齊劃一地排排站好的騎士們非常壯觀，騎士也多少會因為自己身為其中一員而有些優越感。

像梅提斯聖法神國這種大國的騎士們，不僅能靠著壓倒性的強大兵力和軍事力擊潰敵軍，還能掛著奉國家之命行事這個免死金牌，做出可說是暴行的行為，甚至從中得到快感。

然而槍這個武器徹底打碎了他們的常識，展現出能將他們至今所相信的事物破壞殆盡的威力。

對方以強大力量葬送他們難以應付的敵人，讓他們見識到了驚人的破壞力。意識到自己將從摧毀其他事物的那一方，化為遭人毀滅的那一方。說穿了這世界的法則就是弱肉強食。這些無情又冷酷的現實就擺在他們的面前。

至今自己作為勝者所做出的暴行掠過腦海中，換成了自己化為敗者的身影。

過往沉醉的榮光是虛無縹緲的幻想，目睹光靠一把武器便改變了結果的戰場，因恐懼湧上一股反胃感，騎士們的心全都染上了絕望的色彩。

『對手不如自己這種事情，根本就是幻想啊。光靠一個勇者就能扭轉戰局的話，聖法神國早就統一世界了。他們會製造出那種武器，就是因為我方的軍力威脅性太高，導致他們有必要以寡敵眾。這個國家把周遭的小國逼得太緊了……』

學想得太多了。

傑羅斯的魔導槍確實很有威脅性，但就如同前面所說的，這不過是他個人製作的玩具。

就算這玩意兒的威力再誇張，想讓宗教國家見識一下魔法結合技術的實用性，能做出這種規格外武器的人也很有限。

仔細想想就知道這武器不適合量產了，不過學對魔法這門學問的了解不多，是以自己所知的奇幻小說為基準來推想的，所以高估了索利斯提亞魔法王國現有的技術力。

順帶一提，學已經完全認定傑羅斯他們是索利斯提亞魔法王國的人了。

傷腦筋的是，以狀況證據來看，沒有任何要素能夠否定學的想法，相對的，眼前反覆上演的殘忍景象，反而像是在佐證他的想法。

「那是魔法……？那些傢伙該不會是索利斯提亞的……」

「這就不知道了。不過能做出那種武器的，除了那個國家……」

「這個國家也做不出那種武器嗎？」

「魔導知識在我國是違法的。不可能製作那種東西……」

「那是惡魔的力量……」

『是文明的力量啦。你們會向對手展現自己的威脅性，卻絕對不肯承認對手對己方而言很有威脅性的事實。事情會發展成這樣也是必然的。』

正因為學一直隱藏本性，配合旁人的角度來看事物，所以他很清楚。

梅提斯聖法神國太傲慢了。

就是因為有需求，才會發展出更有效率的技術。

時間不斷在流逝，所以世界總是持續在變化著。

不去正視這些事情，總有一天會走上毀滅之路。

索利斯提亞魔法王國是魔導士之國。也可說是學問之國。

由於勤奮學習，才會致力於技術發展，重視人民的生活，不會隨便引發戰爭。

行事原則非常合理，不會光憑感情或是信仰來判斷事物。

四神的確存在，可是誰能保證四神一定是站在人類這一邊的。

說穿了，不是人類的存在，思考方式當然不可能會跟人類一樣。

學雖然不太把這些事情說出口，不過他也是用冷漠的態度來看待這件事的。

「這下……怎麼想都沒戲唱了吧。真不想和索利斯提亞魔法王國交手啊。絕對會輸……」

「您身為勇者，想法還真是消極呢。」

「莉娜莉小姐，妳是什麼時候來的？」

「剛剛，因為治療傷患的工作告一段落了。所以說那兩位是什麼人？」

「天曉得？大概是轉生者吧。我想應該是索利斯提亞的幫手。」

「那麼，要是能抓到那兩人的話……」

「不可能，那個啊～連我都打不贏喔。對方太強了，光想就知道我們會全軍覆沒。」

從傑羅斯他們開打時，學就把整個戰鬥過程都看在眼裡。

令人驚愕的體能，威力強大的魔法。以及連構造都想不透，超乎常理的武器。

再加上擁有道具箱這個和勇者一樣的特有技能，可以根據用途來變更使用的武器。這兩個性質惡劣的單人軍隊現在也還在誇張的大開殺戒。

最重要的問題是他們比勇者強太多了。

「就算所有勇者一起上也絕對贏不了他們，所以還是放著別管比較好。四神為什麼會放這種傢伙進來啊。」

「我不太相信您的說法。我不認為現實中有比勇者還要強的人。」

「實際上不就有嗎？他們正誇張的在大顯身手喔？」

學指了指城牆下的戰場。

戴著鬼面具，一身漆黑的魔導士用雙手拿著的手槍躲過殭屍的攻擊，側身避開，用槍柄擊倒殭屍，趁隙扣下扳機，把兩把手槍打橫，從正面一路連射子彈，藉此拉開距離。不管是近戰還是遠距離都毫無破綻。

另一位魔導士也是非比尋常。戴著白色且看不出情緒的面具，服裝雖然和漆黑魔導士得很像，但真要說起來，設計上比較注重是否方便活動。手槍這種小型槍先不論，他另一隻手上明明拿著大型槍，卻從未失去平衡，輕鬆的用單手使用著那把槍。這要比喻起來，就像是同時在用需要用雙手拿的大劍和小刀。這種事情就連勇者都學不來。

他與漆黑魔導士兩人背靠著背，反覆交換位置，他用輕巧得像是特技表演的動作開槍射擊從死角逼近的殭屍，順著漆黑魔導士的動作行動。

簡直就像在看動畫片。

宛如戰場上的死亡之舞。

一旦靠近就會不由分說地被華麗又猛烈的體術給擊倒，離遠一點也會被無情的子彈或魔法攻擊給驅逐，若在攻擊範圍之外，他們也會改拿別的槍來做遠程狙擊。

兩人不斷變換，令人看得眼花撩亂的激烈動作，快到就算有勇者的眼力，也只能勉強跟上而已。

『…………他們根本是怪物。』

不只是學，所有人最後都產生了一樣的感想。

在激烈的動作中，漆黑魔導士把手伸進道具箱裡，又拿出了兩把危險的槍，將其中一把丟給了深紅的魔導士。

這雖然是值得驚嘆的迅速動作，可是學在看到兩人換上的槍後更是戰慄不已。

——咚咚咚咚咚咚咚咚咚咚咚咚咚咚咚咚咚咚咚！

——噠噠噠噠噠噠噠噠噠噠噠噠噠噠噠噠噠噠噠噠！

響徹周遭的重低音旋轉聲，以及每秒射出幾百發的子彈。

「對付殭屍果然還是這個最有效吧！」

「迷你砲……我是有猜說你搞不好有做，但你居然真的做了喔。就算是個人嗜好也該有個限度吧！」

「看啊～殭屍們就像垃圾一樣！」

「以某方面來說確實是垃圾就是了。這個要處理起來還比較辛苦呢……要是放著不管可能會爆發瘟疫。」

「那種事情跟我們無關啦。善後是他們的工作吧♪」

大叔拿著也可稱為小型格林機槍，俗稱迷你砲的M134機槍盡情的掃射，把自己當成了某個遊戲的主角。

無奈的亞特也拿起了M60通用機槍掃射，掃蕩殭屍。

殭屍的數量已經減少到幾乎是原本的一半以下了。

祭司莉娜莉目瞪口呆地看著眼前的景象。

「……妳覺得打得贏嗎？他們三兩下就輕鬆解決了就算是我們出手，也很難纏的殭屍喔……」

「……非常抱歉。我了解這是不智之舉了。這兩人不是騎士能夠應付的對手。」

「那些傢伙可以揮舞著那種感覺就很沉重的武器，用駭人的速度行動喔？就連我們這些勇者也跟小嘍囉沒兩樣。我根本不想和他們扯上關係。」

「可是以國家的立場來說，不能這樣……」

「拜託你們別把麻煩事都推給勇者處理啦。外交是上層人士的工作吧……妳還記得我以前說過的事嗎？」

「呃，您是指索利斯提亞是技術大國的事嗎？」

「沒錯，看來已經太遲了。他們已經造出了凶殘的武器，我方的優勢蕩然無存。拿來當成王牌的火繩槍也跟玩具沒兩樣，沒轍啦～」

看到對方瞬間解決掉殭屍的景象，莉娜莉怕得渾身發抖。

就算不想，她還是會下意識地將倒下的殭屍替換成騎士們的身影，想像著有無數屍骸散落在地的悽慘戰場。那景象簡直就是地獄。

她親眼目睹了武器從刀劍轉為槍砲時代的瞬間，甚至看見了這個轉變將會帶來的結果。她因為過於強烈的恐懼而用雙手緊抱著自己的身體顫抖著。

「他、他們為什麼會做出那種恐怖的武器……」

「那是小國面對大國的威脅絞盡腦汁，因應需求而誕生出的技術。梅提斯聖法神國也是促使他們造出那種武器的原因之一喔。」

「怎麼會……這種事情……」

「我建議妳還是不要認為己方所做的事一定是對的啦。因為單方面的強迫對方接受自己的正義會引起反彈，反而有可能會創造出難纏的敵人。」

「如同學大人所說的，我們已經走投無路了呢……」

也不能怪信奉四神教的莉娜莉會覺得使用槍這種武器的人是惡魔。

她原本以為學說過的事情不會超過她模糊的想像範圍，然而實際目睹這景象後，才意識到這不是光用驚異兩個字就能帶過的事。

就因為多少知道火繩槍，她能理解效率更好的武器不是我方所能應付的東西。這對宗教國家來說就像是惡夢。

戰場將會化為無情、殘酷、冷血、狂暴、凶狠、殘虐的地獄，完全沒有讓對神的信仰介入的餘地。神的權威或騎士道精神那些東西根本沒有價值。

沒有尊嚴與榮耀這些漂亮的玩意兒，只有死這個確定的無情現實。

簡直像是在說世界就是如此的殘酷，嘲笑英雄達成的偉業，或是抱持信念的猛者創下的功績毫無價值。

　　而且做出這件事的還是人類。

　　實在是太悽慘又殘酷了。

「這就是……地獄……這就是絕望……」

「連一絲希望都沒有的景象呢。這絕望的光景，就是梅提斯聖法神國過去的所作所為。被殺害的人們一定就是體會著這樣的心情死去的吧。」

「我們才沒有做這麼殘忍的事！」

「那是因為你們是大國——是獲勝的一方才能這麼說啊。你們在歷史上到底毀滅了多少小國家？你們不是會將那裡的居民視為棄教者，他們不是遭到惡劣對待，就是當成奴隸，或是無情的被殺害嗎？劍和槍都是殺人的工具啊。做的事情根本沒變。」

　　在這個社會上，是不可能用正義或邪惡來判斷事情的。

　　國家之間的對立、宗教觀或思想的不同、政治考量、領袖的野心，有各式各樣的因素存在，並錯綜複雜地牽扯在一起。每當有衝突時便會引發戰爭。

　　光是有不成熟的文明加上愚昧的政治人物，就很容易爆發國家之間的戰爭。

「我是不知道那兩個人是基於什麼理由出面幫忙撲滅殭屍的啦，不過既然對方都展現出這等壓倒性的實力差距了，還是別對他們表現出敵意比較好。就算對方是好意幫忙，在場所有人還是感受到恐懼了吧？麻煩妳幫我傳令下去，希望大家別做出什麼傻事。」

「我、我知道了……」

遵從神的教誨執行正義的榮耀以及身為守護者的驕傲，在強大的火力面前只是無意義的幻想，光是看了一次攻擊，他們的自信和尊嚴便消失無蹤了。

見識到了眼前的殲滅戰有多殘忍後，沒有人會想和那兩人交戰吧。

眾人都不禁陷入猜疑，擔心那能夠單方面地摧殘並毀滅敵人的力量，哪天攻擊的對象會變成自己。

他們不知道面對那份可以輕易驅除他們應付不來的殭屍的強大力量時，自己該如何對應。唯一知道的只有和對方交戰絕對會死的事實。

聖騎士們或許是把自己的身影和散落在地的殭屍殘骸重疊了吧，表情都非常陰鬱。

在這段時間內，殭屍大軍來襲造成的威脅已經逐漸穩定下來了。

「好了，我也想子彈也差不多用完了，接下來就走回奇幻世界的基本路線吧。」

「不是吧，傑羅斯先生。我這邊的子彈還有剩耶？」

「剩下這些數量，用劍就足以應付了吧。可是……殭屍裡面連小孩子都有，這還真是讓人不好下手啊～」

「從殭屍身上冒出的黑色霧氣雖然馬上就消失了，但還是沒能查明原因……」

「只能確定不是死靈吶。嗯～……完全搞不懂，有這種魔物嗎？我雖然認為他們是被死靈操控了，可是裡頭也沒幾個普通的殭屍呢～這兩種的差別到底在哪裡啊？」

「至少我的記憶裡是沒有喔？」

「我也沒有呢～既然不存在於『Sword and Sorcery』裡，應該視為是新品種吧？如果是這樣……感覺事情會變得很麻煩啊。」

普通的殭屍要是被魔力彈擊中，依附在上面的魂魄或靈體那類的東西就會消失，停止活動。

可是這些推測是由於黑霧才動起來的殭屍，就算四肢被打飛，在一定時間內還是能繼續活動，所以兩人認為至少不是靈體那類的玩意兒使他們動起來的。

「該不會是血液吧。我以前看過的漫畫裡有那種會在血液裡面下詛咒，再藉此操控對方的類型喔？」

「血液……不，應該不會吧……」

「傑羅斯先生，你注意到什麼了嗎？」

「要是……我這只是假設喔？要是血液本身就是魔物的情況會怎樣？」

「你是指只有細胞大小的魔物？類似細菌那種……」

「這種魔物應該會潛伏在感染者的體內，藉此維持自己的存在吧？因為暴露在外界魔力就會擴散出去，所以才會操控屍體，為獲得其他生物的魔力而襲擊生物。」

「也就是說沒有魔力就無法存活下去嗎。因為本來就是屍體了，就算多少能夠修復損傷，但遭到徹底粉碎的話就無法修復。由於光是存在就會持續地消耗掉魔力，所以才會不斷移動，尋求獵物嗎……這樣聽起來跟病毒沒兩樣嘛……這果然是生化危機吧！」

「哎呀，不管是怎樣，我們要做的事情都一樣就是了。」

兩人將魔導槍收入道具欄中，拔出腰上的劍。

傑羅斯是雙手各拿著一把短劍的二刀流，亞特則是拿起刀身彎曲的大型彎刀，朝著群聚在城門前的殭屍們衝了過去。

「那麼就來收尾吧！」

「我同意。肚子也餓了，趕快吃過午飯打道回府吧！」

他們以剩下那些沒受傷的殭屍為目標，展開了最後的殲滅戰。

兩人突然加速，硬是闖入了聚集在城門前的殭屍群中。

瞬間，過去曾是人類的物體殘骸如爆炸般地飛散開來。

『好、好快！視線根本追不上……啥？』

在一旁旁觀的學看到了更令人驚愕的景象。

兩個男人每次揮劍便會放出斬擊波，支解企圖破壞門板的殭屍。

如果這是槍的威力，那學還可以理解。他們所使用的槍結合了魔法技術，藉此發揮出超乎常理的火力。不難想像其威力。

然而現在兩人是拿劍在進行物理戰，體能卻不合理到了無法解釋的程度。

而且速度快得連學這個勇者都沒辦法用視線追上他們的動作。

『為、為什麼……可以用那種速度行動啊！就算用魔力強化身體，人類的身體也承受不了吧！不是，我們勇者雖然也很不合理，可是那兩個人更不合理啊！那個就算是「縮地」，也只能瞬間加速，沒辦法縮短那麼多距離！也就是說……他們是在毫無準備動作的情況下一口氣加速？這不可能！』

兩人開始突擊的瞬間，學頓時看丟了他們的身影。

再看見的時候，已經是沙塵高高揚起，群聚在門前的殭屍們四分五裂地被打飛出去的景象了。

也就是說他們在瞬間高速移動，靠著斬擊支解了群聚在門前的殭屍。

這種事情連勇者都辦不到。

「縮地」這個技能本來是看準了對手視線的破綻，瞬間踏入視覺死角展開攻勢，活用瞬間爆發力的步行技能才對。至少學聽到的情報是這樣。

雖然可以暫時加速，可是人類要以音速行動——不，就連其他動物都辦不到。就算能辦到，也應該會有魔力反應之類的預兆才對。

而且做出這種亂來的事情，全身的肌肉會斷裂，下半輩子再也無法離開床上。就算用魔力強化肌力，也是有極限的吧。

『光、光用斬擊……就讓殭屍炸裂開來了，這威力到底有多強啊！他們是哪來的美式漫畫英雄啊！』

一劍砍向殭屍後，連帶著產生的衝擊波使殭屍的身體徹底粉碎。

更可怕的是，城牆上會先出現斬擊造成的裂痕，再慢一拍的像是要挖去裂痕似地爆裂開來。

這表示就連斬擊的刃風都有著驚人的壓力與速度。

揮劍造成的過剩衝擊接連在城牆上留下爪痕。

光靠肉身就能使出這樣的攻擊，如實地展現了他們一個人就足以摧毀城塞都市的實力。

「這、這是怎樣啊——！」

「他們根本就不是人，是怪物！」

「那、那些傢伙……不是我們的敵人吧？如果是敵人……」

「我們絕對打不贏的……」

「那兩個傢伙是不是知道一些跟殭屍有關的情報啊？」

「這樣的話……得和他們談談才行，可是要是他們大鬧起來該怎麼辦啊？」

「沒、沒事……我們有勇者大人在啊。真有個萬一的時候，勇者大人會挺身而出的。」

『住手啦！不要對我有過度的期待，也不要把沉重的責任強加在我身上！我會死啦！像我這種貨色瞬間就會被幹掉了啦！』

學只因為身為勇者，便會被旁人強加一堆沒道理的期望和責任在他身上。

他都快哭了。

戰鬥開始後大約經過了三個小時，危險的殭屍大軍被預料外的第三者給鎮壓了。

大叔他們參戰的時間甚至不到三十分鐘。

第二話　大叔和學對話

殭屍悽慘的殘骸散落在路那．沙克的城門前。

被壓倒性的強大力量擊潰的殭屍，現在連一點曾經是人的原形都不剩了。

儘管同情犧牲者，但活著的人能做的也只有祈求他們的靈魂能夠得到救贖。

現在先不提這些事情，身為勇者的學有了新的工作。

沒錯，那就是去質詢除掉殭屍群的那兩個人。

『真討厭～……我不想去。去了會死……我肯定會被幹掉……』

他的想法變得超級悲觀。

本來就開得很緩慢的門扉，在學的眼裡看起來更是有如慢動作影片。

至於學的情緒為什麼會如此低落，是因為這種騷動的調查工作，本來都是交由負責維持治安的組織來執行的，可是原本該行動的騎士們看了方才的戰鬥後怕了起來，結果把所有的調查工作都推給學了。

說起當時的狀況——

「我們得去問那兩個人話吧？主要是針對武器還有殭屍的問題……」

「不不不，就算不是敵人，也不代表他們是站在我們這一邊的吧。要是突然被他們攻擊怎麼辦？我們去的話可是一下就死了。」

「就算不是我們也會死吧。那個武器太危險了……」

「好，這裡就請勇者大人先走一步吧。至少勇者大人比我們強啊。」

「你……這句話的用詞是不是不太對啊？唉，雖然我也贊成你的意見啦。」

「所以說，學大人……請你去問他們話吧。」

「莉娜莉小姐……妳是不是在說風涼話啊？要是他們不肯接受質詢怎麼辦？要是他們對我動武呢？」

「「「「如果是勇者（學）大人，一定沒問題的！畢竟你比我們（我）強啊！」」」」

「開什麼玩笑啊————！」

——大概就像這樣。

「所謂的勇者，根本就是抽到了下下籤」，學領悟到了這一點。

『好了……我該怎麼開口問呢～』

學無視現在還在地面上蠢動著的殭屍殘骸，走向推測是轉生者的那兩人。

不如說他已經確定對方是轉生者了。

這個世界不可能會有帶著機關槍或突擊步槍的人。所以可以百分百肯定對方一定是來自異世界的人。

『嗯～……若是突然擺出強勢的態度，給對方的觀感也不好。這時候應該有禮貌的接應對方才對。

我跟上面的傢伙可不一樣。』

他不可能用梅提斯聖法神國流那種高高在上的態度來對應來自異世界的轉生者。所以他認為放低身段，透過對話慢慢拉近彼此的距離才是上策。

可是學由於緊張，內心不安到了走路同手同腳的地步，從旁人的眼光看來動作相當僵硬。應該說非常的不自然。

在他思考著各種事情時，他已經走到了那兩個男人的附近。

他的身體僵直，腦袋裡亂成一團，儘管如此他還是想辦法擠出了聲音。

然後——

「兩位好，初次見面，我是勇者。」

——用了像是某位忍者殺手的語氣向兩人搭話。

他甚至還規矩地將手舉到胸前，雙手合十，低頭行禮。

雖說腦袋裡一片混亂，但是這起頭的方式實在太糟了。被他搭話的兩人也不知如何是好的樣子。

不過——

「「那麼重新來過一次……你好，初次見面，勇者小弟，我們是轉生者。」」

『他們居然順著我的說法回話了～～～！』

——停頓了一下之後他們用同樣的語氣回話了。

學以別的意義上來說失去了退路。

◇◇◇◇◇◇◇

時間回到稍早之前。

傑羅斯和亞特喜孜孜地以武力干涉戰局，除掉了殭屍。兩人在短時間內大略打倒了四處移動的殭屍，在散落在地的無數人體部位前稍微休息了一下。

「輕鬆獲勝呢。」

「哎呀，畢竟只是會動的屍體，既然能打倒，就表示他們也不是被惡靈或是精靈那些玩意兒附身了～那也就是這種程度吧。」

「只有數量很多，不過用火力硬是輾過去就能輕鬆獲勝吧。就算沒有我在也無所謂嘛？」

「哎呀，亞特期望能來場苦戰嗎？這好歹也是關係到人命的戰鬥耶。你真想體驗高難度的戰鬥的話，要再去找龍王級的打一場嗎？」

「我可沒說到那種地步！」

大叔邊用劍刺穿在地面上爬行的殭屍手臂，一邊調侃亞特。

殭屍的手臂在劍尖下方拚命的掙扎著。

從刺破的傷口處漏出黑色的霧氣，等到霧氣沒了，手臂也立刻停住不動了。

「再生能力果然是一時性的啊……將這黑色霧氣視為是魔力應該不會有錯吧。」

「不過他們也不是被靈體附身了吧？其中雖然也有普通的殭屍，不過幾乎都是這種的。這個霧氣到底是什麼啊……」

「這是一種詛咒，還是瘴氣呢……說不定兩者皆是？」

「結果只有原因還是沒釐清，元凶到底是什麼啊。」

「天曉得？」

傑羅斯嘴上叼著菸，揮劍晃動著刺在劍尖上的手臂，疑惑地歪著頭思考著。

完全是在褻瀆死者。

「我有時候啊，會像在玩『Sword and Sorcery』時一樣無法自制耶。亞特你呢？」

「我也有類似的狀況吧。該說缺乏現實感嗎……比起那個，我們趕快走人吧。」

「是可以啦……哎呀，那邊那個不是勇者小弟嗎？」

因為殭屍和傑羅斯他們的攻擊影響而受損的城門打開了，在闖入戰場前曾和他們說了幾句話的勇者正朝著這裡走來。

「……那傢伙為什麼走路同手同腳啊？簡直像玩具機器人耶。」

「嗯～因為目睹了這種程度的單方殲滅戰嘛。不管是誰都會有點害怕吧？」

「但我們不會隨便殺人啊？」

「這點得由他自己來判斷，而且目前沒有任何東西能保障他的生命安全喔？也不難理解他會有所防備吧。」

「你覺得他是來幹嘛的？」

「應該是來質詢的吧？真麻煩耶～」

勇者僵硬的朝這裡走來，不過多少能看得出他的心裡其實一點都不想過來。他的身體動作正強烈地陳述著這個事實。

而勇者終於走到了傑羅斯他們的面前，將手舉到胸前雙手合十，低頭行禮——

「兩位好，初次見面，我是勇者。」

——如此說道。

亞特和傑羅斯用眼神交流。

『傑羅斯先生，這傢伙……是想說他接下來要殺了我們嗎？這不管怎麼看都是某個忍者殺手的開場白耶。』

『不不不，在這裡打起來他會輸是顯而易見的事實啊，說不定他只是想打招呼而已。我想這時最常用的方式還是禮貌性的回應吧。接下來再見機行事。』

『也就是說……』

『我們也得照著來吧。』

『真的假的……』

經過短短數秒以眼神示意的對話後——

「——那麼重新來過一次……你好，初次見面，勇者小弟，我們是轉生者。」

——他們也向勇者打了招呼。

「轉、轉生者先生……感、感謝兩位在危急時出手相助。是說兩位是為何前來此處呢？方便的話還請告訴我原因。」

「我們只是來調查的，勇者小弟。因為最近接連發現了化為木乃伊的屍體，所以才有人來委託我們這個民間調查公司。唉，我不能說出委託人的名字就是了。」

「這還真是辛苦兩位了。可是我想兩位也知道，你們的武器對我們來說是無法忽視的東西，兩位若是能把武器交給我們，我會非常感激兩位的。」

「你也知道這我們辦不到吧？這種東西要是在市面上流通，往後的戰爭肯定會變得更為悽慘。尤其不能交給野心勃勃的貴國啊，勇者小弟。」

「說得也是啦～可是你說民間公司，這是在說謊吧，轉生者先生。個人是不可能做出這種武器的。多半是……」

「勇者小弟，你不該亂說沒證據的推測喔。而且不管怎樣這個國家都沒辦法生產製造吧。這是用山銅和大馬士革鋼的合金製成的喔？」

「噗！」

山銅和大馬士革鋼是學至今從未見過，只存在於傳說中的金屬。

而且既然是合金，表示技術力已經遠超過中世紀的技術水平。

假設是靠魔法達成的，那就不是禁止魔法的宗教國家可以克服的問題。至少在技術層面上還落後了三百年。

「可以的話，我是希望轉生者先生你們能加入我方，不過這方面你們怎麼想呢？」

「我是不知道其他轉生者怎麼想的，不過我們完全不打算跟隨梅提斯聖法神國。挖角這件事還容我慎重婉拒。」

「你們引發技術革命，是打算做些什麼？方便的話能告訴我嗎？」

「哈哈哈，引發技術革命的是這個世界的人喔。我們只是在個人興趣的範疇內，去做自己想做的事而已。而且你們不是也早就搞出了火繩槍這個技術革命了嗎。你們有想過那會為這個世界帶來怎樣的影響嗎？」

「唔！」

就因為我方已經做出了大量殺戮工具的原型，學沒辦法再繼續咬著這點不放。

可燃性的炸藥是有機會從藥學發展出來的。特別是硝化甘油這種強效藥物位於化學發展的延長線上，炸藥之類的危險物品事實上是可以經由人類之手製造出來的。證明這一點的不是別人，正是勇者。

聖法神國既然厭惡魔導士，就無論如何都需要不須仰賴魔法的武器。

雖然以結果而言研究出的是火藥式火繩槍，不過其中使用的火藥是應用了從物理法則延伸出的學問中的知識進而造出的產物。而這些知識本來是只有魔導士或鍊金術士才懂的專門領域。

「討厭魔導士卻要在魔導士的專門領域上交手。哎呀哎呀，你們還真是富有公平競爭的精神啊。而這之中有矛盾的事，你們倒也是就乾脆裝傻不提了呢。」

「比起魔法那種搞不清楚到底是什麼的力量，我覺得這反而是能夠充分理解的力量喔？」

「魔力這種東西單純是一種能源吧。難道你原本所在的世界，會說『核子反應爐產出的電力是不知道實際上是什麼東西的莫名力量，所以不要用』嗎？這兩者的差別只有一個是人為產生，一個存在於大自然當中而已，魔法不過就是順應這個世界的自然法則而生的力量。這之間並沒有優劣之分。」

「完全不一樣吧。」

「是一樣的喔。全都存在這個世界的法則當中。這個國家在說的，不就是『少去研究什麼物理法則，乖乖服從我們就好了』，這種對求知者的威脅嗎？」

「唔……」

學也知道他在說什麼。

然而基於所屬國家的立場上，學不管怎樣都必須否定這個說法，是個兩難的問題。追根究柢，在這個國家會使用靠魔力發動的神聖魔法時就已經產生矛盾了。

「這麼說來，你們的伙伴之中那個身為魔導士的勇者，好像被你們排擠了嘛。明明有他在的話，這個國家的軍事實力也會有不少改變的，還真是做了蠢事啊。」

「你、你為什麼會知道這件事！」

「嗯～……我在去某個國家的途中，被你的同類襲擊了呢。我反過來打倒了他們，這樣說你能理解了嗎？」

「你、你……該不會把姬島他們……」

「他們還活著喔？唉，雖然叛逃了啦。」

「居然叛逃了……為什麼啊！」

「你還是不要知道比較好喔？因為知道了，不曉得哪天會被暗殺啊。哎呀，雖然遲早會被殺就是了。」

「……是這麼一回事嗎。」

學聽懂大叔的言下之意了。他確實聽懂了。

他雖然原本就有預測到是這樣了，但他並不想知道事實。

因為這就表示聖法神國一直在監視他們，也做好了一旦他們得知任何多餘的情報，就會立刻處理掉他們的準備。

儘管只是稍微有意識到，不過學也有想過這件事，並保持著警戒。

只是他也不知道會動手暗殺他的人潛藏在哪裡，也沒辦法時時刻刻都保持警戒。真要說起來，要是會被他發現，那對方怎麼可能當得了殺手啊。

為求保身，順從強權才是聰明的生存之道。而且要是胡亂戒備反而會讓神官們起疑，反而有可能會變成他們暗殺的對象。

「……一条他們沒有回來，也有可能是已經被處理掉了吧。」

「啊～她在打工喔。好像說是因為田邊小弟四處亂花錢，活動資金已經見底了……我聽說她在餐廳當服務生跟幫忙洗盤子呢～我記得我是前陣子去採買的時候碰巧遇到她，才聽說了她的近況。」

「那、那些傢伙～……在別人忙得要命的時候……」

「這麼說來，我記得他們之前吃咖哩吃到感動落淚呢～……」

「咖哩？這、這世界有咖哩嗎？真、真的？」

「有喔？就在這裡。」

大叔從道具欄裡拿出了裝有咖哩粉的皮製小袋子。

這時的傑羅斯臉上露出了非常邪惡的笑容。

『開始了……傑羅斯先生又開啟他的「可疑的流動攤販」模式了。』

把整個過程都看在眼裡的亞特沒有開口插話。

傑羅斯很清楚勇者想要什麼，手邊也有可以實現他心願的東西。沒錯，就是米、醬油，還有味噌和咖哩。

既然斷絕了和索利斯提亞魔法王國之間的交易，這類商品就不會流入梅提斯聖法神國。醬油和味噌絕對是他們很難買到的調味料。

「嘿，小哥。要買嗎？現在買我可以用親切的價格賣給你喔？」

「你說話的語氣跟剛剛完全不一樣喔？」

「別在意那種小事啦～比起那種事，你要買嗎？我這邊也有醬油、味噌，還有米喔。納豆和豆腐之類的東西我這兒也一應俱全喔～？現在不買的話，可就不知道什麼時候才買得到嘍～？」

「……嘖，我全買了啦————！」

「多謝惠顧～」

「在這邊等我！」

學拔腿狂奔。用前所未有的速度全力奔跑著。

有人要賣他求之不得的東西給他，而且現在不買，就不知道幾時才能買得到了。他為此全力奔向下榻的旅館。

打從一開始他就沒辦法抓住這兩個轉生者，要殺掉對方那更是不可能。

然而他們對勇者來說是感激不盡的流動攤販，讓厭惡魔導士的那些傢伙得知他們的存在也很傷腦筋。

老實說，雖然對方很可疑，不過學也沒必要與他們為敵，更何況在這時候和他們打好關係，對自己還比較有利。

這些道理幾乎都是藉口，可是學無論如何都想吃到地球上的料理。

就算這等於是要他把靈魂出賣給惡魔，現在的學也會若無其事的實行吧。

他就是如此渴望故鄉的味道。

「……那傢伙還真不是普通的想吃咖哩耶。」

「來到了異世界，會懷念故鄉的滋味也是理所當然的吧。畢竟勇者們根本就不在意梅提斯聖法神國會變成怎樣。」

「感覺可以從他們身上撈一筆呢。」

「要一一往返兩國做生意也很麻煩，不僱個人來做這件事的話應該沒辦法吧？亞特認識的人裡面有沒有閒著沒事的諜報人員啊？我是想蒐集情報，順便和勇者們做生意啦。」

「有是有，可是我不可能介紹給你認識吧……」

「說得也是～不過我想德魯薩西斯公爵應該已經查出是誰了吧？」

「這我沒辦法否認。」

負責和亞特他們聯繫的是伊薩拉斯王國的諜報員薩沙。

亞特是想介紹他給傑羅斯認識，可是也很害怕介紹了之後，傑羅斯不知道會怎麼對待他。

沒弄好的話，傑羅斯很有可能會像在玩「Sword and Sorcery」時對待亞特那樣，提一些亂來的請求，卯起來使喚他。正因為亞特很清楚這份辛勞，才會基於對薩沙的道義，閉口不提這件事。

過了一段時間後，勇者勇猛地吶喊著跑了回來。

他一副拚了老命的樣子，使勁地全力跑來，感覺就算立刻因為缺氧而倒下也不奇怪……

看來他就是對故鄉的味道如此飢渴吧。

「呼、呼……哈啊、哈啊，用……用這些錢……把你有的東西……呼、呼，都賣給我吧。」

『就算你不用這麼拚命，我也會把東西賣給你的啊……』

『我也……總有一天會飢渴成這樣嗎？畢竟沒有傑羅斯先生在，我根本不可能弄到米，實在無法當成跟自己無關的事情來看待……』

勇者小弟當場倒地。

光是全力跑回旅館再跑回來，他便徹底用盡了體力。

「醬油、味噌、米、豆腐……納豆，還有咖哩粉。我依你付的錢準備了應有的分量，不過其他食材你得自己準備喔？」

「呼嘿……謝了……呼、呼哈……」

「騎士們一定以為發生什麼事了吧……畢竟勇者突然全力奔跑起來啊。」

「那些傢伙……怎麼可能理解我們在追求什麼啊！這個國家的料理……呼、哈……超難吃的。嘿嘿，這下我就能吃到咖哩了……」

「總覺得聽了眼淚都流出來了呢……」

兩人有點同情起勇者了。

大叔他們也是在非自願的情況下來到異世界的，很能理解勇者想追求故鄉味道的心情。畢竟大叔當初的首要之務也是找米。

這個世界的米和地球上的米是不同的植物，咖哩粉當中含有的辛香料也和地球不同。他早有覺悟，要找到這些食材必須要很有毅力與執著，不過幸好「鑑定」能力有好好發揮效用。現在他很普通的可以吃到日式料理。

「唉，勇者小弟你就稍微休息一下吧。倒是……」

「嗯……有什麼靠過來了。這個氣息可不是人散發出來的喔。」

傑羅斯和亞特感覺到了某個從未感受過的異樣存在的氣息。

背脊上竄過一股噁心的恐懼感，把兩人從懶散的氣氛中一下子拉回了備戰狀態。

他們馬上就弄清楚這股氣息的來源了。

某個穿著披風的人從草叢裡走了出來，呻吟著走向傑羅斯等人。

「啊啊……救我……拜託救救我……」

「啥？這個貧困瘦弱的男人……是怎樣啊……呼、呼……」

「勇者小弟，在你眼中那玩意兒是人嗎？」

「咦？因為……他怎麼看都是人吧？嗯！」

『這傢伙……全力狂奔到了會反胃的程度嗎？他到底有多想吃咖哩啊。』

亞特對勇者小弟實在不敢恭維。

不管這件事，穿披風的瘦弱男人仍一邊求救，一邊靠近過來。

他的腳步絕對算不上快，可是他愈靠近，詭異的氣息就愈濃厚，讓傑羅斯他們提高了防備。

「救我……救我……」

「我會救你的。從那份痛苦之中拯救你。唉，雖然得送你下地獄就是了……」

「……啊？」

——磅——！

瘦弱男人因為傑羅斯所說的話而呆愣地發出了怪聲。

頭部也在此同時被打飛了出去。

大叔不知何時用沙漠之鷹的槍口對準了他。

令人嘆為觀止的快速射擊。

「等一下————！你為什麼忽然就開槍啊？嘔嘔嘔！」

「你都全力奔跑到反胃了，不該忽然大叫吧……不過比起那種事，我說勇者小弟～你到底在問什麼傻問題啊？我再說一次，你覺得那玩意兒看起來像人類嗎？」

「這玩意兒怎麼看都是怪物吧。跟剛剛的殭屍一樣……」

「……咦？」

聽了傑羅斯他們的話，學又重新看向失去了頭部的男人。

黑色霧氣從他被打掉的頭部流了出來，散發出刺鼻的濃厚臭味。

學也知道這個味道。

「這是……血腥味嗎？」

「答對了。是以血液為媒介的某種東西嗎……到底是什麼呢。」

最後黑色霧氣中浮現出無數的人臉，傑羅斯他們大概察覺到這個魔物的真面目為何了。

旁邊的學則是露出了驚愕的表情。

「……這、這什麼啊。我可沒見過這種怪物！」

「這個就是製造出殭屍的元凶吧。八成是死靈類……我是覺得這玩意兒應該是依附在血液裡來操縱屍體的……傑……鬼面具先生你怎麼看？」

「只有這個可能性了吧～問題是假設這原本是惡靈的情況啊。惡靈會和與自身持反對意見的靈體分離開來，所以在某處搞不好還有其他同樣的玩意兒啊，亞……魅影小弟。」

總不能在勇者面前叫出對方的名字，兩人連忙改口，用臨時的暱稱來稱呼對方。

從黑色霧氣中浮現的無數臉龐，全都看向了傑羅斯他們。

他們的視線裡帶有明確的殺意，不管是誰看了都會認為那是敵人吧。

「你、你們這些混帳東西……竟敢……」

「算了……這次就收下這些傢伙的身體吧……」

「嘻嘻嘻，反正你們是逃不出我們的手掌心的，儘管去做垂死掙扎吧。」

就是個惡靈。

學因為那毛骨悚然的樣子而渾身顫抖，傑羅斯他們卻若無其事的樣子。

然後兩人緩緩地伸出手——

「「『鑽石星塵』。」」

——放出了冰凍魔法。

看來他們連問話都不打算問。

「「「「嘎啊啊啊啊啊啊啊啊啊啊啊！」」」」

「嗯，我就想說既然是血液，應該會結冰～接下來只要燒掉就好了吧。」

「殭屍還比較麻煩呢。趕快解決掉回去吧。」

「是說我們回去還得寫報告，是要由我來寫嗎？」

「仔細想想，我的字……寫得很醜耶……畢竟從小學開始，老師給我的評語就是『多用點心，寫字再寫得更工整一點吧』……」

「這份工作……是你率先答應要接下的耶？」

遇到傑羅斯他們算是惡靈倒楣吧。

不管殺了多少一般民眾，還是敵不過實力不在常識範圍內的這兩人。

對傑羅斯和亞特來說，惡靈不過就是路邊的小石頭。

惡靈二話不說就變成冰塊凝固了。

「「『煉獄炎』。」」

火系魔法，「煉獄炎」。

是不僅能將目標物燒毀，還帶有淨化魔法效果的灼熱魔法。

對靈體也有效，絕對不會讓目標逃走。

「「「「咿咿咿咿咿咿咿咿咿咿咿咿咿咿！」」」」

「逃也是沒用的啦。」

惡靈拚命地想逃往空中，卻連甩開沾上的火焰都辦不到，不斷被焚燒、淨化。這對死靈而言，說是地獄也不為過吧。

「……還真是難看的煙火啊。」

「不不不，人家好歹也是死者，這時候應該要為他們默禱吧。」

「結果那些死靈到底是想幹嘛啊？」

「天曉得～這只是我的猜測啦，但我想他們應該是想假裝成難民混入城裡，再去襲擊其他人吧。唉，事到如今也無從證實這個推測就是了。」

兩人完全照著自己的步調行事。

他們能表現得如此泰然自若，可能是因為已經習慣這種危險事了，或是因為擁有非比尋常的實力。不過學倒是認為兩者皆是。

他打從心底覺得沒與他們為敵真是太好了。

「……嗯？燒完剩下來的殘渣不太對勁喔。」

「冒出了什麼東西……那是靈體嗎？」

黑色霧氣被煉獄炎燃燒殆盡了，可是火焰消失後留下了一團像是發光球體的東西。球體最後分裂成無數個，化為人形的靈體顯現出來。

「總算……解脫了……」

「可是……無法升天……」

「別再利用罪犯了，不然又會被他們奪走主導權。」

「還沒有報仇雪恨……得向那些假聖職人員復仇才行。」

「受那些人所殺的恨意，受召喚並遭到利用的憤怒，我是絕對不會忘記的……」

死靈們完全不把傑羅斯他們放在眼裡。

紛紛說著他們的痛苦與恨意，消失在虛空之中。

「那個……是勇者們的魂魄吧？說他們無法回到輪迴轉生的圓環一事是真的喔。」

「看來就算死了還是得繼續受苦呢。這個國家也真是做了很過分的事啊。」

「等等！」

這是身為現任勇者的學無法忽視的事情。

創造出大量殭屍的死靈群（惡靈），其中包含了勇者的魂魄。

而且這些魂魄還無法回到輪迴轉生的圓環中，為了復仇而主動化為了怪物。

若是逆向思考，也可以說這些魂魄就是學——正確來說是還活著的勇者們未來的樣貌。

「好了，那我們也該動身走人了。」

「說得也是……反正我們已經沒事需要待在這個國家了。」

「等一下，我還有事情想問……」

「你剛剛聽到的就是全部了。接下來的事情你應該要自己去思考，畢竟這是你們勇者的問題。」

「再會啦，有緣的話應該會再度於某處相見吧。雖然這話毫無根據就是了……」

「啊，就拜託你們善後嘍。這是你們的工作吧？」

「善後是指要處理那些殭屍嗎？等等……」

兩位魔導士的身影從學的眼前消失了。

他們恐怕是用了魔法吧，不過在這個沒有魔導士的國家，也沒辦法查明他們是用了什麼魔法。他們太缺乏關於魔法的知識了。

「……沒辦法，回去吧。唉～……既然都出手了，連善後工作也一起處理完就好了嘛。」

殘留在路那．沙克城外的是曾經是殭屍的殘骸。

雖然是人類的屍體，但在魔導槍的攻擊下，已經粉碎四散的看不出原形了。也有一些光是還保有形狀就算不錯了的殘骸。

學一邊嘆氣，一邊對騎士們下令，開始進行善後工作。

◇◇◇◇◇◇

大致上都指示完之後，學踏著疲憊的腳步走在路那．沙克城裡。

他現在只覺得要是可以，他只想直接回旅館，在溫暖的被窩裡睡覺。

然而既然他的地位比人高，他就還有工作要做。

「啊～……有夠麻煩。接下來還得報告才行～莉娜莉小姐，妳能不能幫幫我啊？」

「沒辦法。我接下來得去向領主大人報告，請他解除警戒狀態才行。學大人您不擅長和位高權重的人說話吧？還是您要代替我去領主大人的宅邸？」

「……沒辦法。要我跟那些大人物說話，我還不如去寫報告。」

本來這應該是他久違的休假，卻因為殭屍來襲而泡湯了。

他忍不住詛咒起自己的不幸。

「啊啊……明明回到旅館了卻無法休息。隔壁的旅館還有人在悠哉的吃飯～」

學嘴上抱怨著，在他的視線前方，可以看見兩個男人正在靠窗的座位上吃著飯。

一個是打扮像傭兵的男人，另一個是身穿灰袍，看起來像魔導士的人。

想到我方這些人明明在努力工作，他們卻在眾人忙碌的背後盡情地享受著和平的日子，學就對他們的身影充滿了怨恨。湧上了一股想要大鬧的衝動。

「學大人，要請您立刻寫好報告喔？因為報告也得提交給領主大人才行。」

「不會吧～～」

勇者「八坂學」沒得休息。

他消沉地走進了旅館裡。

他沒有發現，現在正在對面那間旅館吃飯的二人組，不久前還在城外大展身手，接連殲滅殭屍——

一度道別的勇者與轉生者，沒有再度碰面便擦身而過了。

在學與事件善後報告陷入苦戰時，另一邊的傑羅斯他們則是在當天就踏上了返回索利斯提亞魔法王國的歸途。

接下來這是題外話，不過學在三天後煮了咖哩，吃了一口後發出了喜悅的吶喊。

可是咖哩後來全被聽到他吶喊的祭司莉娜莉和聖騎士們吃光，讓他痛哭流涕，這又是另一件無關緊要的事了。

他似乎是命中註定過不了太久幸福的日子。

第三話　大叔回想起自己在當上班族的日子

從路那．沙克城返回索利斯提亞魔法王國途中，傑羅斯和亞特在森林裡度過了一晚，在隔天約中午時抵達了邦巴砦。

兩人將報告交給了負責指揮城砦守備隊的路迦．岡斯林格。

「竟然是以血液為媒介的死靈群（惡靈）……我可從沒聽說過這種魔物。」

「這雖然是我的推測，不過那玩意兒到了梅提斯聖法神國時，已經徹底變質成了別種魔物了吧。至少那跟我們在這個國家交手的殭屍感覺完全不同。」

「你知道是什麼原因讓魔物出現這種變化的嗎？」

「這就無從得知了呢～畢竟死靈和史萊姆會出現怎樣的變化是未知數。是基於什麼契機變成異常品種這種事，憑人類是不可能搞清楚的。」

「唯有神知道嗎……感謝你的報告，辛苦了。你們在這之後要回桑特魯城吧？麻煩代我向德魯薩西斯公爵問好。」

「你認識公爵嗎？」

「嗯，以前受過他一點照顧。詳情我不方便透露就是了……」

「這樣啊，那麼就容我們就此告辭了。」

「嗯。」

結束例行的報告後，傑羅斯走去找在邦巴砦的入口處等他的亞特。

亞特很不擅長這種事務性工作，所以把事情全推給傑羅斯，自己開溜了。好像是覺得跟位高權重的人說話很累。

「結束嘍。那我們回桑特魯城吧。」

「意外的快耶……我還以為得再多花上一點時間。」

「因為只有提交報告，還有補充說明我們在現場看到的情況而已。我們所知的情報中也沒有什麼了不起的大事，花不了太多時間啦。」

兩人踏著悠哉的步伐離開城砦。

走了一段距離之後，亞特從道具欄中取出了「輕型高頂旅行車」，坐上了駕駛座。

「咦？亞特你要負責開車喔？」

「嗯，我把麻煩事推給你去做了嘛，至少還是得做點事。」

「是嗎？那就交給你了。是說回去之後要不要改造一下這輛輕型高頂旅行車啊？難得有這輛車，不改不是很浪費嗎？」

「我想要導航系統……」

「這沒辦法。我們現在做不出那種玩意兒的。」

亞特這個路痴很希望車上能加裝導航系統，不過就算是他們這兩個擁有作弊級能力的人，也有做不出來的東西。現在只能果斷放棄。

「嗯～冷氣的話應該能趁這空檔輕鬆搞定吧。反正閒著沒事，我來試做看看吧？」

「拜託你不要妨礙到我開車喔。」

輕型高頂旅行車伴隨著低沉的起動聲開始前進。

傑羅斯望著窗外流逝而過的景色，點燃了香菸。

白色的煙霧從車窗的縫隙間飄散到車外。

「是說你為什麼準備了兩份報告啊？我是知道分別要提交給那座城砦和德魯薩西斯公爵啦……」

「給德魯薩西斯公爵的那份寫有關於惡靈的詳細情報，包含至今為止犧牲的勇者們的事。剛剛提交出去的那份報告只整理了一些無傷大雅的情報。」

「嗯，畢竟遭到殺害的勇者們為了復仇而危害大眾這種事，不好在那裡說出來吧。不過真虧你能想到這一點耶？換成是我，一定會全都如實呈報上去的喔？」

「你都沒在看新聞嗎？現在真相在社會上傳開的話就麻煩了。本來跟鄰國之間的情勢就已經很不穩了，要是這個消息傳到一般民眾耳中，只會使局勢更加混亂吧。還是把這情報先保留下來，當作外交時的手牌比較好。」

「原來如此……」

把神祕木乃伊事件的真相全都呈報上去是非常危險的事。

畢竟梅提斯聖法神國不僅暗地裡處決勇者，創造出怨靈，還因為包含死在戰場上的勇者們在內的眾多死靈，使民眾的性命暴露在危險之下，要是這些事情曝光，在這個尚未成熟發展的文明期一定會被視為是開戰的好時機，進而爆發戰爭吧。

以結果來說只會流更多的鮮血。

不知道消息會從哪裡洩漏出去，洩露出去的情報會引發怎樣的效果也是未知數。很有可能會發展成不僅是小傳聞的嚴重事態。

而會受到混亂的局勢波及的自然是一般民眾。

「我啊，一點都不想破壞現在的和平。」

「現在爆發戰爭就糟了啊……真的是虧你能想到這麼遠的事耶，我好佩服你喔。」

「不，這單純是因為我不想被拖下水啊。我一定會接到委託，要我去執行某些檯面下的任務吧。雖然是椿好生意的話我是會接啦。」

「你只是為了自保喔！啥？剛剛說的那些話全都是為了避免惹事上身嗎？」

「這不是當然的嗎。而且梅提斯聖法神國又受到週邊諸國的怨恨。這消息現在洩露出去的話，一定有很多國家會高舉著正義的旗幟對聖法神國宣戰吧。」

「西側是不是也有個大國啊……我不知道國名就是了。」

「畢竟伊薩拉斯王國在山裡，西邊國家的消息不太會傳過來。索利斯提亞王國也只和對方有貿易往來，聽說那個國家好像在大約兩年前改名了。」

在梅提斯聖法神國的西側還有一個巨大的國家。

那個國家占了大陸上人類可居住範圍的四分之一，國土甚至還擴展到了南方大陸的一部分。

同時充分展現其身為海洋貿易國家的特色，在該國掌控下的區域比任何國家都還要廣大，重點是其軍力也遠遠超過其他國家。

那個國家名為「葛拉納多斯帝國」。

原本的國名是「梅爾基爾特帝國」，在將近十年之前，國家由於王族之間的通婚而合併，完成了西側地域的統一，也趁機在兩年前更改了國名。索利斯提亞魔法王國的居民對這個國家的稱呼至今仍眾說紛紜。這正是國家距離愈遠，情報便愈無法傳遞的問題。

以地球上的狀況來比喻，其繁榮程度相當於羅馬帝國。

「梅提斯聖法神國該不會也有去招惹這個鄰居了吧？」

「在歷史上，雙方曾經在國境邊緣有過好幾次小規模的鬥爭。兩國是互相爭奪領土的關係，感覺很有可能會開戰對吧？」

「……喂，傑羅斯先生。這個世界的戰爭……」

「除了軍事設施之外，也會襲擊城鎮或村莊，屠殺民眾。士兵們會不斷掠奪物資，強姦犯或強盜橫行。女人和小孩會淪為奴隸，男人多半會被抓去做苦力或礦山奴隸，再不然就是直接被殺吧～」

「完全不重視人權嗎？這還真是討厭……」

「所以才不該隨便撒下戰爭的火種啊。亞特你也想過安穩的生活吧？」

「……是啊。」

梅提斯聖法神國抱有許多足以導致國家滅亡的要素。

由於擁護妖精，對民眾造成了莫大的損害。

仗著軍力對周遭諸國採取脅迫式外交，使國家間的關係產生齟齬。

以鎮壓異教徒為名目發動侵略戰爭。

利用神聖魔法（回復魔法）高額的治療費用斂財。
反覆多次的侵犯他國國境及虐殺民眾。
等於是干涉他國內政，強行要求他國施行優待神官政策的行為。
消耗大自然中的魔力召喚勇者，差點毀滅世界。
暗中除掉的勇者為了復仇，誕生出怪異的魔物。
諸如此類數也數不清。這國家在過去可說是為所欲為。
然而這些行為幾乎都是建立在召喚勇者的前提上，勇者這個能夠在短時間內比一般人有更顯著成長的戰力，對周遭諸國來說相當有威脅性。
而這個國家現在就連勇者都無法召喚了。
留下的只有充滿內憂外患的腐敗國家這個框架而已。
「勇者叛逃，現在還在國內的傢伙也不知道什麼時候會反叛，所以他們很謹慎吧。以前召喚來的勇者說不定也還有幾成的人活了下來，要是變成敵人就不妙了。」
「亞特你還真敏銳呢～而且他們也不能殺害勇者了。畢竟是僅存的寶貴戰力啊。」
「四神是代理神，小邪神也已經復活了。那國家完蛋了吧……」
「不過就算滅了那個國家，如何復興也是問題啊～如果是鄉下小鎮那還好說，對象換成了大都市，就得想辦法穩定經濟才行，廣大的土地也會荒廢好一陣子。所以說戰爭這種事情不應該拖得太久。」
「畢竟很花錢啊。逃走的士兵或騎士也有可能會變成小偷……破壞很簡單，不過要建立好統治的基礎，得花上不少時間啊。」

「再說若是演變成戰爭，會出現很多難民流民，導致周遭國家必須處理這個問題。所以慢慢的從外圍削弱對手的實力是常見的手段呢～」

要把宗教國家的支柱連根剷除很簡單。

然而在那之後會發生的風險太高了。開戰沒有任何好處。

「如果是德魯薩西斯公爵，他會用聰明的方法來處理吧？」

「他大概會在暗地裡先拉攏那些只顧自保的笨蛋或膽小的領主吧？反正等到不需要的時候再和他們做切割就好了。」

「傑羅斯先生，這太惡劣了吧。」

「捨棄不需要的人才也是企業家必備的經營手腕啊。地位不低的神官和祭司很有可能在背地裡幹了一些見不得人的勾當。只要仔細調查就能抓到他們的把柄了吧。」

「你這意思是只要有那個人的情報網，就能查得出這些事情嗎？真可怕……」

「我們和他保持適當的距離就行了，不要有太深入的關係。這就是處世之道。畢竟能過平靜的生活就是一種幸福了。」

方便的東西可以自己動手製作，把製作權賣出去，就能得到不錯的待遇。

只要不干涉政治，用合理的報酬接受委託，就能過著普通的生活了吧。

畢竟德魯薩西斯公爵不會與傑羅斯他們為敵。

他是個只要對方是派得上用場的人才，便會乾脆地給予對方合理回饋的人。他知道挾持人質威脅對方是下下策。

「這也是他會把唯小姐她們安置在附近的原因吧。保障關係人士的安全，這也是德魯薩西斯公爵用來展現誠意的作法。就是一個各取所需的關係。」

「比起政治家，他更像是能幹的企業家耶。超可靠的……」

「和伊薩拉斯王國也在兩國友好的狀況下談得很順利。當然這也要亞特不做出什麼蠢事就是了。」

「我才不會做咧！他簡直就是最終大魔王嘛，我怕得根本不敢忤逆他啊！」

「如果以前的上司是像他那樣精明幹練的人，我就不用經歷那段地獄了呢……」

傑羅斯在當工程師，還是個上班族的時候，職場是非常接近黑心企業的灰色環境。

一開始的上司是個講道理，也還算是能幹的人，不過上司升遷後調動到別的部門去了。來接手的下一任上司只會不負責任的接下工作，讓下屬忙著對應。

他只是個掛名的管理負責人，事實上把事情都丟給了傑羅斯——聰去處理，完全不能信任。忘了傳達重要事項或是交期有變動之類的事情也是家常便飯。

傑羅斯當時身為主任，必須注意下屬的狀態，這話題喚醒了他當時費盡苦心，想辦法讓下屬可以排休的記憶。

「……突然啊～就丟了要去國外出差的工作給我。還拋出『要連簡報都準備好』這種不合理的要求～而且嘴上這樣說，自己卻什麼都不做。」

「你才突然咧！你是在說什麼啊？」

「明明是一週前就決定好的事，卻到兩天前才突然告訴我……而且還說什麼『我不小心忘了，下次我再請你喝一杯啦』這種鬼話。我可是連一次都沒有跟他去喝酒的記憶喔……告知下屬蒐集簡報用的資料，還有調整工作進度……到底給我添了多少麻煩啊。那時候真的是地獄。我不知道想過多少次，那個大叔要是趕快被公司解僱就好了。呵呵呵……」

「所以說你到底是在說什麼啊？很可怕耶！」

「雖然先離職的是老子啦……嘿嘿嘿嘿……」

「老子？你從剛剛開始連講話的語氣都變了喔！你究竟是怎麼了啊！」

大叔受灰暗的記憶折磨，自顧自地憂鬱了起來。

在一旁開車的亞特一頭霧水。

載著這兩人的輕型高頂旅行車繼續順暢地奔馳在道路上。

◇◇◇◇◇◇

在黑色霧氣——惡靈被傑羅斯他們消滅的時候，另一團黑色霧氣，也就是莎蘭娜他們緊跟著在道路上移動的商隊。

在目前這個力量衰退的狀態下，主動襲擊護衛商隊的傭兵們風險太高了。

他們現在潛藏著，盡量減少流出的魔力。

『……我也差不多膩了呢。』

『大姊頭，這時候必須要忍耐喔？』

『因為這群人裡頭有神官在啊，不謹慎行事的話會被幹掉的。忍忍吧。』

『我知道啦！比起那種事，這輛馬車要去哪裡啊？』

他們維持在黑色霧氣狀態下，就會持續消耗掉定量的魔力。

由於他們處在靠魔力將魂魄固定在血液這個媒介上的狀態下，要是不在哪裡補充魔力，或是潛藏在生物體內，就有可能會消失。

可是他們也不能現在就襲擊商隊。

這是由於他們不知道自己目前在哪裡，要展開行動襲擊又會消耗掉大量的魔力。最重要的是他們想避免失去馬車這個無須耗費多餘魔力就能移動的交通工具。

就算只是碰巧遇上的，他們也不能失去這個移動力。

『真是的……這身體還真不方便。』

『因為拋棄了不需要的傢伙，所以我們的魔力還很充裕喔？』

『儘管如此魔力還是持續在消耗啊。希望能在消耗完之前抵達目的地啊。』

『問題出在我們不知道目前的所在位置。熟悉這一帶的傢伙全都跑去另一邊了啊～他們現在說不定已經重新獲得身體了。』

『那些傢伙……我絕對要把他們找出來，搞垮他們！』

正因為擁有意識，緊貼在馬車貨架下方的狀況讓他們閒得發慌。

就算在意識內對話，吐出來的也全都是怨言。

就在此時，他們聽到了商隊的商人們說話的聲音。

「總算看到了！是城鎮！」

「這下終於可以跟野營說再見啦。我今天可要好好休息！」

「真懷念柔軟的床鋪啊。」

「喂喂喂，要去就要上妓院去吧？好久沒抱女人啦～」

「有小孩子在場耶，你說這種話不好吧！」

護衛的傭兵和商人們突然有精神了起來。

可能是已經花了好幾天在路上移動了吧，他們看到久違的城鎮開心地聊著天。

長途跋涉的疲憊讓他們先前都沒什麼開口說話。莎蘭娜他們也因為商隊始終沉默不語而感到煩躁，所以這是個好消息。

『這是個好機會。』

『嘿嘿嘿……總算可以大鬧一場啦。』

『不過啊～我們的魔力少了很多喔？要是被神官發現恐怕會被淨化啊。』

『不能太明目張膽的行動……那麼就隨便挑路邊的遊民下手好了。反正他們只是些沒工作，光會寄生他人的垃圾。』

『畢竟我們是幽靈嘛。』

『等進入城鎮裡之後，就挑個時機鑽進小巷裡！不管怎樣都要得到身體！』

『『『了解～～～！』』』

他們沒有發現。

自己已經化為了神官們的淨化魔法無法消滅的存在……

商隊進入城內後，惡靈們一直忍耐到夜晚到來，看準了夜幕低垂的時刻，消失在黑暗之中。

從這天開始，城裡發現了好幾具化為木乃伊的屍體。

騎士團雖然協同衛兵展開調查，結果還是沒能查明原因。

路那・沙克城正忙於處理散落一地的殭屍殘骸。

聖騎士和衛兵，連同傭兵一起加快了腳步在進行善後工作。

雖然基本上就是挖洞把殭屍丟進去再焚化，可是因為殘骸大範圍地散落在各處，要聚集起來就是個大工程。

神祕二人組盡情大鬧完之後，沒做善後工作就拍拍屁股走人了。

儘管他們把受害情況控制在最底限，卻留下了麻煩的工作，這讓負責善後的人個個嘴上都充滿了怨言。

『唉，我是可以理解他們的心情啦～畢竟我也得寫報告，而且還不知道該寫到什麼程度才好。』

麻煩的是轉生者手上持有魔導槍這個新銳武器，把成群的殭屍炸飛到不見蹤影，少數剩下的殭屍也光憑兩人之力就打倒了。

再加上依附在血液上的死靈群以及過去的勇者們最後的下場。自願化為魔物企圖復仇的前勇者成了宗教國家新的敵人。

光是詛咒殭屍就夠難應付了，他們也沒有方法打倒這些連神聖魔法都無法發揮效用的敵人。唯一能對抗的只有魔法相關的武器吧。

而且對於學來說，自己所屬的國家會殺害已經沒有用處的勇者也是個大問題。

「唉～知道了一點都不想知道的事情啊～」

前輩勇者們的死靈紛紛留下了滿是恨意的怨言。

他們將永遠在這個世界中徘徊，企圖向梅提斯聖法神國復仇。

學也身處在同樣的立場上，所以比誰都更痛切了解他們的心情。

『沒有恨意才奇怪吧。畢竟是這國家只顧自己方便的把人召喚過來，這些勇者還沒被送回去，慘遭殺害。』

勇者沒被送回去且慘遭殺害這點是學的推測。

然而勇者們的魂魄有二十到三十人份。

梅提斯聖法神國雖然說了「勇者回到原本的世界了」或是「就算死了也會在原本的世界復活」這種聽起來很美好的話，不過由此可知這些都是謊言。

轉生者若無其事地說出了重要的真相。

也就是說學也會步上歷代勇者們的後塵，一想到這點他就提不起幹勁。

他嘆出不知道是今天第幾次的憂鬱嘆息。

「做不下去啊～……」

「都已經請人把桌子搬來這裡了，還請您認真寫報告。大家都在看著您喔？」

「是這樣沒錯啦～但是我為什麼要一邊監督善後工作，一邊寫報告啊？」

「那是因為學大人說『我提不起幹勁～我不想再從床上下來了。太憂鬱了。』不願意從房裡出來，我們為了讓您比較好工作，才把您送到這裡來的。還請您別說任性的話，趕快動手吧。」

「說是這樣說……可是為什麼是在這種地方啊！是莉娜莉小姐妳指示的嗎？」

學所在的地點是到昨天為止還是戰場最前線的城牆正上方。

這裡主要是用來讓弓兵放箭的地方，卻不知為何搭起了帳篷，逼他在裡面寫報告。

簡單來說，就是他窩在旅館的房間裡不出來，一干人等便強行闖入，把他帶到了這裡來。有如被送去屠宰場的小牛。

「我……體會到了遭人支解的牛的心情喔。」

「您理解了遭人殺害的家畜的無奈啊。這是很好的經驗呢。」

「是啊。勇者們說起來其實也和家畜沒兩樣。不過這國家的人怎麼能肯定無故遭到殺害的人不會報仇呢……這個國家就別種意義上來說真是完蛋了。」

「您想說什麼？我不太懂您想表達的意思……」

「昨天的殭屍啊，是至今為止犧牲死去的勇者最終的下場啊。我們勇者死了也無法回到原本的世界。會永遠滯留在這個世界裡，憎恨這個世界，帶來災厄。那些前輩們開始行動了，他們會詛咒這個國家吧。」

「！」

莉娜莉僵住了。

她聽懂學想要說什麼了。

「莉娜莉小姐妳知道吧？唉，是無所謂啦。反正我之前就知道，這國家只是在利用我們……問題是至今為止到底召喚了多少勇者。他們明明是死靈，神聖魔法卻沒有用。不是格外強大的魔法是無法對抗他們的。」

「這、這種事是誰說的……」

「昨天的轉生者啊。他們好像是不小心說溜嘴了，說了『受召喚前來的勇者魂魄無法回到輪迴轉生的圓環中，會永遠滯留在這個世界』這樣的話喔。這樣也就能看出轉生者的目的是什麼了，他們是要摧毀萬惡的根源……看來我猜召喚異世界人前來一事是違反自然法則的禁忌行為，似乎沒有猜錯啊。」

「假設您說的是事實，那是誰告訴轉生者那件事的？該不會是異界的邪神們……如果是這樣，那摧毀馬魯多哈恩德魯大神殿的也是……」

「我覺得事情就是妳想的那樣喔。說得也是，從異世界把人召喚過來這件事，等於是強制把魂魄綁架到法則不同的世界嘛。以其他世界的角度來看，四神等於是綁架犯啊。」

「不是沒有證據能證明這件事嗎？為什麼您能說這是事實呢？」

莉娜莉莫名地緊咬著這個話題不放。

不知道是因為莉娜莉知道一切，還是聽到關乎信仰的重大內情，內心大受衝擊。

不管原因為何，學都想拒絕回答，不過他覺得事情似乎已經轉往最壞的方向發展了。而學推測率先引發事端的人就是轉生者。

他以前看輕小說可不是白看的。

「等到有證據就太遲了吧？我不知道過去召喚了多少異世界的人過來，不過光是二十～三十人的魂魄，就鬧出這種大事了？要是所有的魂魄都活動起來會怎樣？這個世界會毀滅吧？」

「他們不過就是死靈。只要有淨化魔法，就能打倒那些惡靈了！」

「那個淨化魔法不是連殭屍都打不倒嗎。我要是死了也會成為他們的伙伴吧，那樣的話我是不是也來毀滅這個世界呢……」

「您是不是有些自暴自棄？我多少知道內情，不過還有什麼連我都不知道的事嗎？」

「也是啦。莉娜莉小姐的任務是監視我對吧？聽到妳的報告之後，劊子手就會過來。不過這可能會讓最惡劣的敵人變得更強，我建議妳還是不要輕舉妄動喔？」

莉娜莉的任務是監視學，但她頂多就是負責向上呈報的角色。

負責動手的劊子手絕對不會在人前現身。

她身上背負的頂多就是發現學有違背教義的言行舉止，就必須要向上級報告的義務，然而她也不知道報告後會發生什麼事。

不過學的話讓她意識到那件事就是滅口。

「我想受召喚來的勇者全都沒回到原本的世界，被暗中處理掉了吧。然後……那些受害者終於打算要反擊了。現存的勇者也拿他們沒轍吧。我想他們應該會殺掉我們並將我們納為他們的一分子。」

「為什麼您能夠預測到這種程度？那種特異的魔物應該是第一次出現吧……？」

「這是很常見的發展啊。我猜勇者們的魂魄大概會結合，基於本來不可能出現的力量變化為強大的魔物。這種事情有很多種固定的發展模式啦。」

「不可能出現的力量嗎……那到底是……」

「我想是我們身為勇者，後來被賦予的力量。因為我們所在的世界沒有這種力量，所以用刪去法就能得出答案了。」

一陣冷風吹過兩人之間。

莉娜莉雖然認為學是個不可靠的勇者，不過她知道學唯有觀察力遠勝過其他人。

如她所預期的，在岩田失勢之後，學被拔擢成為聖騎士團的指揮官，負責統領一個軍團。儘管任務主要是在討伐盜賊或魔物，但他出眾的觀察力在以前就留下了不少功績。莉娜莉認為他這次恐怕也看穿了至少六成的真相吧。

長期待在他身邊的莉娜莉已經注意到學說的是對的了。

可是就她的立場而言，她不能認同這件事。

「那麼，這表示轉生者的目的已經達成了嗎？因為我國已經無法再召喚勇者了。」

「這我就不知道了。我無法排除他們身上還有其他使命的可能性。畢竟送了那麼不合理的傢伙過來，我認為還有一些別的理由才對。」

「全都是推測呢。」

「沒辦法啊，得到的情報太少了。可是假設轉生者知道這一切，我想他們應該會把目標放在讓邪神復活上面。畢竟我跟他們站在同一陣線的話，我一定會這麼做。」

「讓邪神……復活？」

「在索利斯提亞魔法王國發現的隕石坑，根據報告內容來看，不是跟在魯達．伊魯路戰役中的規模相當嗎？不過邪神製造出的隕石坑跟轉生者的魔法破壞力同等，這不管怎麼想都很奇怪吧？既然這樣，我想邪神其實還沒有復活吧。」

「可、可是四神大人下達了討伐邪神的神諭。」

「那只是四神得知隕石坑的消息之後慌張起來了吧。不過這個行為反過來說，也表現出四神非常害怕邪神。既然這樣，轉生者一定很樂於讓邪神復活。不對……要是邪神已經復活了，那就不妙了呢。啊哈哈哈哈哈。」

學的假設充滿說服力，莉娜莉無力地垂下肩膀，想著這個國家到底會變成什麼樣子。

「莉娜莉小姐……這件事我勸妳不要向上呈報比較好喔？這只是我的推測，而且要是走錯一步，我們都會沒命的。」

「這……！學大人……您該不會……」

「這樣莉娜莉小姐也是共犯了。畢竟妳知道了不利於國家的禁忌，一定會被抓去當成異端審問吧。」

「您打算威脅我嗎？可是我身為虔誠的神之使者，同胞們怎麼可能會謀害我……」

「妳在說什麼啊。那群人至今為止都會將不利於自己的事葬送在黑暗中喔？他們有哪一點值得信任啊。我敢保證，妳要是把剛剛說的事報告上去，妳一定會接到人事異動通知，被調離我身邊。在那之後我就不知道他們會把妳丟到哪裡去了。」

周遭的人都認為學只有觀察力很敏銳，是個只顧保身的勇者。

然而反向思考的話，也可以說他是個「為了保身，什麼事都做得出來」的勇者。而莉娜莉祭司就在這一天得知了學的本性。

她過去都會向上司報告，可是因為學與她共享了「不利於國家的真相」這個祕密，讓她成為了共犯。她已經無路可退了。

身為虔誠信徒的她並不喜歡現在的聖法神國。她也了解自己若是做好工作，很有可能會被暗中處理掉，遑論她自己也聽說過一些不能公諸於世的傳聞。

就算想逃，她和學也已經是在同一條船上，生死與共的伙伴了。

「……學大人。」

「什麼事？莉娜莉小姐。」

「請您負起責任喔？」

「我會盡力而為的。」

從這天開始，學和莉娜莉祭司變得會比以前更親密地共同行動了。

在那之後立刻傳出了兩人是年紀差了一截的情侶，最後兩人從假裝是情侶來瞞過周遭的耳目，發展成了真正的男女關係。

其他的勇者們也會拿這件事情來調侃他們，不過這又是另一個故事了。

先不提這兩人的幸福，動盪的時刻已經近在眼前了。

第四話　大叔報告調查結果

索利斯提亞公爵領，桑特魯領主館。

在負責行政工作的市政機構與索利斯提亞商會事務局並存的這棟領主館內，不管從左右哪一側的通道繞行，都能通到德魯薩西斯公爵所在的書房。

領主館本身從過去開始就是某個小城市在使用的，周遭隨著時代更迭建造了幾棟建築物，建物占地內成了可以欣賞各個時代建築風格的博物館。

由於原本分屬於不同的建築風格，建築物的外觀並不工整，後來經由德魯薩西斯公爵之手進行了大規模的增、改建工程，統一為文藝復興風格，才變成了現在的樣子。

對觀光客來說算是值得一看的景點吧。

因為做了規模大到讓人弄不清原本的建築物有多大的改建工程，為此花費了不少預算也是眾所皆知的事。

『看不出建築物之間的連接處。看來矮人也有參與改建工程吧。真虧他們能改建這些構造不同的建築物啊。不管哪次來看都令人嘆為觀止。』

每次來都會有新的發現，讓大叔總是像個觀光客。

當時身為前任公爵的克雷斯頓也對德魯薩西斯這幾乎可說是任性的誇張行動力很是無奈，還說出：

『不，老夫也沒什麼好說你的。畢竟說了也沒用，而且也已經太遲了……不過一般來說都會先商量一下吧？老夫是你父親吧？好歹也該……』這樣的話……

也因為他這時候完全沒有動用到稅金，甚至留下了相關人士對德魯薩西斯的個人資產到底有多少產生了莫大疑問的有趣小插曲。

而傑羅斯和亞特為了提交報告，來到了這棟可說是德魯薩西斯聖域的建築物的其中一室。

「我每次到這裡都覺得坐立難安。實在太豪華了……」

「亞特，我很能理解你的心情，但我們還在工作中喔？而且這不是該在委託人面前說的話。」

「嗯，我也不好說『你們隨意』。這裡對於平日生活於市井的兩位或許是無緣之處，然而其他貴族們也會來訪，難免會有一些多餘的裝飾，請兩位死心吧。」

「糟糕，被聽見了……」

「人家當然聽得到吧。你少說些廢話，乖乖保持沉默就好了……」

對於從沒出過社會工作的亞特來說，他只是因為受不了德魯薩西斯在看兩人提交的報告這段時間的沉默，才忍不住開口的吧。

可是以時代來看，在這個處於中世紀文明期的異世界，亞特這句發言被視為是大不敬也不奇怪。

如果對方是容易生氣的貴族，難保不會因為他這句話就立刻叫守衛過來。

「貴族社會中有所謂的不敬罪。因為他們也沒有像武士那樣低頭道歉，避免掀起無謂風波的習慣，所以你應該要小心點。要不是德魯薩西斯公爵是個寬容的人，現在擔任警衛的騎士們就會拿劍指著你了喔。」

「真的假的？」

「事實上貴族中是有那種貴族在。之前甚至有只因為肩膀擦撞，就處斬了鎮民的愚蠢之徒。真是令人遺憾啊……話說回來。」

「有什麼問題嗎？」

「這個創造出木乃伊的原因是『以血液為媒介的群靈（惡靈）』，你們確定沒錯吧？而且是過去受召喚前來的勇者化為的惡靈？」

「那是事實喔。在我看來，是因為他們原本畢竟是勇者，所以只挑惡徒下手。卻因此不幸的被群靈給奪走了主導權。」

「盜賊化為惡靈取代了元凶，這還真是讓人不知道該說些什麼才好。不過如果這是事實，就是件不得了的大事了。」

勇者變為惡靈，成了會為人類帶來災厄的魔物。

儘管這是能將梅提斯聖法神國逼上絕路的重要消息，同時也是個棘手的問題。

至今為止受召喚的勇者人數，就算只是查閱史書，也不是兩、三百人這樣的數字就能統計完的。還有更多的異世界人被召喚到了這個世界。

這些魂魄全都無法回到輪迴的圓環中，恨著四神及四神教徒，為了復仇而行動。

梅提斯聖法神國就此毀滅是無所謂，但是他們的矛頭就算轉向這整個世界也不奇怪，是無法坐視不管的重大事態。

「能讓神聖魔法『淨化』發揮不了效用，對火也有抗性。可以推測他們對魔法也有一定程度的抗性吧。」

「我也有同感。更大的問題是，我們無法拋棄不僅群靈或殭屍，還會出現更不得了的怪物的可能性。勇者的力量是特別的，長期滯留這個世界有可能造成異常。而這個異常會導致現象法則失控。」

「嗯……這番話聽起來就像是你很確定事實如此啊。傑羅斯閣下……我就單刀直入的問了。」

「是要問我什麼事呢？」

「我知道你們敵視四神。而且我認為你們手上已經握有對抗四神的手段了。然而從你們完全沒打算對那個國家動手的樣子來看，我想你們其實已經達成目的了吧？」

「你會這樣想的根據是？」

「你們不會像其他轉生者那樣沉溺於欲望之中，惹出一些需要做筆錄的麻煩。相反的，也可以說你們像是接受了什麼人的指示在行動。我想知道的是，你們接下來打算做些什麼。」

『『不是吧，他說做筆錄……轉生者經常惹事生非嗎？』』

公爵將雙手盤在胸前，打量著傑羅斯他們。

「我再更進一步的問你們吧。你們和那個你們裝傻說是人工生命體的異形少女在盤算些什麼？」

『唔！他連阿爾菲雅的事情都知道了……』

『真是駭人的情報蒐集能力啊……不過說我們在盤算什麼……咦？』

從德魯薩西斯這個執政者的角度來看，傑羅斯他們的行動太奇怪了。

改良魔法就算了，散布被視為神聖魔法隱匿起來的回復魔法，公開車輛以及其動力相關技術，以及魔法文字的解讀法，這些行為都足以引發文化或技術革命。

然而他們想要的只有一定程度的收益以及平穩的生活。一旦做出這樣的事情，或多或少都會和當權人士扯上關係，一般來說會為了達成目的利用當權人士才對。

所以德魯薩西斯對此多少有些不解及猜疑也是在所難免。

『仔細想想，既然小邪神已經復活了，關於這件事，我們已經沒有什麼好做的了嘛。』

相對的，傑羅斯覺得自己已經把該做的事情做完了，接下來只要自由生活就好。他這話別無他意，就是字面上的意思。找四神麻煩也不是他會想積極去做的事情。

既然對方是德魯薩西斯，這種層面的事情他早就知道了吧。

也就是說，可以把這質問解釋為他是想知道傑羅斯他們是敵是友，做一個保險起見的確認。

「我們沒特別在盤算什麼呢。你可以視為我們的工作已經結束了。」

「……那麼其他人又該怎麼看呢。」

「其他……除了我們之外的轉生者嗎？」

「就我所知，實力格外高強的轉生者至少已確認有四個人了喔？根據報告，除了你們，另外兩人一個在北邊的大平原和獸人們一同生活，另一個人則是傭兵。」

「這只是我的猜測，不過你應該是在說凱摩．布羅斯和馬斯古德．路涅桑斯吧？我不知道你擔憂的點是什麼，不過前者只要其他人不加害獸人族，他就不會與人為敵。後者應該沒多久就會自己跑去法芙蘭大深綠地帶了吧？因為他超喜歡狩獵。」

「我不知道是不是你說的那個人，不過最近有人帶了棲息在法芙蘭大深綠地帶的大量魔物素材到我們商會來。你們認識他們嗎？」

「不，我雖然認識布羅斯……不過馬斯克先生只是我的顧客而已。」

「我也沒有跟那個人說過話。大概只有在岩鐵先生的工坊跟他打過照面而已，完全不知道他在做什麼。」

「傑羅斯．梅林」、「亞特」、「凱摩．布羅斯」、「馬斯古德．路涅桑斯」。

這四個人是德魯薩西斯所知的實力格外高強的轉生者。照大叔推測，憑德魯薩西斯的諜報能力，三兩下就能調查出這些情報了吧。

凱摩．布羅斯致力於解放獸人族，現在也充滿活力的在進攻梅提斯聖法神國。而馬斯古德．路涅桑斯也如同傑羅斯所言，為了尋求狩獵場而以法芙蘭大深綠地帶為主要活動地點。現在也正因為成功地解決了獵物，興奮地大吼著吧。

雖然擁有不合理的體力和魔力，但是這兩人基本上都只為了興趣而生，不是德魯薩西斯需要警戒的對象吧。也不像是受了某人指示而行動的樣子。

「原來如此，我大概了解了。最後我想問，照你們的預測，那個國家會變得怎麼樣？我是認為他們不久後就會滅亡了。」

「啊～我也覺得這可能性很高。我聽說他們也有找過西邊大國的麻煩，我不認為那個大國會放過這個機會。」

「比起那個，我不覺得跟勇者魂魄有關聯的魔物只有那個群靈吶。依我的見解，無法完全排除已經出現其他魔物的可能性。」

「可是你說的魔物也對四神懷有恨意吧？那我國不就是安全的嗎？」

「嗯～……如果是這樣就好了，可是也有四神教的祭司或神官在這國家活動吧？我想說要是那些人也是魔物憎恨的對象，事情就麻煩了……」

「不不不，傑羅斯先生！別說這種會讓人擔心的話啦。」

「原來如此，還有這種可能性啊。這下感覺會發生相當愉快的事情嘛。」

『『為什麼這個人會喜孜孜的做出這種危險發言啊？這明明就不是一句愉快就能解決的問題啊～』』

德魯薩西斯公爵的個性就是情況愈危險愈能讓他燃起幹勁，事情愈麻煩他愈想干涉。

他平常就覺得「危險是讓人生變得更有趣的辛香料」，甚至會當眾做出這種宣言。總是追求著刺激的每一天。

有必要的話，他甚至會若無其事的主動創造出危險的狀況。

「不管怎樣，這樣就算是完成委託了吧。」

「嗯，辛苦了。酬勞我會匯進你們的戶頭裡。」

「說是這樣說，開戶的銀行也是公爵旗下的事業啊。真虧你沒有過勞死。雖然你到底幾時有空休假依然成謎啊……」

「我也是人。當然還是會休假的。嗯，是相當刺激的休假就是了。」

『『那個「刺激的」形容詞聽起來危險到讓人很恐懼耶！』』

他們忍不住懷疑起德魯薩西斯的休假是不是像好萊塢電影那樣，其實充滿了各種暴力場面。

雖然很想問問能自然地說出這種話的德魯薩西斯平常過著怎樣的日常生活，卻也在同時憑直覺感受到，要是問了恐怕就沒有退路了。

傑羅斯他們又重新體認到了。眼前的公爵真的是非～常不妙的那種人。

「那、那麼我們先告辭了……對了對了，邦巴砦的路迦．岡斯林格騎士團長要我代他向你問好。」

「問好啊……不過他提供了許多有意義的情報，也幫了我不少忙呢。他還真是重禮節啊。要是還有什麼狀況，也請他協助好了。你們這次也真的做得很好。」

「可以的話我想做些安全的工作啊……」

「亞特閣下還有製造魔導式四輪汽車的動力零件的工作要做。等你享受過約三天的休假後，要再請你來幫忙。畢竟我們現在還無法處理這個魔法術式。」

「不會吧～……傑羅斯先生你也來幫忙啦。那個是你做的吧？」

「幫忙啊……我拒絕！樣品的確是我做的，不過扯到生產的話，就不在我負責的範圍了。別擔心，只要把魔法術式刻進去，是很簡單的工作啦。」

「用鑄造的就好了吧！把材料倒進模具裡就可以輕鬆搞定了嘛。」

「鑄造工廠還在趕工建設中。在建設好之前只能請你好好努力了。」

大叔的工作就此告一段落了，不過亞特在三天後還得面對辛苦的工作。

然而大叔乾脆地決定對亞特見死不救。

德魯薩西斯目送兩人從門口離開之後，看著一張書面報告。

「類似種子島的武器嗎……從威力上看來是天差地遠，不過畢竟持有人是傑羅斯閣下，我想他絕不會販賣的。因為這是能徹底改變軍事戰略，極為危險的武器啊。雖說我對這武器也很有興趣就是了……

好了，接下來該怎麼辦呢。」

那份報告上寫有路那．沙克城一戰的詳細經過。

由於內容清楚寫明了魔導槍的存在，令他很感興趣。但這武器同時也懷有能徹底改變現有的軍事狀況，讓戰場變得更為悽慘的危險性。

「得多付點報酬給在聖騎士團裡的密探才行啊。嗯，總之以種子島為基礎，讓我旗下的工坊試著開發也挺有趣的。應該還不用向陛下報告吧。要是被笨蛋們知道了，難保事情不會鬧大。那些傢伙要運用這種東西還太早了。」

德魯薩西斯的情報網甚至伸進了梅提斯聖法神國的精銳部隊裡。

他稍微思考了一段時間後叫了部下過來，指示部下將報酬匯入傑羅斯他們的戶頭裡。

密探那邊是要派檯面下的人直接交付現金，不過他有嚴格命令對方要小心送過去，別被抓到馬腳。

不管在檯面上還是檯面下，德魯薩西斯公爵都是個影響力大得過剩的人物。

「『工作已經結束了』啊……雖然他沒明說，但應該視這發言為邪神已經復活了嗎？可以的話，希望他們能讓我體驗到最棒的緊張感啊。呵呵呵……」

公爵大人望著窗外的景色，低聲做出了危險發言。

他真的是個危險人物。

◇◇◇◇◇◇

離開領主館之後，亞特立刻奔回家找唯，而大叔則是一路買著香菸和當伴手禮的肉串，悠哉地踏上了歸途。

最近的舊街區充滿了活力。

這裡除了從很久以前就定居在此的人，還有從其他國家因為某些理由而流亡至此的人擅自住下來，一直到不久前都還是眾多遊民和小混混的聚集處。

可是隨著桑特魯城的經濟狀況日益活絡，僱用工匠的需求增加，小規模的工坊也跟著重獲新生。一般的無業遊民去了飯場土木工程公司，工匠們則活用舊街區內的廢棄工坊，現在在協助製作魔導式四輪汽車的外裝零件。

雖然動力部分的零件是由索利斯提亞派旗下的工坊負責製作，不過因為技術卓越的魔導士不多，所以目前仍處在追不上生產需求的狀況。

追根究柢，會使用魔導鍊成的魔導士屈指可數，所以不管怎樣都得要靠工匠的手工作業為中心來生產製造。由於尚處於機械工學等技術仍不發達的中世紀文明期，需要仰賴工匠的技術也是無可奈何。

不過就算處在這樣的狀況下，仍有一線光明。看過魔導式四輪汽車後，矮人對機械產生了興趣，開始和魔導士合作，著手製作工業用機械。

所謂的車輛是靠動力機械產生動能，使車輪轉動並藉此移動的工具。重要的是其中靠動力機械產生並傳導動能的構造，可以運用在各式各樣的機械上。若是活用了金屬螺絲和齒輪的機械誕生於世，機械工業便會急速發展起來吧。

這些想成為技術人員的人住進了舊街區，在索利斯提亞商會的保護下進行活動。

「該把重點放在如何用少量魔力達到最高效益嗎……只是要動起來的話不用費太多工夫就是了。」

「沒辦法只靠齒輪來傳導旋轉動力。力量是夠，可是轉數……」

「我覺得履帶是不錯的方案啊～」

「很難兼顧耐久度啊。雖然也要看使用的材料為何，但是問題就出在不知道什麼材料才適合。」

「完成這個就能大幅提昇工作效率。可是光靠魔石來補充魔力也是有極限的啊。而且欠缺實用性。」

「魔力槽這東西是很好，但祕銀和精金鋼……不僅難以加工，開採量也很少。更何況山銅那種東西，老夫可是從沒處理過啊。」

看來應該是在製作工業用機械的工匠們正聚在廣場前議論著。

他們分別請其他人對自己的成果提供意見，從各種方向性提出方案並改良，再加入創意，想辦法提昇成品的效益。

沒錯，魔導式四輪汽車的問世，使索利斯提亞魔法王國邁向了產業革命。

然而說起製造出這個契機的大叔——

『真熱鬧啊～我剛來的時候這裡還是老舊髒亂的街區，不知不覺間有了這麼多人啊。似乎也有些人開始在這裡開店做生意了，生活機能變得更好了呢。』

——完全是一副事不關己的樣子。

他雖然會自顧自地製作東西出來，不過在把東西交到他人手中之後便漠不關心，不會去多管閒事。他絲毫不打算參與工匠和魔導士們的對話，悠哉地抽著菸從旁走過。

對大叔來說，引發技術革命的始終都是這個世界的人，他自己完全不想加入其中。更沒打算在歷史上留名。

『既然買了肉串當伴手禮，他們就不會湊上來搶我的了吧。凱到底為什麼會如此執著於肉啊～』

想到那個肉食至上主義的少年，傑羅斯不禁苦笑。

其他飢渴的孩子們對肉也很執著，然而唯有凱對肉有著異常的執著心。對第一口有所堅持，對最後的一片也很執著。

凱吃肉的方式獨樹一格，若是不遵照他的方式，就算是伙伴他也不會放過。他視吃下第一口肉為神聖的行為，接下來像是憐愛眼前的肉，疼惜地品嚐，再對最後的一片肉懷抱著謝意，獻上祈禱。

傑羅斯完全不懂到底是什麼讓他做到這種地步的。

『凱是打算靠肉建立起新的宗教嗎？』

大叔想像了一下。

在莊嚴的神殿中，做神官打扮，站在祭壇前的凱。

在他面前的是一張長桌。眾多神官坐在長桌旁，對裝在大盤子裡的烤肉獻上祈禱。

祈禱結束後，眾人分別從大盤子裡取下一片肉，用憐愛的眼神看著肉並送入口中，疼惜地品嚐著肉的滋味。

在那之後眾人就只是默默地吃著肉，然後流著眼淚感謝最後的一片肉，說完「今日也感謝化為我等血肉的肉們。並且為往後將成為我等食糧的生命與肉獻上最深的敬愛。阿們……」這個只是大家聚在一起吃肉的用餐聚會便結束了。

『……這什麼鬼宗教啊！』

傑羅斯忍不住吐槽起自己的妄想。

雖然光顧著吃肉的宗教本身就已經夠詭異了，然而問題出在想像時的情境。

他剛剛的妄想是在莊嚴的神殿裡，不過這要是換成在地底下陰暗的祭壇，那就會變成一群人在黑暗中，僅靠著燭台上蠟燭的些許火光，沉默且專心一志地吃著肉的景象。

場面轉眼間就變得邪惡又詭異，宛如崇拜惡魔的聚會。

最重要的是，實際上凱對肉的執著強烈到難保他不會成為教祖的程度。以他熱愛肉的程度，若是有人否定肉，他真的有可能會將對方視為是邪教徒。

『……笑不出來。感覺他真的有可能會建立起宗教，太可怕了。要是強尼他們能阻止他就好了，不過應該很難吧……』

大叔擔心起凱的未來。

而且擔心歸擔心，結果還是把事情丟給別人去處理。

就在大叔因為愚蠢的妄想而煩惱著，抵達教會前時，和正好從禮拜堂出來，住在附近的老人家們擦身而過。

這幾位老人家幾乎都是為了接受路賽莉絲的治療而來，不是為了祈禱才來教會的。

「生意還真好啊。」

路賽莉絲雖然身為見習神官，可是她的工作比起神官更接近醫師或是藥師，在這個沒有人負責行醫的舊街區成了許多人的救星。

或許是受到養育她長大的某個放蕩祭司影響，她沒那麼熱衷於四神教的傳教活動，就算偶爾在祭壇前講述教義時，採用的也是「一味仰賴神，等於是停下了腳步。自己去思考，用自己的腳步往前邁進，對自己的行動負起責任，才能確保人的身心健全。我認為未來不是由神所引導，而是許多的人們互相協助、共同構築出的事物。」這樣的說法。

由於她最近得知了神官也算是一種魔導士的事實以及自己的身世後，行動在無意間變得大膽了起來，傑羅斯也很擔心她會被異端審問官這個暗部組織給盯上。

不過桑特魯城是德魯薩西斯公爵治理的領土，就算暗部組織想私下潛入，也很有可能會被擋在城鎮外頭，儘管不能大意，不過至少比其他城鎮來得安全。

在國政層面上，梅提斯聖法神國雖然有強烈要求索利斯提亞魔法王國讓他們派遣異端審問官過來，可是索利斯提亞魔法王國不可能讓會干涉內政的危險分子入國，所以全都拒絕了。

基於這些緣由，桑特魯城的舊街區今天也很和平。

『一直站在教會前面會讓人起疑的。趕快進去吧。』

大叔打開教會大門，踏入禮拜堂，只見路賽莉絲正好在收拾藥瓶。

凱和拉維在打掃，沒看到其他孩子的身影。

仔細傾聽可以聽見金屬碰撞的聲音，以及使空氣為之振動的震動聲。

看來其他孩子們正在和咕咕們修行。

「嗨～我回來了。」

「啊，歡迎你回來，傑羅斯先生。順利完成工作了嗎？」

「只是找木乃伊這種簡單的工作，一下就搞定了。我不在的期間有發生什麼事嗎？」

「和平常一樣，日子很平順喔。沒出什麼問題。」

聽到沒出什麼事，傑羅斯就放心了。

雖然出了什麼麻煩也只要解決就好了，不過他總之還是先做了最基本的報告、聯絡、商量。

不知何時會出現莎蘭娜那種麻煩人物，所以光是多留意細微的異常現象，也能多少降低發生危險的可能性。

畢竟這裡的治安和地球完全不同。扒竊這種輕微的犯罪行為幾乎天天都在上演，偶爾也會發生強盜或殺人事件。跟解決的案件相比，未偵破的案件還比較多。

實際上在城外的交通幹道上經常發生強盜事件，而確定要派遣騎士團過去時，犯人早就逃走了。所以大多數的情況下都無法將犯人逮捕歸案。

遭到魔物襲擊的人數增多也是個棘手的問題。

桑特魯城的治安只是比其他地方來得好，其實還是相當危險。

「沒事就再好不過了。畢竟最近這一帶人也變多了，可能會有罪犯跟著混進來，還是得小心點。」

「是啊。今天也有初次到教會來的患者，這附近真的在不知不覺間變得熱鬧起來了呢。感覺都要來不及補充藥草的存量了。」

「嘉內小姐她們是去泡溫泉了？等她們回來之後委託她們看看如何？畢竟她們是傭兵，我想也有在接採集藥草的委託吧。」

「最近嘉內常因為工作前往阿哈恩村喔？我聽說那裡的礦山化為了迷宮，魔物的數量也增加了。」

「……阿哈恩村？礦山？」

以前傑羅斯他們曾經為了採礦而去過的村子。

那座礦山變成了迷宮，最下層有巨大的沙地蠕蟲繁殖，多到簡直快要滿出來了。

他雖然用廣範圍殲滅魔法徹底消滅了那些沙地蠕蟲，可是迷宮會吸收生物的魂魄和魔力成長。所以大叔也是迷宮活化的原因。

然而迷宮的存在也不完全只有壞處，因為可以從迷宮中獲得帶有魔力的武器或是珍貴的魔物素材，所帶來的恩惠也能間接帶動經濟發展。

大國之所以會盡量去管理迷宮，也是因為比起只有在礦山等特定地點才能開採到的礦物資源，迷宮更方便確保足夠的資源。

祕銀、山銅、大馬士革鋼等稀有金屬就屬於這類資源。

順帶一提，緋緋色金是用祕銀、山銅、白鐵依據特定比例調配鍊成的合金。雖然也有在大自然中自然形成的緋緋色金，但很難加工利用。

「看她們總是待在教會，我還以為她們手上沒工作，沒想到有在那裡出入啊。不過迷宮也伴隨著危險就是了。畢竟裡頭也會冒出強大的魔物，不定期減少魔物數量，之後會演變成不得了的大事啊。」

「嘉內她們好像就是在負責做那個定期減少魔物數量的工作喔。因為可以強化武器和防具，把素材拿去賣了也能賺錢，所以她們很高興呢。」

大叔還是第一次聽說嘉內她們有在阿哈恩村攻略迷宮。

除此之外好像還有在承接討伐出現在農場內的魔物、護衛商人的委託，沒有工作時也會接採集藥草的委託。

嘉內和伊莉絲現在雖然去溫泉旅行了，不過傭兵是個不每天工作，資金馬上就會見底的嚴苛職業。而雷娜的私生活則是一團謎。

雖然靠著兒時玩伴的關係借住在教會裡，但反過來說，這也表示了她們的生活有多困頓。

『照一般觀點來看，她們也是在仰賴他人的善意啊～唉，雖然傭兵不是那麼好賺錢的工作……光是有賺到生活費就不錯了吧。』

既然都出社會了，就不能一直仰賴他人的善意過活，嘉內她們在這方面也覺得很過意不去吧。所以大叔可以猜想得到，她們應該至少有給教會餐費。

「大叔，你沒帶伴手禮回來嗎？」

「肉呢？肉肉肉肉，肉～～～～～～！嗯嗯？有肉的香味！」

「雖然算不上是伴手禮，不過我有買肉串來當晚餐喔。」

「抱歉總是麻煩你。來，你們兩個也要向傑羅斯先生道謝。」

「謝啦，大叔。」

拉維完全沒有半點歉意的舉起手來道了謝。

只有凱在聽到肉串後，臉上的表情逐漸變成了燦爛的笑容，當場跳起了喜悅之舞。

「謝謝你，肉教祖大人啊啊啊啊啊啊啊啊！」

「我被當成肉的教祖了嗎！」

大叔的評價升格為肉教的教祖了。

對凱來說，會免費賜予他美味的肉的對象等於是神。

儘管大叔並不想被捧為不知道是什麼鬼宗教的教祖，不過他很高興看到凱這麼開心，而且這是凱最頂級的讚美以及表達感謝的方式了，所以他也不好開口抱怨。

傑羅斯心中深切祈禱著，若是他先前的妄想化為現實，凱真的當上教祖時，希望凱不要把他當成神來拜。

他邊想著各式各樣的事，邊打開了自家的大門。

「哦，汝回來的還真晚吶……好了，快獻上供品給吾吧！炸豬排，吾要炸豬排！稀得像水的咖哩吾可不愛喔？」

「一回家就討飯的邪神到底是……」

過去差點毀滅世界的小邪神——「阿爾菲雅．梅加斯」兩手分別拿著叉子和湯匙，挺直了背坐在椅子上，敲著桌子迎接傑羅斯。

而且還指定要吃豬排咖哩。神的威嚴上哪去了啊……

「我不過是離家幾天就這個樣子……我不是有給路賽莉絲小姐餐費，請她張羅妳的三餐嗎？」

「汝可是在用餐時間回來了喔？若不收下汝獻給吾的供品太失禮了吧。」

「妳是只有吃飯，其他時間都光顧著玩嗎？」

「真失禮，吾可是有好好在世界各處奔波，尋找四神喔！比起那種無聊事，快獻上供品給吾！吾要降下天罰了喔！」

「不是，說什麼無聊，那才是最重要的事吧……」

創世神的後繼者，亦為觀測者。

墮落為美食家的前邪神兼女神大人，今天也充滿活力又可愛地討著飯。

完全沒提她已經解開了一個制約封印的事……

◇◇◇◇◇◇

擔心大腹便便的唯，亞特急忙回到索利斯提亞公爵家別館。

然而他一回到家，聽到的話就是——

「恭喜您，是個健康的女孩喔。」

「啥？丹迪斯先生……你剛剛說……？」

「所以說，是唯小姐已經生了。你現在是一個孩子的爸了，可喜可賀啊。」

「什、什麼！」

——孩子已經出生了。

不，他雖然知道已經快到預產期了，但沒料到他只是外出幾天，孩子就出生了。

「「亞特先生，恭喜你！」」

「啊……喔……」

只是突然得知孩子已經出生了，亞特完全不覺得這是現實。

不如說他的內心充滿了唯生產時他沒能在場的罪惡感，這些祝賀的話語空虛地在他的腦中迴盪著。

突如其來的消息讓他受到了強烈的衝擊，一時失了神。

他是在夏克緹她們忍不住硬把他拖去唯的房間裡，看到躺在床上的唯和自己的孩子才復活過來的。

在那之後，他意義不明的喜悅大叫聲響徹了整棟宅邸。

第五話　大叔對亞特火大起來了

調查完神祕的集體木乃伊化事件的三天後。

完成和咕咕們過招以及陪活潑孩子們訓練這些平常的日課，順便連田裡的工作也做到一個段落後，大叔把閒暇的時間拿來耗費在製作東西上。

危險的魔導槍或是採用了魔法動力的交通工具……他所製作的不是這些東西，而是回歸原點，在奇幻世界中最常見的魔導具。

「……嗯～～如果是這個，拿去擺攤應該賣得掉吧？」

他把利用在寶石中注入魔力使之變質而成的「魔晶石」或「魔石」製作的裝飾品排在眼前，仔細地一一觀察完成品的品質，加上寫有親切售價的標籤。

魔導具就算是簡單的東西也要十萬金。相當於日幣十萬圓，是初出茅廬的傭兵絕對買不下手的高額道具。

更何況魔導具是消耗品，特別是用魔石製成的東西，只有一定的使用次數。

這是因為魔石式魔導具是透過消耗魔石內的魔力，來發動魔法術式內寫定的魔法效果，一旦消耗掉魔力，魔導具上的魔石就會變小、碎裂。

愈是強力的魔法要耗費的魔力就愈多，要提昇攻擊力就必須讓魔法術式變得更為複雜，很難寫入魔石內。此外威力愈強，所需耗費的魔力量也會隨之增加。正因如此，大範圍魔法之類的魔法以要刻入魔石的魔法陣來說是有極限的。

要在戒指中加入大魔法幾乎是不可能辦到的事。就算做了也會變成只能使用一次的拋棄式魔導具，加裝在上面的魔石會用光所有魔力而碎裂。

相對的，魔晶石魔導具雖然擁有可以藉由注入魔力，反數使用無數次的方便性，可是能注入的魔力量有限。

再說就算用來加工製成魔晶石的寶石愈大就能注入愈多魔力，可是要讓寶石變大，需要將許多同樣的寶石加壓使之結合，而製造出的魔晶石也會因為結合後變大，而變得不適合用來製成飾品。

這點對於魔石來說也是一樣的。

要製作能儲存大量魔力的魔石或魔晶石，必須要有比「結合」更進階的技能「壓縮」才行，可是跨越了加工為適合大小的這道牆之後，這下又換要在其中刻入魔導術式這個難差事了。製作魔導具就是有太多麻煩的程序得完成。

大致上來說都是要同時運用「魔力複寫」和「加工」的技能，來把魔導術式刻在魔石等礦物或是用來當成飾品底座的金屬表面上。可是愈強大的魔法，魔導術式也愈為複雜。

要製造更強力的魔導具，必須同時運用好幾個技能，才能勉強做出一個像樣的東西。可是在製作出品質足以拿到市面上販售的商品前，將會浪費掉大量的材料。

『就算要教茨維特他們，材料也不夠啊……不，也不曉得我們的常識在這個世界上可以通用到哪種程度，他們說不定三兩下就能學會技能了……』

在「Sword and Sorcery」裡，必須反覆製作道具非常多次才能學會技能，不過遊戲的內容未必能完全套用在這個世界。大叔沒辦法完全捨棄這世界的人只要掌握到訣竅就能輕鬆學會技能的可能性，很煩惱該不該教學生們魔導鍊成。

「嗯嗯……亞特你覺得呢？」

「嗯~……該叫由香里嗎？不不不，寫作愛，唸作MEGUMI……不行，這樣感覺她長大會變成一個瞧不起老爸的女兒，最重要的是會顯得我很像劈腿男，這我可不要……太怪的名字感覺又很煩，還是乾脆取個像外國人的名字啊？」

「……你還在想女兒的名字啊？」

「這也沒辦法吧。唯那傢伙說希望我來命名，但我很不擅長這種事情啊。」

「畢竟你的遊戲暱稱也很簡單，看得出來你很不擅長命名。」

在亞特調查殭屍事件時，他的妻子唯生下了孩子。

這本身是很值得慶賀的一件事，可是在那之後他拚命在想女兒的名字，從早上開始就一直煩惱著。

「叫沙耶怎麼樣？」

「感覺會在黑暗的世界裡揮著刀子，搞得渾身是血，所以不行。」

「那咲夜呢？」

「感覺會被老公懷疑她偷情，結果自暴自棄把自己關在櫥櫃裡點火啊……未來還有可能會停止時間，用小刀猛刺別人。」

「愛麗絲。」

「感覺會迷路闖進奇幻世界，然後就再也沒有回來了，我覺得不好……」

亞特從早就是這個樣子。

只要問他什麼意見，他就會反問女兒的名字要怎麼辦，扯開話題。

就算傑羅斯在田裡工作，亞特還是跑來哭訴個沒完。

從大叔的角度來看，老實說真的覺得他很煩人，但看在這是亞特成為人父後的第一件工作，他便耐心忍住了。

「那小圓……」

「感覺會成為魔法少女，結果到最後還讓自己的好朋友哭了啊……雖然個性純真又溫柔是很好啦，但還是不行。心裡果然還是要有夢想這個巨大的野心才行。」

「巨大的野心……既然這樣，叫魔理沙怎麼樣？」

「Master～Spark——————！」

「為什麼要用超級機器人大戰的語氣來喊啊！」

大叔可以理解亞特想幫第一個孩子取個好名字的心情，可是他只要提議，就會馬上被亞特打槍，這他實在無法接受。

例如他說了「神樂這名字怎麼樣？」，亞特就會反駁他「感覺會養成一個食量大又愛開黃腔，整天吃醋昆布的孩子」，他再問亞特「那不然叫零怎麼樣？」的話，亞特又會拿「可是這名字聽起來有很多替代品的樣子……」這種話來回他。

結果不管他說什麼，亞特都會挑他毛病，所以傑羅斯也漸漸開始嫌煩了。

「乾脆叫節子就好了啦。就此定案，辛苦啦～」

「拜託你認真想啦～我才不要幫女兒取迎接那種悲慘結局的名字！」

「說穿了，到最後決定的還是亞特你啊。我不管提多少名字你都不會接受吧？既然這樣，不管我說什麼都沒用嘛。」

「別說這種話，再多少幫我想幾個方案啦！我已經腸枯思竭，到極限了啦！」

「……最後一個，燈里。」

「可惜！雖然是個好名字，但感覺會說一些害羞的台詞……」

「亞特……我差不多可以揍你了吧？老實說我也已經到極限了喔？」

到了這個地步，實在讓他忍不住湧上了一股殺意。

相當不爽的大叔拿出沙漠之鷹，用槍口抵著亞特的額頭，拇指壓下了撞針。

他臉上雖然帶著極為燦爛的笑容，卻藏不住身後那漆黑深沉的氣息。

「你、你是……開玩笑的吧？再說這個比起揍，應該是射殺吧……？」

「哈哈哈，亞特……就算是個性溫厚的叔叔我，忍耐也是有限度的喔？就讓我在此為永無止境的問答拉下布幕吧。」

「這狀況看起來會連我人生的布幕也一起拉下耶！」

「在我數到三之前，趕快決定你要怎麼做吧。一。」

——砰————！

大叔在數出一的瞬間便毫不猶豫的扣下了扳機。

亞特像是某部電影出現過的情境那樣，把上半身往後仰躲過了子彈，但大叔又開了一槍追擊。

沒有要手下留情，完全是來真的。

「你、你開槍了……而且還開了兩槍。連我老爸都沒開槍打過我啊！而且你根本沒有數到三！」

「所謂的男人，只要記住一就夠了啦。把凡事總是一發決勝負這句話刻劃在你的靈魂上吧。」

「你開了兩槍吧？根本就不是一發決勝負啊！你是認真想要殺了我吧！」

「別在意那些小事啦。放心，這只是橡膠子彈。被打到兩腿之間是會痛得要命，但不會死人的。」

子彈似乎確實是橡膠子彈，可是亞特清楚地看見那個橡膠子彈陷入地面了。這就表示那子彈有讓人根本想不到是橡膠的強度，就算是身懷作弊級能力的亞特，那子彈的威力也不會讓他只痛一下就沒事。

「你第二發差點打中我的兩腿之間耶？我說……用那種威力的子彈打中我，我會從此不舉吧？」

「至少你再也不能去外面偷吃了，我想唯小姐會很高興吧。」

「別開這種讓人笑不出來的玩笑！」

「開玩笑啊……你真的覺得我是在開玩笑嗎？」

大叔是認真的。

別說不爽了，他根本火大到不是鬧著玩的程度。

而亞特親自見識過那會帶來怎樣的結果。正確來說是大叔矛頭所指的對象的下場就是了……

「………………非常抱歉！」

「你知道就好。」

亞特立刻下跪道歉。

人家明明在幫他想名字，他卻不斷拿各種動畫哏出來否決。這樣就算是相當有耐心的人也會覺得煩躁吧。

「畢竟名字是要跟著人一輩子的，我也可以理解你想取個好名字的心情。可是你一邊要別人提意見，又一邊嫌東嫌西的否決人家的提案到底是怎樣？而且還是一而再，再而三的這麼做。」

「就算你這麼說，可是要我取名字實在是強人所難啊。因為我的命名品味糟透了～」

「我順便問一下，你一開始取了什麼名字？」

「……貞子。被唯否決了。」

「嗯，唯小姐做得好啊。你為什麼會想取這個名字？」

亞特的命名品味和一般人有點落差。

會想決定用貞子的理由，似乎是因為「感覺會成長為不管遇到怎樣的障礙，都能憑力量強行突破的堅強女孩」，不過在大叔眼裡看來，只覺得好像會變成惡靈，很恐怖。

雖然大叔又叫亞特提了幾個他想的名字，然而最後導出的結論是亞特想的名字不管哪個都是悲劇性死亡的角色，或是那種最後悽慘地遭到殺害的典型反派角色，實在不懂他為什麼會優先考慮這些名字。

「你……是跟小孩子有什麼仇嗎？還是你其實討厭小孩啊？」

「說什麼傻話。是因為她誕生在這個危險的世界，我希望能多少討個好兆頭啊。動畫裡的悲劇角色不都很有骨氣，到最後一刻都有著堅強的意志嗎？」

「不是，你提議的名字裡也包含了毫無意義地悽慘喪命的角色在內吧？你還是先脫離動畫來想比較好。」

「也是啦，畢竟作品不同，就算是一樣的名字，角色的定位和個性也不一樣啊～果然還是該叫『華漣』或『華音』吧。在奇幻世界裡感覺也不會太突兀。」

「這名字不錯啊。你是什麼時候想到的？」

「今天早上啊？」

「喂……」

這就表示從早上持續到剛剛為止的問答全是白費工夫，一開始只要從這兩個名字當中選一個的話，傑羅斯也不會氣成這樣了。

他想取個好名字的心情太強烈，使思考陷入了泥淖中，優柔寡斷的個性又使情況更加惡化。

以結論來說他根本沒有必要煩惱。

大叔得到這個回答後氣炸了。

「我還是第一次被人這樣當笨蛋耍呢。」

「……啊…………拜、拜託你聽我解釋。」

「要是用說的就能解決所有問題，那就不會有戰爭了喔。好了，開始我們之間的戰爭吧。」

在桑特魯城的一隅，甚至連口袋都進不去的愚蠢戰爭開打了。

橡膠子彈飛來飛去，慘叫聲響徹周遭，激烈的撞擊聲使空氣為之振動。

在亞特被徹底痛揍一頓之前，這場戰爭都不會停歇。

◇◇◇◇◇◇◇

隔天，傑羅斯為了祝賀亞特他們的孩子出生，準備了養育小孩的必要用品，來到了克雷斯頓居住的別館。

伊莉絲她們也在昨天結束溫泉旅行回來了，現在正在教會裡休息，療癒長途跋涉的疲憊。

唯現在也還躺在床上靜養，不太能行動。

初為人父的亞特也沒做好在這個異世界養育小孩的準備，為了買嬰兒床和尿布之類的用品而四處奔波，遺憾的是這個世界似乎沒有紙尿布這種拋棄式的商品。

『畢竟也不好意思一直受克雷斯頓先生那邊的女僕照顧吶。亞特也很辛苦呢～』

大叔總是一副事不關己的樣子。

於是大叔在管家丹迪斯的帶路下，來到了唯所在的房間。

「唯小姐的房間在這裡。」

「哎呀～抱歉在百忙之中勞煩你了。」

「不會不會，我也想起了茨維特少爺他們和大小姐出生時的事情，正覺得有些懷念呢。」

「他們三兄妹都是在這裡出生的嗎？」

「茨維特少爺他們是在領主館。在這裡出生的是德魯薩西斯老爺和大小姐。德魯薩西斯老爺出生的時候，我才剛作為見習管家來到這棟宅邸呢。那時候我也還年輕。」

「老實說我完全無法想像德魯薩西斯閣下的孩童時期……」

面對傑羅斯的疑問，丹迪斯苦笑地回了句「大家都這麼說」。

好像是最近茨維特才說了一樣的話。

「唯小姐，傑羅斯大人來探望您了。」

丹迪斯敲門之後在門前出聲先打了招呼，可是房裡不知為何很吵鬧。

其中亞特喊著：「唯！不要勉強自己！妳現在還得躺著休息才行吧！」的聲音特別令人在意。

傑羅斯和丹迪斯困惑地看了看對方。

「……那兩位是怎麼了呢？」

「天曉得？」

兩人探頭觀察了一下房裡的狀況，只見唯正在做簡單的伸展運動，而亞特拚命地想阻止她。

「亞特……先不管你今天應該要去工作的事，這是在吵什麼？」

「傑羅斯先生，你來得正好！快幫我阻止唯，她明明才生完孩子，身體狀況還沒完全復原，卻在運動啊。」

「原來如此……唯小姐，亞特看起來都操心到快死了，請妳還是別勉強，乖乖休息吧。」

「咦～可是生產後女性賀爾蒙會增加，運動的話就能常保青春美麗了耶……」

「原來如此……妳是為了亞特啊。」

徹底為唯所愛著的亞特。

說實話這還真令大叔嫉妒。

「對了對了，這是我送你們的賀禮。有奶粉、奶瓶，還有紙尿布……」

「傑羅斯先生，謝謝你。」

唯老實地道謝。

「等一下！傑羅斯先生……你為什麼會有這些東西？」

「嗯？就是我手邊多出來的東西，因為有很多，希望你們能拿去用而已。由於在活動裡拿到了製作配方，所以那時候做了很多來賣不是……啊，我記得那時候亞特你們不在吧。為了提昇生產職業的技能，我和凱摩先生之前的小隊成員一起做了很亂來的事呢……」

「雖然你說亂來的事，讓我很在意你們做了什麼……不過有這些東西的配方喔？」

「應該是在第四次改版更新的時候吧，我為了獲得活動通關報酬，所以參加了製作嬰幼兒用品的活動。雖然在活動時可以把這些東西拿去店裡賣，藉此賺取資金，所以我才著手大量生產，可是蒐集製作材料也費了我一番工夫啊～而且因為出了一點小差錯，到活動結束之前我都得一直製作奶粉跟紙尿布。那真是地獄……」

「Sword and SorceryⅣ」。在第四次的改版更新內容中，多了許多以一般玩家為重心的活動。這個製作嬰幼兒用品的活動只要製作出的成品評價好，就會有王公貴族們猛下訂單，可以賺到一大筆資金。要說缺點的話，就是在出現產業間諜偷走製作配方之前都得持續生產，沒辦法去接其他的任務。

大叔對這個活動的痛苦回憶就來自於他不小心打倒了那個產業間諜，到活動結束前都只能不斷的製作奶粉跟紙尿布，陷入宛如身處黑心企業的狀況。

這也是他手邊為什麼會多出這麼多奶粉和紙尿布的原因。

「這個配方就給亞特你吧。下次自己做。」

「不是，你手邊為什麼會有配方啊？這一疊文件到底是……」

仔細看看這些文件，上面詳細的記載著紙尿布和奶粉所需的材料以及製作方式。不管怎麼看都是哪家企業的重要文件。

「你啊，手邊應該也有一本紀錄了道具製作配方的書喔。我也是在翻道具欄的時候偶然翻到的，那本書超厚的……」

「咦？真的假的？」

在「Sword and Sorcery」裡，只要曾經改造過魔法或是玩過生產職業的人，在個人技能的欄位就會多出名為魔導書或道具製作配方的技能。

比方說傑羅斯的技能就叫做「梅林的魔導書」，亞特的則是「ADO的魔導書」。配方就單純叫做「道具製作配方」。

這些技能在這個世界會以書本的形式顯現出來，總之就是有數百本超厚的書存放在亞空間。他交給亞特的文件就是那些配方的複本。

而在傑羅斯提起之前，亞特都沒發現這件事。

「……我可以拿這個去和德魯薩西斯公爵做交涉嗎？」

「可以啊，隨你拿去用。不過像我們這種會用魔導鍊成的人雖然可以省去製作步驟，但是目標是拿去一般市面上販售的話，最好還是從頭開始學習製作方式。想當成商品量產的話，也是早點去找公爵交涉比較好。」

「傑羅斯先生……謝謝你！我會試著照這文件來做樣品的！只要把這個拿去賣到伊薩拉斯王國，小孩子就不會喪命了。」

「只要把步驟分割開來製作，我想應該可以用流水作業線大量生產吧。這商品應該會很受家裡有嬰幼兒的太太們歡迎。」

但是會需要大量會用鍊金術的人員——

這是題外話，不過傑羅斯的道具欄裡存有大量的奶粉。

可是一般來說會被分類在食材的奶粉，不知道為什麼躺在素材欄位的一隅，所以被他忽略了。恐怕是因為沒泡在熱水裡就不算成品，所以被當成是素材了吧。

問題是他在法芙蘭大深綠地帶時沒注意到這件事。

儘管處在緊急情況下，還是看漏了重要的食材，持續過了一整週只有肉可吃的嚴苛野外求生生活，身心疲憊至極。

唉，因為當時只要打倒魔物就會有新的魔物湧上，他也不認為自己有那個餘力去確認素材欄，可是事後發現這件事的時候，大叔真的非常消沉。

換個角度也可以說還好沒發現，省得一把年紀的大叔還要咬著奶瓶到處跑，不過考慮到當時處在攸關性命，必須在嚴苛大自然中進行野外求生的情況下，這不過是個小問題。

「傑羅斯先生，也把用『波爾特』製作砂糖的配方告訴我啦。我想送去伊薩拉斯王國。那個國家沒有甜點，孩子們很可憐啊。」

「因為砂糖被當成貴重物品，所以會變成國家事業吧。我想他們多半得從阿爾特姆皇國進口柴火，不過能製造出砂糖的話，應該足以回本……吧。」

「你講的這麼不肯定，是有什麼問題嗎？」

「我覺得可能會來不及生產。再來就是品質。那種植物確實可以從莖和葉子萃取出糖份，可是熬煮時的火候要是不對，萃取出糖份時就會帶有植物特有的苦味呢……」

「這點他們會去做實驗吧。我想他們應該不會突然就做大量生產這麼亂來的事。」

「如果是這樣就好了吶。我之後抄一份給你。」

傑羅斯也希望亞特能夠比較自由的行動。

儘管現在被尊為國賓，但也有可能在之後演變成麻煩事，所以他還是希望亞特能和伊薩拉斯王國稍微保持一點距離。為此他會在這方面盡量協助亞特。

「不過有奶粉跟紙尿布真是太好了。老實說光靠母乳我還是不太放心……」

「也是啦。以我們的角度來看，要在這個世界照顧小孩很辛苦，而且在衛生層面上也難免會有疑慮啊。」

「這下要照顧『華音』就會輕鬆一點了。傑羅斯先生，真的很謝謝你。」

「孩子的名字叫華音啊。」

「是的，唸作KANON。因為可以的話，我們還是想取地球的……日本的名字。」

「是亞特拚命擠出的名字嘛～他開始跳起機器舞的時候，我還以為他的腦袋終於燒壞了……」

「想小孩子的名字是件多麼令人煩惱的事，等傑羅斯先生你自己當上爸爸就會知道了！」

「比起這件事，你人居然待在這裡沒去工作比較奇怪喔？莉莎小姐和夏克緹小姐明明都很認真的在做女僕的工作。我記得你今天有要刻入魔力引擎內部術式的工作要做吧？」

亞特反射性的別過了頭。

看來他是到了現在才想起這件事，總覺得他的臉色很糟。

而這種時候一定會發生什麼壞事。

當然是對亞特來說的壞事就是了……

這時房門忽然被人踹開，傑羅斯也曾打過照面的人闖了進來。

「找到了！庫緹，立刻帶走他！」

「遵命～！」

「妳、妳們是怎樣！放開我！」

「我怎麼可能放開你啊，是因為我們一直等你，你都不來，我們才來接你的喔。你可要感激我們。」

「不行，比起那種事，我現在得阻止唯亂來才行……咕啊！」

在他話說完之前，庫緹的鎚子就一鎚打在了亞特的肚子上。

一般人被打到應該當場就死了，不過亞特是大叔的同類。只是暈了過去而已。

「貝拉朵娜小姐，妳為什麼會來這裡啊？不用顧店嗎？」

「呵……因為某個笨蛋，所以收入很少啊。再這樣下去我的店真的會被搞垮的……」

「妳還在僱用她喔。這種店員還是趕快解僱比較好吧？不管怎麼想她都不可能改過向善啊。因為她原本就有哪裡怪怪的了。」

「太失禮了吧～～！」

「就算解僱她，她也隔了一天就會忘記又跑回來啊。而且把她流放在外，她也只會給人添麻煩，我也差不多認真的開始想要處理掉她了。」

只會毒害人間的自我中心店員似乎把貝拉朵娜的店搞到快要倒閉了。她臉上的表情充滿了哀愁。

「毒殺之後拿去餵給史萊姆吃就好了吧？」

「……原來如此，這是個好辦法。反正她是人人喊打的對象，就算消失了也沒人會因此傷腦筋。庫緹的父母也說要是她能隨便死在哪條路上就好了，這方法是很棒的完美犯罪呢。」

「好過分！你們為什麼在當事人的面前討論殺人計畫啊～！沒有其他像我這麼優秀的店員了喔！」

「優秀……哪裡啊？是指給別人添麻煩的能力嗎？」

「如果真的很優秀，妳早八百年前就能獨立生活了。不管過了多久都只會寄生他人的沒用傢伙，拿去餵史萊姆也是為了這個社會著想。」

庫緹雖然一邊用繩子捆綁著亞特一邊抱怨，可是大家都知道她平常的行徑有多不合常理，所以沒有人要幫她說話。

而大叔和貝拉朵娜也沒有要手下留情。

在傑羅斯看來，除了方向性不同，庫緹和莎蘭娜根本是同類。兩者的差別只有一個是好人，一個打從骨子裡就是壞蛋，並沒有優劣之分。

畢竟就算根本上是好人，這世上還是有基於各種原因無法與自己共存的人。

大叔對於給照顧她的店家添麻煩，卻擅自認定這是理所當然的事，絲毫不知反省，反覆惹出同樣麻煩無數次的庫緹只感到厭惡。

傑羅斯和貝拉朵娜會這麼意氣相投，是因為一方過去曾被庫緹的同類逼得走投無路，另一方則是現在進行式中的受害者，這個事實讓兩人之間自然產生了一種奇妙的共鳴。

而同類聚在一起，想法自然會變得更偏激。

「這、這兩個人為什麼會這麼意氣相投啊～！是熱戀中嗎？是打得正火熱嗎！既然這麼合得來，你們去結婚啦！」

「我總覺得傑羅斯先生不像是外人呢。有種跟自己很像的感覺。」

「因為我有個跟庫緹小姐是同類的糟糕親人呢，如果是為了解決掉那傢伙，無論造成多少犧牲，我都在所不惜。沒錯，我早就做好了使出最凶狠的魔法來除掉她的覺悟。」

「跟我很像啊～那一定是非常優秀的人吧～」

「在給別人添麻煩的層面上，確實是優秀得讓人火大呢。甚至讓人想要殺了她……我不會讓她輕鬆的死去就是了。」

「我懂～我要解決掉庫緹的時候，也會思考應該要怎麼折磨她呢。果然不能只是給她個痛快。得徹底讓她見識到地獄，後悔自己誕生於世才行呢。」

「…………」

庫緹面臨生命危險。

就像傑羅斯和庫洛伊薩斯一樣，貝拉朵娜和傑羅斯也是不該相遇的組合。

在復仇的意義上，讓這兩個人湊在一起，便會發揮相乘效果，開始規劃起偏激又心狠手辣的計畫。

雖然兩種組合有著興趣和復仇的差異在，但都是不該混合使用的危險藥物。

感到這樣下去自己的生命真的會有危險，庫緹臉色蒼白。

「這件事先放一邊，妳們現在在做什麼？既然說是來接亞特的，就表示……」

「製造魔導式四輪汽車的工作啊。在魔導術式方面，他的技術真的很了不起，讓我了解到自己還不夠成熟。特別是動力零件的魔力引擎。產生磁力的術式太精細了，現在的我做不到呢。我從沒想過有人能刻下那麼細緻的術式。說那已經算是一種藝術了也不為過啊。」

「不不不，如果不能做到那種程度，接下來魔法便不會再有所進步了喔。」

「拜託你別說這種強人所難的話啊。把那種高難度術式刻在有限的空間裡，已經算得上是神技了耶？那些派系底下的魔導士們都哭了。」

「原來如此。可是就連魔力引擎都太先進了嗎……應該改用蒸氣機？不，那樣一來光是要把水煮沸就得耗費大量的魔石，從成本上來看也不實用……不，可是啊～」

傑羅斯是認為自己已經很清楚這個世界的魔法技術水準有多低落了，卻沒想到他們連製作魔力引擎都會陷入苦戰。

換句話來說，這也就代表了這個世界的魔法研究正是如此的停滯不前。

就連不是生產職業的亞特都能用隨處可得的材料製作出來，卻因為其他人都無法刻寫等於是魔導式四輪汽車心臟的魔力引擎的零件底座，根本沒戲唱。

就算做出了成品，定價也會變得很高，一般人沒辦法購買吧。

感覺得費上不少工夫來培育人才。

「啊，我聊得太久了呢。感覺已經要趕不上今天預定完成的進度了，得趕快開始動手才行。庫緹，妳要在那邊抖到什麼時候！趕快帶走他！」

「是～～！」

「放開我～～～住手！我才不要跟什麼矮人一起工作～～～……」

亞特被拖著帶走了。

貝拉朵娜踏著輕快的腳步，向傑羅斯揮揮手，愉快地走出了房間。

雖然只是推測，但她應該是因為能看到自己不知道的技術，所以很高興吧。從她身上可以感覺到某種和庫洛伊薩斯共同的氣質。

「傻——亞特他今天回得來嗎？總覺得他好像被交付了非常重要的工作在身……」

「天曉得嘍？畢竟我沒看過工作現場，也沒辦法做判斷……」

從窗外可以看見她們不由分說地把被五花大綁，變得像一條毛毛蟲的亞特丟上馬車的樣子。對待他的方式還真狠。

亞特從馬車窗口伸出的腳還不死心地掙扎著。

◇◇◇◇◇◇

把亞特送到索利斯提亞派的工坊，稍微參與了製作工作後，貝拉朵娜回到了自己的店裡。

因為這幾天下來都很忙，她休業了一段時間，所以今天是久違的開店日。

她從索利斯提亞派的工坊那邊收了欠缺的礦石和魔石當作報酬，打算在自己的工坊裡悠哉的埋首於研究中。

「店、店長～……」

「幹嘛？我現在有很多事要忙，妳長話短說。」

「這個壺……裡面有很多史萊姆耶。」

「那是因為新鮮的素材品質比較好，我才讓它們活著的。有什麼問題嗎？」

「那這個散發出奇怪味道的草呢？這看起來像是毒草……」

「要製作用來當成媒介的溶液，需要用到那種毒草。不是一直以來都這樣嗎？」

毒和史萊姆。

對庫緹來說，這兩個東西同時出現，就等於她快要有生命危險了。

她的臉色愈來愈蒼白，全身誇張地顫抖起來。抖得像是有地震規模7那麼抖。

「不會吧～～！店長打算在今天幹掉我～～～～！」

「…………啊，我有空的話是可以殺了妳啦。」

「我反而提醒妳了嗎！是說妳是要拿殺我來打發時間嗎～～！」

「我說不定會不小心就失手殺了妳呢，別恨我喔？」

「不小心？我會死於不小心嗎！」

「只要妳不做什麼蠢事就不會有事了。沒錯……不做什麼蠢事的話……」

露出妖豔笑容的貝拉朵娜完全就是個魔女。

對庫緹來說，這是她是第一次光是看到美女在笑便感到恐懼。

不，正確來說她已經看過好幾次了，只是馬上就忘了而已——

庫緹在心裡發誓，她這陣子都要認真的顧店。

唉，雖然過三天她就會忘個精光了——

第六話　大叔重操舊業當起家教

索利斯提亞公爵家的次男，庫洛伊薩斯・汎・索利斯提亞。

他是個自認加公認的研究狂，一旦碰到和魔法相關的事物，無論是什麼都會著手研究，那毫無原則可言，而且一定會做出某些成果，天生的天才。

現在的他——

「啊啊……我的理想鄉，好想回去……那個地方。」

——超級消沉。

伊斯特魯魔法學院中成績優異的學生們，在調查遺跡這個校外教學的名目下，被校方送往了地下都市「伊薩・蘭特」。

會說是名目，是因為背後的原因其實是學院講師們認為「呵，我們已經沒有什麼可以教給你們的了」，放棄教學，才把這群成績優異的學生們流放在外。

不過國家派遣過來的考古學及魔導研究調查團隊因此得以脫離人手不足的困境，眾人高舉雙手歡呼。而學生們的地獄也就此揭開了序幕。

與日俱增的魔導具，再加上遺留下來的文獻解讀工作。甚至有人因為遲遲沒有進展的解析作業而患上憂鬱症的嚴苛勞動環境。

解析完一個魔導具的時候，又有上百個新的魔導具被送了進來。

為此痴狂的全是國家的研究學者，對學生們來說這簡直像是堆起石頭又會被鬼差給推倒的賽河原。

根本就是黑心到了極點的工作環境。

能夠適應這個環境的學生只有庫洛伊薩斯。

「美妙的舊文明魔導具們……以魔法文字寫下的古代文獻……一切都是那麼的令人懷念。」

那裡對他來說是天國。

只要閉上眼睛，堆成小山的魔導文明遺物、出土的各種文物便會鮮明的浮現在他的眼前。

就連絕對做不完的解析工作，對他來說都是讓腎上腺素狂噴，最棒且充實的每一天，查明新的事實時，他甚至會興奮得連晚上都睡不著覺。

那些美妙日子的一切全都令他愛不釋手。

然而快樂的日子也有結束的一天，學校開始放起了與其說是寒假，根本已經是春假的假期（雖然只是因為學院還是會在意社會觀感），將庫洛伊薩斯逐出了樂園。

不過這只是庫洛伊薩斯個人的感想，事實上大多數的學生們都為此喜極而泣，覺得終於可以從地獄中解脫了。

就算這裡對庫洛伊薩斯來說是天堂，對大多數的學生來說卻是地獄。這時候就可以明顯地感覺出他有多奇怪了。

正因為那些日子過得非常充實，那樣的日常生活被奪走，對他來說等同於絕望。

而被逐出樂園的亞當，現在正了無生趣的躺在放滿了雜物的床上。家裡分配了兩間房給他，一間是研究用的個人空間，另一間則是他現在所在的寢室。

他久久才回來一次的個人空間也跟學院宿舍一樣化為了腐海。現在所在的寢室雖然也堆滿了雜物，不過遠比那間腐海整齊多了，所以他才選擇在寢室休息。

他甚至忘了自家附近就有名可說是位於魔導士頂點的怪物，獨自在寢室裡品嚐著絕望的滋味。

他真的是個無可救藥的研究狂。

「…………結果你就這副德性啊。」

來寢室看看兒子狀況的德魯薩西斯無奈地說道。

「哎呀，這不是父親大人嗎。真難得你會到我房裡來。」

德魯薩西斯的手上拿著一個包有某種細長東西的包裹，不過庫洛伊薩斯對那東西並不感興趣。他真的不在乎自己的研究以外的事物。

順帶一提，庫洛伊薩斯是無意間說出了自己當下的想法，而這話還清楚地被德魯薩西斯給聽見了。一般人這時候應該會覺得很丟臉吧，遺憾的是庫洛伊薩斯並沒有那麼纖細的神經。

「你再稍微鍛鍊一下體能比較好吧？我知道你的目標是成為研究家，可是欠缺體力的話，最後還是有可能會過勞死的。」

「能死在研究途中的話正合我意啊。所以你找我有事嗎？父親大人。」

「我聽說你在房裡擺爛，所以想送個有趣的東西給你當禮物罷了。至於要怎麼處置這東西，由庫洛伊薩斯你自己決定。」

「送禮物給我……嗎？」

德魯薩西斯不是會送禮物給孩子的人。

若他判斷這是必須的開銷，他會提供資金給孩子，不過那只是基於貴族的義務，除此之外的事情都交給孩子自主判斷。

儘管不算完全放任，但他的教育方針極為接近放任主義。

在必要的情況下他會出言警告，或是勸戒孩子，培養他們的自主性。簡單來說就是貫徹了「要基於自己的責任去思考、行動」的態度。

所以父親送他的禮物相當可疑。

這份不信任感化為了狐疑的表情，表現在庫洛伊薩斯的臉上。

「所以那份禮物是父親大人手上拿著的東西嗎？感覺有點像杖。」

「嗯。這是我打算對外嚴格保密，暗中開發的東西，不過我想先聽聽你的意見。」

『對外嚴格保密嗎……我想應該和魔導具有關吧。』

首先德魯薩西斯就不會來找庫洛伊薩斯。

他們一年有見三～四次面就算多了。遑論是要問他的意見，這是前所未有的事。

「那麼讓我看一下父親大人你帶來的東西吧。我稍微有點興趣了。」

「一個是梅提斯聖法神國的新式武器。另一個則是從伊薩・蘭特發掘出的遺物中，盡量挑了狀態最好的一把過來。」

「……哦。」

只見庫洛伊薩斯的眼中漸漸有了光芒。

聽到是古代遺物，他的幹勁便熊熊燃燒了起來。

德魯薩西斯在他眼前解開綁在包裹上的細繩，取出內容物。

一把是僅在金屬製的細長筒狀物加裝在木製本體上，造型簡樸的杖。另一把是雖然上面有許多鏽蝕的部分，仍留有能清楚辨識出是魔導具的特徵的杖。

「……學會那邊也認為這東西是武器。」

「是武器。傑羅斯閣下也持有類似的武器。不，那恐怕是他自製的吧。」

「傑羅斯先生手邊也有嗎？原來如此……」

庫洛伊薩斯將兩把武器都拿起來觀察了一下。

兩者之間有著握把在後方，或是加裝在稍微偏移中央處的差異，不過可以看出這兩者都是以同樣的概念製成的。

單從筒狀的部分來看，他認為這八成是藉由拉動加裝在尾端的金屬零件來擊出什麼東西的器具。要說起靠拉動扳機發動攻擊的武器，弩槍便是一例。而弩槍是一種利用鬆開固定住拉滿的弓弦的金屬零件，射出箭矢的器具。

所以他可以得到這把杖是射出型武器的結論。

「梅提斯聖法神國的武器跟發掘出的相比，外型更為原始呢。抗拒魔法的國家居然會製作出魔導具……」

「這是靠著勇者們的知識重現出的東西吧。傑羅斯閣下製作的武器要說的話，比較接近從遺跡發掘出的武器。」

「嗯……我可以拆解它們嗎？」

「隨你處置。我也請人拆解調查過了，不過還是不清楚這東西是用什麼原理來操作的。我想要你試著重現這個武器。」

德魯薩西斯是來委託庫洛伊薩斯分析及製作武器的。

重現魔導具是相當有趣的課題，庫洛伊薩斯當然很樂意接受，但若是這種程度的事情，只要交給索利斯提亞派的工坊就行了。感覺不出他有特地來找身為一個研究家還不夠專業的庫洛伊薩斯做這件事情的必要性。

儘管如此德魯薩西斯還是還來找他，就表示這是非常機密的公務，背後別有用意吧。雖然不太明確，但庫洛伊薩斯多少有這種感覺。

不過他應該很快就會忘記這件事了……

「這還真是亂來的要求……所以說，你知道梅提斯聖法神國的武器要怎麼使用嗎？」

「這東西好像被稱為火繩槍，要從前面的開口放入火藥和金屬製的子彈，再用槍管下方的棒子壓進去。接著把點了火的繩子固定在右側的零件上，在稍微前面一點的火藥池裡放上少許火藥，扣下扳機點燃火藥，便能擊出金屬子彈。」

「步驟還真多。那麼，應該可以推測這個舊時代的魔導具是省略了某些步驟後的產物吧……原來如此。」

庫洛伊薩斯的腦袋開始全力運轉起來。

兩種武器採用的方式都是擊出子彈這點是相同的。

重要的是火藥，以簡化使用步驟來考量，除了用魔法來取代火藥外不做他想。然而既然是魔導具，就要有某處可以儲存魔力備用才行。

這是因為要是利用使用者的魔力會降低使用效益，欠缺實用性。

「嗯、嗯……原來如此……」

他把算是魔導具的那把武器拿在手上觀察，拆下了裝在扳機前方的小盒子，窺看盒內後，發現裡頭設計成要放入某些東西的構造。

內部可能有加裝彈簧吧，有從下方按壓便會彈出的部分。

他又試著更進一步的拆解，發現這東西的構造實在有趣。

在握把的底部也有看來像是蓋子的東西，他發現內部裝有細長筒狀物並取出之後，只見上面密密麻麻的刻滿了複雜的魔法文字。

「我在伊薩・蘭特也有看過，這個筒子似乎是用來儲存魔力的零件。可以將這武器視為是將聖法神國的武器做了大幅強化後的成果吧。這邊這個像盒子的玩意兒好像是能夠填入並連續發射子彈的機械構造。可以連續發射……既然這樣，用來擊發子彈的構造是裝設在本體內部嗎？這武器是很有趣……不過我不懂呢。」

「不懂什麼？」

「如果傑羅斯先生手上擁有類似這個的武器，直接問傑羅斯先生不就好了嗎？為什麼要來找我研究？」

「傑羅斯閣下不打算為國家工作。如果只是興趣那還好說，但他是絕對不會協助製造或量產的。若是魔法卷軸那種程度的東西他還願意幫忙，不過這種武器他一定會規避的。」

「原來如此……個人製作可以，不過目的是量產的話就不行啊。」

正因為他們同樣是重視興趣的人，他可以理解。

庫洛伊薩斯也曾著手加工用在魔導具上的魔石或魔晶石，不過他並不關心這些東西作為商品的價值。因為這對他來說只是實驗的延伸。

方便性或是生產性都是別人在思考的事，重要的只有從結果中獲得的情報。

沒錯，在驗證理論真偽以及探究實驗結果所呈現出的情報時，是庫洛伊薩斯感覺最充實的時光。

「我會幫你準備人手。你也可以使用我們派系的工坊。活用多餘的人力吧。」

「父親大人……你口中的多餘人力，是指工匠們吧？」

「嗯……因為魔導式四輪汽車的動力零件追不上整體的製作進度，所以他們都閒著沒事做。你要從那邊找人來組成一個研究團隊也行。」

「我好歹還是學院的學生耶？等假期結束後我就得回學院了喔？」

「你不在的期間，我這邊會想辦法讓計畫繼續進行下去的。沒什麼，只要多少找到能夠生產的頭緒就好了。」

庫洛伊薩斯看著放在眼前的武器。

從德魯薩西斯的態度看來，他顯然很在意這個武器。

可是對庫洛伊薩斯來說，他不認為只是能擊出金屬的武器有那麼重要。因為他覺得這種程度的攻擊，靠魔法屏障就能擋下來了。

他再怎麼樣都只是研究家，對於魔法這個技術有著類似信仰的莫大的信任感，所以完全不了解眼前的武器有多麼危險。

「嗯，因為很有趣，所以我會接下這份差事，不過我不覺得這有需要急著處理呢。」

「你似乎認為魔法有絕對優勢，可是沒有比基本的物理攻擊更可怕的東西了。而能夠展現這個事實的武器就在你眼前。這是會徹底改變戰爭樣貌的東西。」

「是這樣的東西啊……那我去工坊湊齊人手。首先要找擅長金屬加工的矮人吧，畢竟零件的樣品是愈多愈好。」

索利斯提亞派的工坊就這樣開始研究起槍械。

這件事最終促成了槍手隊的創設，不過這是要再過些時候才會發生的事。

無論如何，這計畫確實成了庫洛伊薩斯站上國家重要地位的契機。

◇◇◇◇◇◇

在庫洛伊薩斯開始參與槍械的量產計畫時，和他一樣放假返鄉的茨維特和瑟雷絲緹娜也在祖父克雷斯頓前公爵所住的別館裡學習魔法。

而負責指導他們兩個的，當然是每天都是週日的傑羅斯。

今天的課題是魔導鍊成，兩人將運用被稱為「鍊成台」的桌子來學習這門技術。

所謂的「鍊成台」是能夠不使用實驗器材，完成使用鍊金術來執行的工序的特殊桌子，刻劃在桌子上的複雜魔法陣會配合使用者的意志運作，省略麻煩的製作工序，直接做出結果的方便道具。

舉例而言，要製造水的時候需要讓氫與氧結合，不過只要使用者能想像出大氣中的元素結合的過程，鍊成台便不需要實驗器材，即可輕鬆地製造出水。

要製作回復藥水的時候也一樣，只要湊齊材料，想像藥草的成分和製作過程中的藥物反應、製作工序，便能省略整個製作過程，製作出回復藥水。

問題是因為省略了一部分使用實驗器材的工序，無法確認材料在過程中的狀態，結果會導致成品的品質下滑，不過這點只能靠反覆製作，判斷材料是否有產生如同想像中的變化。

就像不知道把鐵鍛造成劍的製作過程就做不出劍一樣，如果不能完全掌握藥草等製作材料會產生的化學變化，就不可能完全重現優質的回復藥水。

「那麼，今天的課程是結合魔石與寶石。也就是製作魔晶石。」

「不是，你這也太突然了吧，師傅……我記得魔晶石是將魔力注入寶石中，費時使之變質而成的吧？」

「鍊成台……原來老師有這種東西啊。我還是第一次看到呢。」

「剩下兩個還在這棟宅邸的儲藏室裡長灰塵喔？好了，鍊成台說得好聽點，就是只要湊齊材料，光靠想像便能輕鬆做出想要的東西，不過說實話，做出來的東西品質其實不怎麼樣。想要做出優質的東西，就得有一定的技術才行。」

傑羅斯也沒打算要他們一下子就做出品質最佳的東西。

他只是想試試他們能否透過鍊成台，把過去在學院所學的課程以及他當家庭教師指導他們的上課內容，靠著想像化為具體。

攻擊魔法的發動過程和威力、形狀都已經藉由魔導術式明確的定義下來了。

不過只要施術者能明確地想像，便能自由改變發動的魔法威力大小。是從操縱魔力衍生出的技術。

可以說運用鍊成台上課的內容，就是將所知的物理現象，僅憑想像力化為實際的發生的現象吧。對魔導士來說，能否在腦中描繪出明確的形象是很重要的事。

而其中最簡單的，就是「結合」。

「寶石是礦物在地底下結合、加壓後形成的，不過魔石也是將魔力壓縮後形成的東西，所以過程其實滿相似的。要想像的是在寶石的結合粒子縫隙間加入魔力並壓縮的工序。」

「這個要是失敗了會怎樣？」

「手邊的寶石會分解，化為粒子。如果是鑽石，就會變成碳元素吧。翡翠會變成矽元素，紅寶石或藍寶石我記得是會變成氧化鋁、鉻、鐵還有鈦元素吧……」

「那個……要學這個是不是很花錢啊？就算只有小指頭大小的寶石，一般來說也很昂貴吧？」

「嗯，應該能讓一般人好幾個月都不用工作吧。不過本來就是免錢的，你們不用在意啦。」

『『不，這我們當然會在意吧……』』

就算沒花到成本，浪費寶石這種事還是讓他們有些退卻。

而且使用鍊成台的失敗機率很高，這對現在的茨維特他們來說負擔或許太重了。

「魔石是魔物血中的鐵質、氧、魔力……魔力是怎樣的粒子啊？以元素來說是幾號元素啊？」

「不是，要是師傅你都不知道了，我們怎麼可能會知道啊。」

「真要說起來，魔力算是一種能量吧？」

「鑽石會因為放射性物質而變色，但魔晶石也會發生變色現象，可是魔力的真面目應該不可能會是放射線吧……」

「魔力如果是放射線會出什麼問題嗎？」

「人類——生物會無法生存。就算退一百步，假設生物對放射線有抵抗性好了，但那就表示生物一出生就暴露在放射線環境下。魔力到底是什麼啊？」

魔力——一種真的非常不可思議的能量。

儘管魔力存在於世，卻從未有人對魔力的存在產生疑問。

魔力只要存在便會引發各式各樣的現象，就算不斷的變質，能量也不會減少。是構成這個世界的神祕力量。

之後搞不好還會讓金屬像生物那樣進化。

「這樣重新一想，魔力還真是詭異吶。」

「師傅你好歹也是魔導士吧，怎麼說這種話啊。」

「我們確實只是大概知道那種能量是魔力，但力量的根源依然是個謎呢。」

利用魔力創造出來的物質或現象，會隨著魔力擴散而分解，變回魔力回歸自然，所以世界上的魔力含量是不會有變化的。若是從能量的觀點來看，就是不會被消耗掉，能夠持續保有一定的量，不斷地在自然界當中循環。

這個自然界的循環可以視為一個小規模的永動機。

而用來召喚勇者的魔法陣會耗費掉大量自然界中的魔力，是因為引發了空間扭曲這個物理現象，讓魔力單方面的流往異世界造成的，所以乍看之下可能會覺得自然界中的魔力似乎未必能夠保有一定的量，不過這個例子算是人為災害，應該當作例外來看待吧。

此外，因為世上存有會製造並釋放出魔力的植物，所以也可以推論自然界中的魔力可能是增加過了頭，到達了飽和狀態，是靠著食物鏈的循環來維持在適當的濃度。

在假設自然界的魔力呈現飽和狀態的前提下，要是自然界的魔力維持在一定的濃度，那增加的魔力到底去了哪裡，就是個不解之謎了。

這樣下去別說假設了，根本會變成他個人的臆測。於是大叔便放棄考究了。

「哎呀，去思考魔力為何存在也無濟於事。總之還是來做實驗吧。」

「是啊，總覺得想過頭，反而會陷入死胡同呢。」

「這樣做好像不配身為追求知識的魔導士就是了……」

因為他們無法理解這種知識，這也無可奈何。

不，正確來說是他們之中沒有人擁有能夠理解的知識。

「好了，接下來我要讓你們試著結合寶石與魔石，不過魔石的顏色會因為屬性而有所不同。四大屬性加上光屬和暗屬……魔力雖然是種概念曖昧不清的力量，但實際上具有這樣的特性。而寶石與魔石結合後，會變化為該屬性的顏色。完全無視構成寶石的物質原有的顏色呢。真不可思議啊～」

「在製作魔導具時，也大多會加入對應四大屬性的魔法。主要是指攻擊用的魔導具啦。我覺得不可思議的倒是在較大的風屬性魔石裡加入火魔法，威力也不會提昇這件事。」

「不知為何反而會降低威力呢。」

「結合光與暗的魔石可以讓魔石變為無屬性，可是相對的就不能加入四大屬性的魔法了。雖然還是可以加入重力或空間魔法啦……嗯，儘管如此還是能做出製作道具包所需的材料，所以我想還是有市場需求吧……」

無屬性的魔石——或是魔晶石，其實是製作道具包時必備的材料。

最少也需要用上八個魔晶石，在包包內側利用空間魔法建構出亞空間。是應用了屏障與結界，還有空間魔法的技術。也因為是隨時都處在發動狀態下的魔導具，必須加入能夠納入自然界魔力的魔法術式，源源不絕地補充魔晶石的魔力。

但就算這樣魔力還是會不夠，所以持有人要定期注入魔力才行，不過道具包對傭兵或前去遠征的騎士們來說依然是很方便的道具。

只是道具包製作困難，繼承了這個技術的魔導士寥寥無幾。而這些人幾乎都是國家機密級的貴族。

「這麼說來，你以前好像也說過這種話……你真的會做道具包嗎？師傅。」

「我會做啊？我手上有好幾個自製品，不過外觀看起來不怎麼樣呢。我不是專家，所以設計得不太好啊～……」

「不不不，光是會做就能大賺一筆了喔。因為這如果能夠量產，會是市場需求很高的道具啊。」

「我也有機會學會怎麼做嗎？」

「就算是熟練的人也會製造出一堆失敗作，所以我不太推薦你們學這個吶。去做一些可疑的道具還比較好賺。」

道具包就是一種製作起來失敗率超高的道具。

比起硬是去製作道具包，乖乖去做強化道具還比較有賺頭。而且光是要湊齊製作材料就要耗費不少心力了。

「比起那個，還是做魔晶石加工吧。畢竟可以輕易發動魔法的魔導具很有市場需求啊。特別是『身體強化』的魔法，對騎士和土木工程人員來說很方便吧。」

「或許是這樣沒錯啦……嗯？你剛剛是不是說了可疑的道具？」

「……道具包。」

瑟雷絲緹娜和茨維特都想要道具包想要得不得了。

茨維特主要是著重於軍事上的實用性。道具包就算只有小型倉庫的收納能力，也足以用來運送回復藥了。可以更輕易的在戰場上輸送補給物資。

瑟雷絲緹娜則是覺得道具包可以用來保存藥草或調和加工過的魔法媒介，在需要的時候再取出使用這點很吸引人。

「好了好了，就算用那種渴望的眼神看我，我也不會給你們的喔。而且上課比較重要吧。」

「也是。得從小事開始慢慢累積經驗才行……」

「……畢竟道具包很貴嘛。」

儘管還是有些放不下道具包，兩人還是轉身面對鍊成台。

放在他們眼前的是色彩斑斕奪目的寶石和魔石。兩人從中拿起合適的寶石和魔石後，將魔力注入鍊成台中，啟動鍊成台的機能。

鍊成台上的魔法陣發出光芒，做好了加工魔晶石的準備。

「各種物質都是由細小的粒子結合而成的。你們要想像的是在構成寶石的粒子之間，加入魔力結晶的過程。」

「可以用把寶石和魔石重疊在一起的感覺來想像嗎？」

「重疊在一起的話，雙方可能會因為反作用力而化為粉末喔。要用把魔石分解成魔力，再和寶石結合的感覺。像這樣，用魔力的粒子去填滿細小粒子間的縫隙……」

大叔在黑板上畫了好幾個用來表示寶石的圓圈，接著再在圓圈之間用別的顏色畫上代表魔力的小圓圈包圍並將寶石的圓圈連結在一起。另外還在四面八方畫上了箭頭，作為加壓的示意圖。

簡單來說就是要同時進行分解和接合，加壓凝固這三個工程。

「我是大概可以理解那個圖示……可是要同時加壓，這……」

「這方面鍊成台會補足的。這種程度的事情，專業的人根本不需要用鍊成台。」

「不是，師傅……光靠魔力來鍊成也太不合理了吧。光靠想像真的辦得到嗎？」

「辦得到啊。你看……」

大叔用力握住掌心裡的小寶石和魔石，注入魔力，再張開手掌時，已經製作出魔晶石了。

這瞬間完成的神技讓瑟雷絲緹娜和茨維特看得目瞪口呆。

「好了好了，不可以浪費魔力喔～畢竟鍊成台已經在運作了。」

「喔……（總覺得看到了很不能接受的畫面……）」

「那是所謂的專業技巧嗎？」

魔導術式是為了順暢地行使魔法才創造出來的東西，然而在有魔導術式之前的時代又是如何呢？答案就是光靠想像和控制魔力的技術，強行行使魔法。

這是大叔在反覆做過多次實驗後的結論。

理解物理現象，靠魔力強行將明確的想像變化為實際發生的現象。

不過這並不容易達成。若未充分理解科學知識以及魔力的性質變化，是無法做到的。

需要卓越的魔力控制力以及精深的科學知識，確實地執行用來當成觸媒的材料性質變化，無視製作過程，直接得到使之變質的結果。不用說，失敗率非常高。

為了彌補這點，人們創造出了長長的「咒文」。利用咒文這個方式來確定作業流程，同時也能集中精神，提高成功率。這就是最原始的魔導鍊成技術。

鍊成台是省去這些工夫，靠魔導術式盡可能地去達到成功這個結果的道具，不需要咒文，但相對的需要對物理現象有很深的理解及想像力。

其實加上咒文說不定可以提昇成功率，不過追根究柢，大叔根本不知道那些冗長的咒文。就因為不知道，也沒辦法教他們。

不過在無詠唱的情況下進行鍊成，可以得知茨維特他們有多了解及掌握關於物理現象的知識，所以最適合拿來當作臨時考了。

「唔……這還滿難的……」

「把分解後的魔石……和寶石結合……雖然是知道要這麼做……」

「陷入苦戰了呢～」

真要說起來，他們兩個並沒有看過物質的結合狀態。

比方說用電子顯微鏡就能看到金屬的結合狀態了，可是這個世界不可能有那種儀器，他們想像不出將不同的結晶體結合在一起的畫面。

本來製造魔晶石的方法，是將魔力注入寶石中，使寶石變質，例如用「紅寶石」＝「火」的印象，就能做出對應該屬性的魔晶石。

這是因為人會在下意識間用寶石的顏色來決定屬性的性質，所以會有「藍寶石」＝「水」、「黃玉」＝「土」這些先入為主的觀念。

因為一旦加上不同屬性的魔石，寶石也會隨著屬性變色，所以這觀念基本上是沒錯。不過也不是絕對的就是了。

而兩人使用的寶石，茨維特是用紅寶石，瑟雷絲緹娜是用紫水晶，不過魔石的顏色是綠色的，也就是風屬性的魔石。

若是成功，他們兩人的寶石都會變成綠色才對。然而——

「啊，碎了……失敗了啊。」

「啊！失敗之後就變得像砂一樣……」

「茨維特是強行想讓兩者結合造成碎裂，瑟雷絲緹娜小姐則是成功想像出了結合的畫面，可是在加壓凝固的步驟失敗了。看來是沒能保持硬度，壓碎了呢。」

「不過碎成粉末的寶石變成綠色的了。」

「真的假的？我的就只是碎成粉末了，顏色沒變……」

這就表示瑟雷絲緹娜比較擅長精細的控制魔力。

茨維特有靠蠻力來推動魔力的傾向吧。到將魔石分解為魔力的步驟還行，但將兩者結合時，他過度地控制魔力，強行將魔石的粒子塞入寶石中。

所以才會導致性質不同的物質互相反彈，使寶石和魔石都碎成了粉末。

「看來瑟雷絲緹娜小姐比較適合做精細的操控呢。茨維特則是會強行推進而失敗。這是個性上造成的嗎？」

「不，應該是因為想像的畫面不夠完善吧。將別的粒子加進既有的粒子中，我很難理解這個想像畫面啊。」

「既然這樣，我試著做一次吧。我會用你們能看得到的方式慢慢做，你們仔細觀察。」

傑羅斯拿出了特大的寶石和魔石，放在鍊成台上。

「老、老師！」

「師、師傅……這個魔石和寶石，賣掉的話可是一大筆財產喔？足以讓一般市民吃喝玩樂好幾年的……」

「如果不用這麼大的材料，雖然不至於完全不行，可是我會很難清楚的示範給你們看啊。之後加裝到杖裡好了。」

手掌大小的寶石和魔石。要是能將這兩者化為魔晶石，那等於是國寶級的產物了吧。

以某方面來說，兩人將要目擊歷史性的一刻。

「那我要開始嘍。」

傑羅斯拿出的寶石是普通的水晶，魔石則是深藍色。

不知道是什麼魔物的魔石。

在鍊成台上，寶石浮在空中，巨大的魔石則有如溶解了似地，逐漸分解。

還原為魔力的魔石漂浮在寶石的周遭，像是逐步浸透一樣，被吸進了寶石內部。來自外側的壓力也同時在促進兩者的結合。

原本應該相當堅硬的水晶，宛如史萊姆般蠢動著。

「好厲害……透明無色的水晶變成藍色的了。」

「水晶雖然不像鑽石那麼硬，但硬度也不低吧？為什麼會這樣動來動去……」

「那是因為在粒子和粒子的縫隙間加入了魔力，使水晶無法維持原本的硬度啊。然後這就是加壓凝固！」

本來是藍色史萊姆狀的水晶，在來自四面八方的壓力下凝固了。

尺寸也從原本的手掌大，被壓縮成跟桌球差不多的大小。

「嗯，大概就是這樣吧。」

「這麼深的藍色……是水屬性嗎？」

「……喂，你一開始就先這樣示範給我們看的話，我們就不會失敗了吧？」

「因為慢慢示範給你們看，用了多少時間，就會浪費掉多少魔力啊。理想是在短時間內一口氣完成。」

「『你覺得我們有辦法作到那種事嗎？』」

到了這個時候，傑羅斯犯下的錯誤才被糾正過來。

傑羅斯剛剛示範的製作魔晶石的方法，才是初學者應該採行的正確製作方式。

大叔一開始要他們兩個人做的，是忽然要他們先「啾～」地這樣，再「砰」地完成這種亂來的行為。差點就要讓大量的寶石和魔石報廢了。

簡單來說就是要以失敗為前提，一鼓作氣地迅速製作魔晶石，還是做好魔力會立刻被消耗掉的覺悟，確實地製作出魔晶石。就算突然讓他們見識那種專家級的技術，他們也根本就不可能成功。

大叔沒發現自己的教學方式太急了點。

或許是在看過範例後多少理解了吧，茨維特他們想要確實地做出魔晶石，參考傑羅斯示範的步驟，又開始試著鍊成。

儘管失敗了好幾次，兩人最後還是在費盡千辛萬苦之下，成功地做出了魔晶石。

成品的形狀歪七扭八就是了——

第七話　亞特做了交易

索利斯提亞派的工坊位在桑特魯城北區的一隅。

用紅磚建成的工坊內部分成了好幾個部門，主要在進行魔法藥或魔導具的研究及量產工作。

這裡如同其名，歸屬於索利斯提亞王家名下，由身為王室親戚的索利斯提亞公爵家負責管理，在德魯薩西斯經營的商會加入後，創造了莫大的利益。

說起來這裡已經幾乎成為德魯薩西斯的私有物了。

不過管理人從索利斯提亞派工坊創立時的克雷斯頓轉移到兒子德魯薩西斯手中後收入增加，也有不少錢流入了王家的財庫，讓他們笑得合不攏嘴，所以德魯薩西斯從未因此受到指責。

德魯薩西斯的經營能力出眾，安排魔導士及鍊金術師製作發酵食品、釀酒，到最後還開始製造起化妝品，並且做出了成果，同時提昇了魔導士的就職率。

儘管以派系來說規模較小，但是販售商品所得到的收益比任何一個派系都多。品質好價格又合理是他們成功的原因吧。

而德魯薩西斯和庫洛伊薩斯此時正在這個製造出優質商品的工坊一室，和矮人工匠們碰面，討論魔導槍的相關事宜。

庫洛伊薩斯對研究的熱情與其說超乎預期，不如說根本就到了瘋狂的程度，他立刻拆解了父親交給他的那把可說是貴重的舊時代遺產的魔導槍，徹底調查了魔導槍的構造。

他還參考火繩槍，排除內部靠魔力運作的零件，畫出了基本的設計圖。那和地球上的槍械構造幾乎是一樣的。

「——所以這就是魔導槍的基本構造。唉，舊時代的魔導槍除此之外看起來還有很多功能，不過不明的機構和零件太多了，沒辦法一一去試。這個設計圖只是參考梅提斯聖法神國製造的火繩槍，基於我個人對構造的考究繪製而成的。」

「我想請各位製作這個魔導槍的樣品。當然，關於金屬的強度及構造的精簡化等等，途中需要各位進行許多的實驗吧。」

分解了舊時代的武器，將魔導機器零件以外的構造畫成設計圖的庫洛伊薩斯，今天和德魯薩西斯一起在工匠們的面前公布了關於魔導槍的事。

因為徹夜調查舊時代的遺物，庫洛伊薩斯的眼睛下掛著非常驚人的黑眼圈。他真的是個讓人忍不住想搖頭的魔法狂熱份子。

聚集在他身邊的工匠全是德魯薩西斯信任的人，聽到要製作新的武器，他們全都目露精光的凝視著設計圖。

而在他們的後方——亞特正拚命的在製作魔導式四輪汽車的零件。

順帶一提，在這個會議之前，庫洛伊薩斯跑去逼問亞特，問出了在他所知範圍內的槍械零件名稱，補充在設計圖上。

『等一下，為什麼要在我旁邊討論這麼重要的話題啊！這應該不是在對我施壓，表示「既然你都聽見了，就別想逃」的意思吧？』

也難怪亞特會這樣想。

對德魯薩西斯來說，亞特和傑羅斯一樣是放走了可惜，足以成為危險王牌的魔導士。是就算採取有些強硬的手段，也想留在手邊的稀有人才。

而且有他在就能看到最優秀的技術，所以對於提昇其他魔導士的技術水平而言，亞特也是很好的教師角色。還有在和伊薩拉斯王國的外交上，可以方便的拿亞特的名字出來用這個優點在。

亞特自然無從得知德魯薩西斯心中的這些盤算。

無視內心怕得要死的他，會議繼續進行著。

「會長，可以問個問題嗎？」

「嗯，什麼問題？」

「從圖面看來，這個膛室的強度是個關鍵，不過在那之前……為什麼零件的名稱都已經定下來了？這讓老夫很在意啊。」

「這是因為在那邊的亞特閣下知道類似的武器。不過那個武器似乎是火藥式的，不是魔法擊發式，所以沒辦法裝那麼多子彈進彈匣裡。這個設計圖也是參考亞特閣下的意見繪製而成的。」

『因為昨天次男他忽然跑來，問我零件名稱問到半夜啊∼……德魯薩西斯公爵為什麼要把我的事情告訴他啊？』

拜研究狂（庫洛伊薩斯）所賜，亞特似乎也因此累得半死。

「哦……看起來這麼年輕，學識卻這麼豐富啊。」

『總、總覺得……背後有好多道視線盯著我！』

在場所有工匠的視線都集中到了知道這不明武器的亞特背上。

當然關於槍械的構造，亞特也就是比一般人稍微懂一點而已，不是可以製作出實品的技術人員。計算強度或是改造內部構造之類的事情，他畢竟不是理工科大學畢業又以此為興趣的傑羅斯，還是不清楚的部分占了多數。

大叔在大學時期曾經去幫忙製作過機器人，經手過計算使用的金屬強度，或是測試重心平衡等事務，有許多相關的經驗。

跟念普通大學中輟的亞特在基礎上就不一樣。

「呃～我繼續說。這把槍是利用魔法的火力射出小型金屬子彈的武器，不過已知在射出時會出現一定程度的反作用力。要是槍在構造上無法承受這個衝擊，便無用武之處了。」

「原來如此。嗯，弩槍也有類似的反作用力，這會比弩槍的還大嗎？」

「雖然是靠著火力從膛室將子彈往前方推出去，可是擊發時就算是微小的火力，威力也會在狹窄的內部空間裡集中於一處。應該要視為火力和反作用力都會隨著魔導術式產生變化吧。」

「也就是說，需要配合子彈的大小與重量，來調整魔導術式嘍？這對老夫這些工匠來說很難啊。」

「那部分是魔導士和鍊金術師的工作。我很期待他們的技術會因此提昇喔。」

『『『『咿～～～～～～！』』』』

工匠們的視線看向了正在工作中的亞特和其他魔導士。

從他們的視線中可以感受到「我們會好好完成本體，你們可別搞砸了啊」的驚人壓力。

利用魔導術式製成的引燃裝置是魔導士負責的領域，就算槍枝本體再怎麼堅固，重要的零件搞砸了就沒意義了。更何況矮人們大多都很討厭工作做得不夠完美，要是做出會失敗的東西，便會遭到矮人的鐵拳制裁。

現在有十位矮人工匠，二十六位魔導士在這間房裡，不過其中有一半的人在從事魔導式四輪汽車的相關製作工程，他們以同情的眼神看向魔導槍製作小組的魔導士們。

沒錯，不同組的魔導士們到這時候還覺得事不關己。

「膛室可說是槍枝的心臟，不過前提是要在後方加上魔導術式。扣下扳機就會流入魔力，引燃火焰。在這裡使用初級魔法『火焰』的術式比較好吧？」

「不，再稍微降低一點火力，用『火炬』就好了吧？」

「等等，這樣火力讓人不放心啊。首先，那個魔法不具有爆破力吧？」

「那只要加入會使之爆破的術式就好了。嗯，這應該需要實驗很多次吧。」

「「「「這就是魔導士們的工作啦！」」」」

『『『『別這樣～不要給我們增加壓力啦！而且我們不是負責做這個的耶！』』』』

矮人工匠們瞪著在場的所有魔導士。總覺得事情的走向開始變得不太妙了。

亞特等人所在的部門負責的工作是製作魔導式引擎的零件。

他們現在正拚命地將能夠產生磁力的術式刻在金屬板上，實在不希望旁邊的人一直說些會給他們造成壓力的話。

要是出了失誤，他們就會被製作金屬板的工匠們痛揍。

就算負責的部門不同，一旦有人工作失敗，矮人工匠便會動手揍人。就連魔導士們口中的理論和實證實驗，矮人們都是用他們自己的價值觀來解釋的。

矮人確實有著專業工匠的堅持，可是個性粗枝大葉，是重視意志力，認為只要靠努力與幹勁就能解決問題的種族。

實際上必須反覆進行多次的魔導術式實驗，他們也認為只要拚死去做，就能一次搞定。

「祕銀的強度不夠啊。」

「在那之前的問題是有辦法在這麼小的零件上刻劃魔導術式嗎？」

「就算以混合其他金屬來使用為前提，也得確認強度才行。可是我不認為在場的魔導士有辦法刻這麼小的魔導術式。要給他們見識一下地獄，直到他們能辦到為止嗎？」

「嗯……得在不會鬧出人命的範圍內猛操——應該說讓他們接受訓練吧。」

「我從認識的土木工程公司的人那裡聽說有種不錯的機能飲料。人一喝下去就能像拉馬車的馬一樣持續工作。我去要一點過來吧？」

『『『『咿咿咿咿咿咿咿咿咿咿咿咿咿咿！』』』』

而且矮人們是沒得商量的。

他們被製作新武器的魅力給迷惑，身為工匠的熱血激情根本不懂得踩煞車，只要是為了完成要製作的目標物，他們將會化為工作之鬼。

聽不進去別人所說的話，無論付出多大的犧牲都要完成受託的職務。

而這裡的犧牲指的是魔導士們，部門不同甚至當不了藉口。

徹底超越不合理，憑著蠻力破壞或是粉碎道理。這就是矮人這個種族。

就連黑心企業都會嚇得拔腿就跑，以別種意義來說，這裡將會成為危險又殘酷的戰場吧。

因為矮人的字典裡面沒有人權這兩個字。

「嗯，有幹勁是好事。這下看來可以期待成果啊。」

「「「會長啊啊啊啊啊啊啊！為什麼事情會以操死我們為前提來討論啊！」」」

「沒什麼～等開始工作之後，這種心情就會消失嘍～？」

「最後你們腦子裡就會只想著工作了啦。技術也會得到提昇，對你們來說也是求之不得的事吧？」

「在我們旁邊算你們倒楣。因為你們接下來就要變成只會進行精密作業的人偶啦～」

「一起流下爽快的汗水吧～怎麼樣？」

「「「不要啊啊啊啊啊啊啊啊啊啊啊啊啊啊！」」」

這簡直就像是某間土木工程公司。

地獄的門打開了的事，讓魔導士們本能性地感受到了危機，害怕不已。「待在這裡就糟了，得立刻逃跑才行！」他們腦內的警鐘正全力響起。

「會長，請你救救我們啊！我們已經忙到爆了啊！」

「德魯薩西斯公爵，刻劃魔導術式可是非常細緻又精密的作業喔！魔導士們的技術都已經追不上了，不可能照矮人的步調進行啦！是要我同時做兩邊的工作嗎！」

「請你從別的部門調閒暇無事的人來當活祭品——不是，是來當幫手吧！」

「這樣下去我們會沒命的！再說我們根本就是隸屬於其他部門的人員啊！」

「這樣會來不及製作魔導式引擎的！」

拚命的哀求。

矮人們會堅持要用他們這群人也是有原因的。

負責製作魔導式引擎的魔導士們是索利斯提亞派中技術比較高超的一群人，沒有人能夠替代他們。

其他魔導士的技術力跟他們相比，別說差了一點，根本就差了一大截，所以非常講究技術的矮人是不可能放過他們的。

在他們正好待在這個房間裡的時候，就已經註定逃不掉了。

「……我也是有辦不到的事情。你們死心吧。」

「「「會長啊啊啊啊啊啊啊！」」」

『真的假的啊～德魯薩西斯公爵！』

德魯薩西斯非常無情。

畢竟他是個大忙人。身上不僅掛著公爵的名號，還肩負了許許多多的職務，他的工作表現簡直只能用工作狂來形容。

所以他不會為了小事而煩惱，會乾脆地做出決斷。

也有可能只是他覺得要應付矮人很麻煩罷了。

「快逃！待在這裡就會被操到過勞死喔！」

「全員撤退！」

「我才不想被操到死咧！」

「喔？我們不會讓你們逃走的喔？」

「在我們面前，你們以為自己逃得掉嗎？」

「嘿嘿嘿～是開心的工作時間喔？接下來就要開始了，所以你們別想逃啊～」

逃跑中的魔導士。擋住他們去路的矮人。

既然在同一個職場，不把他們一起拖下水就虧了。

「你們幾個！停下腳步就會沒命喔！絕對不准停下來！」

「「「唔喔喔喔喔喔喔喔喔！就算來硬的也要闖過去！」」」

「別讓活祭品——應該說別讓魔導士們給逃了！一個都別放過！」

「「「嘿嘿嘿嘿嘿……你們想上哪兒去啊？接下來可是有最棒～的，彷彿要升天的時間在等著你們喔～？」」」

大亂鬥就此展開。

互毆、東西飛來飛去、人飛到空中。

在這一團混亂之中，亞特偷偷隱藏住自己的氣息，一路移動到了入口附近。

「你打算上哪去呢？亞特閣下。」

「咦？德魯薩西斯公爵……你怎麼會在這裡？」

而德魯薩西斯一副理所當然的樣子，在那裡等著他。

「因為我個人希望你能參與這個計畫啊。」

「不，如果是這種事情，你去找傑羅斯先生……」

「很遺憾，傑羅斯閣下不會答應參與這種和國家有關的事務。而且我現在有請他負責改良國內販賣的魔法術式，他已經帶給我國夠多貢獻了。我記得魔導式四輪汽車也是他提出的點子吧？」

「唔……」

「他恐怕是考量到要讓你們夫妻可以一同生活，所以盡量保留改良的餘地，用比你們世界的車子性能更差，且便於我們製造的條件來製作樣品車的。畢竟從至今為止的資訊看來，我不覺得你很了解與機械相關的技術。」

「不，我也做了一輛車喔？」

德魯薩西斯全都說中了。

亞特製作的「輕型高頂旅行車」光看外型是不錯，但除了基本構造外都是隨便拼湊的，光是能在路上跑就夠了。

就算不久前傑羅斯幫他加裝了簡單的空調，讓車子坐起來更為舒適，但那也只是因為地球上的輕型高頂旅行車在構造上本來就有很多擴張改造的空間，亞特也不知道比這更久以前的車的構造。

魔導式四輪汽車的目的是提昇魔導士和鍊金術師的技術水平，跨國的量產計畫頂多只是副產物。這是發展應用技術的第一步。

要不是知道過去累積下來的技術史，是不會想到要刻意讓這世界的人製作這種古董四輪汽車的吧。

這才真的不是特別有興趣的人不會知道的事——

「你雖然知道基本架構，可是無法製作細部零件吧？」

「你、你為什麼連這點都看穿了……」

「嗯，你還是稍微學學怎麼藏住內心話比較好。這麼容易受人誘導，馬上就會被能幹的商人給欺騙嘍？」

「唔，誘導式提問……你做了像是傑羅斯先生會做的事啊。」

「呵呵呵……和傑羅斯閣下的對話著實開心啊。一副吊兒郎當的樣子，卻企圖看穿我話中的含意。雖然是不到難纏，但也很少露出破綻呢。照他那樣子看來，想必他很防備握有權勢的人吧。」

「……唔哇。」

傑羅斯和德魯薩西斯都會以自己的利益為優先。

雖然多少會有些討價還價，但兩人大多數時候的利害關係都是一致的，所以很少有對立。因為馬上就能找到彼此的妥協點，以這方面來講他們可說是絕佳的拍擋。

然而亞特說起來就是隻肥羊，非常容易受騙上當。

雖然這是因為他的經驗太少，不過這也不好責怪他。

「沒什麼。我也不會叫你去做魔導槍。只是希望你能在必要的時候給他們一些建議而已。」

「類似顧問那樣的工作嗎？」

「嗯。魔導式引擎的製造進度也落後了，我也不好再給你追加更多的工作啊？最重要的是，說實話，我並不想做會與傑羅斯先生為敵的事。」

「問題出在魔導士的人數太少了吧？」

「我這也是有找過可以派得上用場的人了，然而沒幾個符合條件的。實在令人頭痛啊。只能強行培育了。」

只是會用魔法的魔導士和理解魔法原理的魔導士，兩者占有的優勢並不一樣。開發工作需要的魔導士必須要充分理解魔法，還要同時兼具技術人員的能力。很難找到符合條件的魔導士。

「我跟伊薩拉斯王國有關連耶。」

「這點我會想辦法處理的。別擔心，我不會做不利於你的事。你只要繼續進行現在的工作，有必要的時候出一下意見就好了。」

「唉，如果是這種程度的事是可以……雖然我也不想被國家利用就是了啦。」

「交給我吧。這是我的專長。更何況你們有該達成的事情吧？我也不打算妨礙你們。」

「……我可以相信你嗎？」

「我說過了吧？我不想與傑羅斯閣下為敵。而你身為他的朋友，我並不打算利用你……這話我是無法斷言就是了。」

也就是說，在雙方都能獲利的事情上互相利用就對了。

他提示都給到了這種地步，亞特自然也發現了。

而且在本人面前說「利用你」這點，便能看出德魯薩西斯公爵身為一個生意人的商業手腕。不，或許該說是器量吧。

「唉～我不管怎樣都只能仰賴你啊。再說傑羅斯先生好像也很信任你，我就答應參加吧。」

「看來你了解了呢。」

「不過我們不會參加國家間的戰爭喔？畢竟我對伊薩拉斯王國得講道義。」

「嗯，既然這樣，我再稍微派些支援的人手去伊薩拉斯王國吧。視情況或許會借你的名義一用。援助糧食以及人才派遣……該把其他檯面下的交易也納入考量嗎？」

「唉，不小心跟國家扯上關係是我的錯。就算要和他們斷絕往來，我也想先賣點人情給他們。只是現在的我準備不出這種東西……」

「這方面就由我來解決吧，我記得是叫薩沙吧？那個伊薩拉斯王國的聯絡人員。只要和他有所接觸，應該就能順利地策動那個國家了。」

「…………你打算做什麼啊。」

「別擔心，梅提斯聖法神國現在沒有餘力出動大軍。我只是要給伊薩拉斯王國他們想要的東西而已。」

「……你果然很可怕。真虧傑羅斯先生能和你來往。」

在亞特看來，德魯薩西斯簡直就像是看不到底的黑洞。

老實說他認為德魯薩西斯是個會若無其事的採取卑劣手段，讓人煩惱該不該把他視為自己人的人物。而他的預感基本上沒錯。

因為德魯薩西斯是現任公爵。

「對我來說，你們才更是危險啊。不過我並不覺得只因為危險就應該除掉你們喔。我沒有那麼愚蠢。」

「也就是說，光是普通的利用我們就已經有夠多好處了嗎？」

「沒錯。浪費有能力的人才是社會的損失。只因為能使用強大的魔法就處理掉你們，簡直愚蠢至極。社會不就該在人人適得其所的原則下運作嗎？」

「嗯，我們的世界是這樣啦，不過也不是一切都那麼順利……」

「不可能讓一切都成功落幕的。光是有一半成功，就足以讓社會運轉了。人可不是神啊。」

「我覺得如果是你，應該做得到吧？」

「呵呵呵……我要是做得到，就不用這麼辛苦了。能夠做到這種事的人，我只認識一個。」

亞特不懂德魯薩西斯這句話是什麼意思。

他所指的人是瑟雷絲緹娜的母親，米雷娜。

正確來說應該是她以及她的族人，他們受到「預知未來」這個受詛咒的命運玩弄，一族人賭上性命，為了抹除這份力量而行動，到了一族僅存的最後一人，也就是米雷娜這代時完成了長久以來的心願。

儘管受悲痛與絕望折磨著，他們仍靠著一股執念，讓預知未來的血統魔法從這個世界上消失了。

德魯薩西斯對米雷娜及其族人抱著更勝於敬佩的心情。

「我不會強迫要你相信我。不過我是希望你能多少信任我一點。」

「我知道了。我相信你……但你要是對唯和我女兒出手的話……」

「我是不會採用這種愚蠢手段的。放心吧。嗯……那邊好像也談完了。」

看看房間裡，便能看到被矮人們五花大綁的魔導士們。

被綁起來的他們肯定看到了比亞特更慘的地獄吧。

「以別種意義上來說，他們還比較危險吧？我超怕矮人這個種族的。」

「那我也無能為力。懂得放棄對人類來說也是很重要的。」

「是這樣嗎……」

就連德魯薩西斯都放棄治療矮人那份專業工匠的堅持了。

亞特這才了解到，這個世界在別種意義上相當危險。

這個世界尚未制定所謂的勞基法——

從四神之一的溫蒂雅身上取回管理權限的阿爾菲雅．梅加斯。

在生存競爭極為激烈的法芙蘭大深綠地帶的大樹前，歌德蘿莉少女前邪神正困惑著。

「這傢伙……怎麼會睡在這種地方啊？」

位在阿爾菲雅視線前方的是她四處尋找的萬惡根源的女神之一。對方正流著口水，用非常誇張的睡相在睡覺。

這裡是何時遭到變異的魔物襲擊都不奇怪的危險地帶。

那位女神是大地女神，蓋拉涅絲。

阿爾菲雅本來應該會強行奪走她的管理權限的，可是四神中唯有這個女神例外。

理由是——

「只有這傢伙沒有主動與吾交手。是被火和水給踢著屁股才不情不願地出手的，更何況她是個傻瓜吶……」

阿爾菲雅當然對她心懷恨意。

不過或許是因為取回了一個管理權限，讓她在心態上比較從容了吧。她重新回憶起過往，發現了蓋拉涅絲並未主動採取敵對行動的事實。

她也有從阿卡夏紀錄中調閱過去的影像，根據影像看來，大地女神幾乎都在睡覺。

就算她追上去，也只有其他三個女神拚命逃跑，蓋拉涅絲就是被其他女神拖著跑而已。

真要說起來，她感覺根本沒有打算要逃。

畢竟這個大地女神是個簡直像是哪裡出了毛病的超級懶惰鬼。她很有可能完全不在乎世界的管理權限。

「唔……有酌情處理的餘地吶，先試著叫醒她談談吧。」

阿爾菲雅用腳輕輕戳了戳蓋拉涅絲。

「嗯～……是誰？」

「久違了啊，大地的。」

「…………晚安。」

「不准睡回去！」

在阿爾菲雅的一踢之下高高飛起的蓋拉涅絲，就這樣像條棉被似地掛在大樹的樹枝上。

她身上本來就穿著毫無緊張感的睡衣了，現在這樣子更是搞笑。

「唔……我很睏耶……有什麼事？」

「那還用得著說嗎？把汝持有的管理權限還來。吾已經要風還回來了。」

「……邪神？溫蒂雅已經還回去了嗎？那……妳自己拿走就好啦？反正我也不需要。」

「這是無妨……不過該怎麼說呢，汝對神之座毫無留戀嗎？」

「……沒有。管理世界什麼的麻煩死了。我只想每天睡覺。」

「汝還真是無可救藥啊。」

她真的是個徹底的懶惰鬼。阿爾菲雅原本還以為雙方難免要交手，這結果真是讓她傻眼到不行。

對蓋拉涅絲來說，只有睡覺是無上的幸福，她完全不想工作。

比覺得工作就輸了的家裡蹲還要懶惰。

「……真要說起來，我會在這裡也是因為聖域裡面有兩個囉唆鬼在吵。我本來想找個好睡的地方，結果途中覺得麻煩，就直接睡在這裡了。」

「……總覺得啊，吾遭到封印之後，長久以來一直心懷怨恨，可是看著汝，就會覺得吾好像笨蛋啊……」

「封印……感覺可以安靜的睡個好覺。我希望未來能永遠睡下去……」

這還是阿爾菲雅第一次看到有人主動想被封印的。

怠惰也該有個限度。

「唉，算了。只要能取回管理權限。也就能解開吾身上的枷鎖了。雖然不知道權限能夠解除到什麼程度就是了。」

「……解除的話可以辦得到什麼？」

「可以更容易的轉換物質吧。現在的吾光是要做個枕頭，都會讓半個世界消失。」

「…………枕頭。我會把管理權限還妳，請給我最棒的枕頭和羽絨被。」

「汝以為汝有資格提要求嗎？唉，雖然不試試看，吾也無法確定就是了……」

「如果不行，我會把弗雷勒絲和阿奎娜塔交給妳的。枕頭Please。Give me羽絨被！」

『…………讓吾煩惱不已的，就是這種傢伙嗎？總覺得有些想哭吶～』

四神之間的伙伴意識似乎相當低落。

由於四神基本上都很自我中心，只要自己過得好，就算同為四神，她們也能對同伴見死不救。

不過至少蓋拉涅絲是個可以和平交涉的對象。思及此，阿爾菲雅便不知道自己究竟是在辛苦些什麼，實在無奈。

「那就還給吾吧……」

阿爾菲雅把手掌伸到蓋拉涅絲胸前，開始干涉裡頭的情報資料。

情報資料的狀態和溫蒂雅那時候一樣，機能多半都還在沉睡著。

她藉由讀取內藏的資訊並安裝到自己身上，喚醒了沉睡中的情報資料的機能。

接著再更進一步的掌握那些機能，最後從蓋拉涅絲豐滿的胸口出現了一顆散發出金色光芒的球體，讓阿爾菲雅吸收了。

「吸收核心……解除此刻必要的限制，開始控制來自高次元的能量供給，對應三次元世界的環境……製作分身，同時開始將本體移送構築至宇宙空間……」

由於解除了限制，她的本體難以繼續在這個星球上活動，她只好臨時製造自己的擬似分身，並在同時將核心轉移到宇宙空間。她實在不能把高能量體的核心留在星球上，這是她靠著資訊處理能力演算出的苦肉計。

要是解除了剩下的兩個限制，她就有辦法做出次元移動，然而照現在的狀況，就算可以進入「神域」，也不可能統括管理世界的一切。

她一邊和擬似分身連結，一邊用全力思考著。

『唔……比吾預期中解除了更多的限制啊。從高次元流入的能量真是龐大吶。事象管理能力仍未解除，只有情報管理能力擴大了……唉，只有透過擬似分身變得可以控制力量大小這點，算是唯一的救贖吧。沒讓魔力和神力爆發就了事了。』

由於她讓本體的情報處理能力連上了阿卡夏紀錄，所以除了現在所處的星球外，她甚至可以確認遠在數千光年外的星球環境。管理星球這種小事，以她現在的狀態便足以執行了。這樣一來使用擬似分身干涉並操控龍脈及控制氣候變得容易多了，要讓眼前的星球再生也是有可能辦到的事。

『在找到火和水之前，暫時先來進行於這個星球的再生活動嗎……創造主也真是，要是做個更懂得通融一點的系統就好了……』

剝奪了管理者的管理權限這件事，本來就是異常狀況。

阿爾菲雅到現在還是無法理解做出這件事的高位次元生命体，也就是創造主在想什麼。

雖然正確來說可能是不想去理解吧……

「……枕頭、羽絨被。給我給我給我～～」

「……汝看起來明明是個身材姣好的美女，為什麼會這麼讓人無言啊？」

「高級枕頭和高級羽絨被……那正是最棒的東西了！呼啊～～～～」

「等等，汝是不是若無其事的提高品質要求啊？唉，雖然這種程度的東西吾是準備得出來啦……」

由於物質變換跟事象管理系統沒什麼關聯性，所以對於擬似分身的阿爾菲雅來說只是小事一樁。之前以人工生命體為基礎的身體不足以控制力量，難控制到在從無中生有的階段便會讓一塊大陸消失的程度，不過換成「觀測者」自己製作的擬似分身，就能輕易辦到這件事了。要在這個星球上活動根本是綽綽有餘。

而這個擬似分身也是複製以人工生命體為基礎的身體製成的，外觀和以前一模一樣。

「可是沒想到汝會為了枕頭和羽絨被，就賣了管理權限啊……」

管理一個世界的力量居然輸給了枕頭和羽絨被，讓阿爾菲雅多少受到了打擊。

「吶，這就行了吧？」

「喔喔～……這個羽絨被的觸感，枕頭的彈性也恰到好處……這才是至高無上！這才是登峰造極？」

「汝這傢伙……到底是怎樣啊。」

「這枕頭的服貼感！羽絨被舒適的溫暖！這出色的工作表現……睡懶覺的睡衣神啊，我會一輩子追隨您的。」

「誰是睡懶覺的睡衣神啊！」

儘管帶著許多複雜的情緒，阿爾菲雅仍驅使著現在已經能夠控制的魔力，無中生有的製造出柔軟的羽絨被和舒眠枕。

看到東西完成後，前女神蓋拉涅絲便用驚人的速度抱住棉被和枕頭，滿心愉悅的享受著這兩樣東西的觸感，立刻打算入睡。

看來她只要事情扯上寢具就會變得非常現實。連前邪神都不禁傻眼……

阿爾菲雅．梅加斯。她在這一天繼觀測者的雛型和邪神後，又得到了新的稱號。

那稱號便是睡懶覺的睡衣神。得到一個軟爛部下的她，在這天之後也不斷被蓋拉涅絲纏著，要她提供助眠用品。

大地的女神也在這一天轉職成了怠惰的女神。

正因為怠惰，是個真的派不上任何用場的神。

第八話　大叔得知了學生們意外的一面

從地下都市伊薩．蘭特返鄉後，瑟雷絲緹娜和茨維特兩個人就在克雷斯頓居住的別館裡接受傑羅斯的指導。上午是戰鬥訓練，下午則是魔導鍊成的初步教學。

傑羅絲從聖法神國返家後的第七天，時間已經來到了傍晚。

上課時間明明早就結束了，兩人仍因為魔導鍊成過於難解而辛苦奮鬥著。

「可惡，一旦要同時處理複數的工序，就會一下子變得很難操作。」

「只是要改變金屬的形狀而已，就必須非常專注。也得注意消耗的魔力才行……」

「鍊成台」或傑羅斯的「鍊成墊」是為了讓使用者可以更輕易地進行魔導鍊成而生的道具，可是要讓魔導鍊成更有效率，光靠想像物質變化或化學反應是不夠的。

職業技能「鍊金術師」中，有「結合」、「分解」、「溶解」、「萃取」、「燒結」、「壓縮」、「凝結」、「形成」等各式各樣的「技術技能」，同時併用這些技能，就能夠提昇魔導鍊成的品質。

可是要達到這種程度，必須要反覆進行魔導鍊成才行。

使用鍊成台和技能需要耗費魔力，所以對於提昇魔力量及操控魔力的等級來說是很好的訓練用具，不過有使用者可能會因為魔力枯竭而倒下的缺點。

這當然也能鍛鍊技術技能，不過說起來容易，做起來難。

只要能夠靈活運用這個職業技能和錬成台，就可以稱得上是一流的錬金術師了吧。

傑羅斯剛開始當家庭教師時，茨維特和瑟雷絲緹娜還不擅長控制魔力，魔力持有量也很低，所以無法使用錬成台。

而且當時他們也才剛學會「控制魔力」的技能，就算只是稍微用一下錬成台，都有可能會耗盡魔力，雖然不是完全不行，但實在不適合用在訓練上。

現在他們兩個人的等級和持有魔力量都上升了，而兩人之所以能夠擁有足以使用錬成台的魔力，也要歸功於他們長期以來日夜不懈地進行提昇魔力量的訓練吧。

儘管如此也只是勉強及格而已──

順帶一提，他們所做的訓練是持續使用魔法，刻意造成魔力枯竭，使魔力自然回復的艱苦修行。

透過每天反覆使魔力枯竭及回復，儘管增幅不大，魔力量仍會慢慢增加。

也就是兩人腳踏實地的努力有了成果。

「嗯……大概這樣吧。」

「哥哥……你做的那個好可愛喔。」

動作意外靈巧的茨維特利用傑羅斯提供的祕銀和寶石，做出了花朵造型的胸針。

相對的，瑟雷絲緹娜就笨拙了些，只有一塊不知道是什麼玩意兒的金屬塊躺在錬成台上。

這時候就顯現出茨維特控制魔力的能力高人一等了。

「真意外，茨維特你居然有這種才能啊。」

「不是啦，其實是我會做一些金工飾品去賣，賺一點零用錢。所以要想像起來比較輕鬆。有一半算是我個人的興趣就是了。」

「興趣是金工啊。原來如此，要是矮人工匠看到了，會想收你為弟子吧。」

「拜託不要。要是被那些傢伙知道，我不但會被綁走，他們還會一直逼我製作東西吧……」

「的確是這樣……你很清楚矮人的種族特性嘛。」

大叔提起矮人之後，茨維特一臉厭惡的樣子。

說不定茨維特跟矮人之間曾經發生過什麼事。

「哥哥做出來的成品很漂亮耶。相較之下……」

「妳做的還真慘……」

「唔……」

「就算想像的內容是對的，卻沒辦法將想像化為實體。妳明明就有辦法控制魔力啊，真不可思議。」

明明可以控制魔力，金屬卻無法照她的想像成型。

從能力來看，瑟雷絲緹娜應該有足以完成的水準才對，可是她似乎出乎預料的笨拙，這讓傑羅斯也相當意外。

「是因為不像茨維特那樣有經驗，還是單純的不得要領呢……不多試幾次沒辦法辨別呢。」

「不，只是要改變形狀的話很簡單吧。像這種的……妳看。」

茨維特把手放上瑟雷絲緹娜使用的鍊成台，開始幫上頭的金屬塊加工。

金屬像生物一樣蠕動，最後化為了像是百合花造型的胸針。

一度掌握到訣竅的茨維特加工的速度快得驚人。

「你活用了金工的經驗呢。正因為你很熟悉金屬的特性，所以才會反應在加工速度上。既然這樣，不久之後你應該就能把魔導術式刻在魔石或加工後的金屬製品上了吧。」

「魔導術式啊……那種精密作業很麻煩耶？金工也很費工夫。因為我有做過，所以我知道，但光是加上『火焰』的魔法，就花了我一個月。」

「你有在自製魔導具啊？這還真不得了。」

「只是簡單的東西而已，不過我之前就有在做了。一邊拿放大鏡看一邊刻魔導術式的作業差點搞死我。老實說真的是相當累人的作業。」

令人意外的才能。

要是他能把中級魔法的術式刻入魔石內，就能靠自己持有大量的魔導具。

如果搭配道具包，不使用攻擊魔法，改用魔導具來反覆攻擊，就能減少自身的魔力消耗，可以長時間持續作戰。當然也能靠魔法藥回復。

對敵人來說會是相當難纏的魔導士吧。

「你們昨天不是試過魔石的壓縮加工了嗎？要是能增加魔石內含有的魔力量，就能夠刻入強力的魔導術式。雖然是只能用一次的拋棄型魔導具，不過手上有好幾個的話，就能在某種程度上減輕在戰場上耗費的魔力量了吧。」

「師傅……說起來簡單，但光是做一個魔導具就要費不少工夫喔？像我這種不會複寫魔導術式的人，要做出一定數量就得花上大把時間了。」

「唉，這就變成庫洛伊薩斯擅長的領域了呢～這麼說來，我還以為他會率先跑來找我的，結果完全沒看到他呢～」

「他好像去工坊那邊了。說不定是老爸塞了什麼麻煩的差事給他。我今天早上問了他，但從那個庫洛伊薩斯隻字不提的反應看來，我的推測應該是八九不離十吧。」

沒看到對於魔法和鍊金術相關知識有著無可救藥執著的庫洛伊薩斯一事，讓傑羅斯很是疑惑。而回答他疑問的人是跟庫洛伊薩斯同住在宅邸的茨維特。

「就算他再優秀，居然做到這種程度啊……雖然是公爵家的次男，但根本沒有什麼好交給學生去做的工作吧。」

「是我那個老爸耶？把常識拋到一邊去，提出一些亂來的要求根本是家常便飯。就算老爸是叫他做些什麼機密研究，我都不意外啦。」

「原來如此……」

有必要的話可以輕易的無視常識，破天荒的公爵。傑羅斯也覺得茨維特的推測應該沒錯。

因為他這幾天也沒看到亞特，無法否認亞特有可能是被逼著去做艱辛的工作了。畢竟索利斯提亞派的工坊裡有矮人在。

亞特被與其說對工作充滿熱情，不如說是燃燒生命在工作的矮人們給拖下水的可能性也非常高。

「話說回來，瑟雷絲緹娜小姐是在做什麼？」

「是說那個看起來像是被巨大史萊姆吞進去的受害者，有點噁心的雕像是什麼啊？」

「咦？那個……因為要把金屬做成其他的形狀很難……我腦中雖然有個想像，卻沒辦法順利讓金屬變成那個形狀。所以就試著模仿了哥哥的作品……」

「真的假的！到底是怎樣才會做出這種奇形怪狀的玩意兒啊……」

『我還以為她是想用金屬製作恐怖作品的血腥暴力模型。就算她很不擅長做這個，但到底為什麼會變成這種形狀啊？』

在鍊成台上蠢動的金屬造型真的是有夠悽慘。

簡直像是全身上下被潑了強酸的受害者，或是如同被宗教畫像中的地獄業火焚燒受苦的罪人，也像是縱火自焚途中的自殺者。

她明明不是故意做成這樣的，形狀卻如此駭人。蠢動的金屬實在太活生生血淋淋了。

說是拿茨維特所做的胸針當範本，她的作品上卻完全找不出和茨維特作品的共通點，慘烈到光是看著就會讓人ＳＡＮ值狂掉。

瑟雷絲緹娜的才能似乎發展在負面的方向上。

『『……就算是不小心的，這也太慘了吧。』』

或許是錯覺，但瑟雷絲緹娜的作品彷彿湧出了一股難以言喻的詭異氣息。

甚至讓他們不禁冒出了「『這個說不定不需要獻上活祭品，就能夠召喚邪神了吧？』」的想法。

「老師，哥哥！你、你們好過分……」

「『啊……我們說出口了嗎？』」

「我做的東西外觀是有稍微扭曲變形，可是沒有那麼慘啊！而且仔細看看好像也有點可愛……」

「……不是稍微而已吧。妳腦中到底是想像了什麼，才會做出這麼詭異的東西啊。」

『可愛……她說這個可愛？搞不懂瑟雷絲緹娜小姐的審美觀。我是可以感受到能夠一舉讓暗黑系的萬魔殿復活的暗黑氣息啦……』

痛苦地在鍊成台上打滾的金屬。

由於蠢動的金屬形狀莫名地接近人形，呈現出正飽受折磨，讓人想大喊「快放過他吧！」的樣子。比傑羅斯在實戰訓練時使用的「瘋狂魔像」的動作還要噁心。

「妳為什麼讓鍊成台維持在運作中啊，至少在講話的時候停止輸入魔力吧。」

「真、真想……訓練到能夠做出更精密的操作呢。呼、呼……」

「總之喝點魔力藥水回復吧。今天最好就到此為止。」

「……啊，魔力……」

瑟雷絲緹娜如今已經超過一般人的魔力量，在操作鍊成台的過程中幾乎全用光了。大叔是覺得她要訓練得這麼投入是無所謂，但還是希望她想想該如何分配魔力，維持一定的步調。

瑟雷絲緹娜喝下魔力藥水後，魔力枯竭的症狀稍微改善了。

「魔力用盡的時間比我想像中的還快……」

「鍊成台會直接把施術者的鍊成想像傳達到材料上，可是驅動鍊成台的術式跟加工材料會消耗掉大量的魔力。如果要運用技術技能來進行複雜的製作工序，那就更不用說了。到能夠運用自如之前，效率都很差喔。不大量製作累積經驗，技術就不會提昇，失敗又會浪費掉大量的材料，光是購買材料就入不敷出了，所以就連鍊金術師都不會仰賴這玩意兒。」

「而且這東西也不便搬運。就算是小型的鍊成台也很重。而且價格還高得誇張……」

「畢竟是直接拷貝過去的遺物製成的東西，刻寫魔導術式的金屬板也有兩三層。製作上也得耗費不少成本……雖然是積層型魔法陣的應用產物，但畢竟是金屬，會很重也是理所當然的。使用了大量魔力傳導率較高的材料，也是價格居高不下的原因之一。」

市場需求低價格又昂貴的鍊成台。被大多數魔導士評為無用之物的這個魔導具，其實是最適合用來提昇魔導士技術的道具，但知道這件事的人並不多。

於是鍊成台成了一定會被留在舊時代遺跡或是廢嫡貴族宅邸內的可憐道具。現在頂多只會被拿來當成古董家具使用。

「那個，這單純是我個人的疑問，不過只要一直喝魔力藥水來進行作業不就好了嗎？」

「自然回復那還另當別論，持續靠魔法藥回復對健康有害喔。畢竟這好歹也是藥物，不知道副作用會給身體帶來怎樣的影響。是很危險的行為吶。要是成癮就糟了喔～？」

「唉，魔法藥再怎麼說都是緊急情況下使用的東西嘛。就算持續飲用，也還是有極限的吧。」

「會喝到肚子都漲起來吧。」

儘管經常被人誤會，不過魔力藥水是為了防止陷入魔力枯竭狀態的常備藥品。

在傭兵使用武技或是魔導士使用魔法而耗費了魔力時，很多人會二話不說便喝下魔力藥水回復，但從現實的角度來看這是非常危險的行為。

魔力藥水再怎麼說都只是為了去除魔力枯竭造成的倦怠感的藥品，不是用來供給魔力的手段。

這原本是為了不用另外派兵去搬運由於魔力枯竭而倒在戰場上的人，想要省事才構思出的藥品。

此外，製作的魔導士不同，使用的材料和藥水品質也會有落差。在某些情況下，藥水本身的成分有可能會打從根本就不一樣。某些成分要是攝取過量，可能會對身體有害，所以過度飲用其實是個大問題，不過理解這點的人並不多。

「我是覺得在仰賴魔法藥之前，還是鍛鍊自己比較重要吶。想要提昇持有魔力量，只要一直使用魔法就好了，若是想在近身戰中占上風，平時多做些基本的空揮一類的訓練就可以了。隨便仰賴藥物可是下下策啊。」

「光是提昇等級也不行啊。也就是說腳踏實地的努力不會背叛自己吧。」

「最好把低階的魔力藥水當成訓練時一次性的緊急治療用品。畢竟在魔力枯竭的狀態下也沒辦法上課。」

「我是不建議大口猛喝啦，不過這點也只能交由使用者個人判斷。你們在使用上還是多注意點。」

關於魔法藥這種藥物，傑羅斯是沒有權限來警告所有使用者的。

別人怎麼樣他是管不著，但是至少兩位弟子能知道藥物的危險性，在使用時多加留意就好了。

在這個管制觀念薄弱的世界，訂定安全性相關法規是掌權人士的工作。

反正麻煩事都交給別人去處理就對了。

『不好了！亞特閣下倒在玄關！』

『誰快去叫醫生……啊，他還有意識！』

傑羅斯正想說好像拖太久了，打算要結束今天的課程時，房外忽然吵鬧了起來。

「……怎麼了？外面很吵耶。」

「是發生了什麼事呢？」

「從他們的對話內容聽起來，好像是亞特倒下了。他現在在做的工作很累人的樣子。」

「亞特？他是誰啊……」

「是最近這棟別館僱用的魔導士。他好像在幫父親大人工作……我聽說他是老師的弟子喔？」

「師傅的弟子？那種傢伙住在這裡嗎！」

住在這棟別館的瑟雷絲緹娜知道亞特的事，不過茨維特倒是初次聽說。

比起那個，他更訝異傑羅斯有收他們兩個以外的弟子。

「與其說弟子，我們算是一起玩的伙伴吧。以前兩個人一起幹過很多事呢。」

「原來如此，是不太妙的那種弟子啊……」

「他太太也住在這棟宅邸裡喔？只是她都忙著照顧小孩，所以我沒什麼機會和她說上話。」

「亞特的伙伴也在這裡從事女僕工作。因為他們是伊薩拉斯王國的國賓，所以是被當成客人接待的。亞特本人現在好像是在工坊幫各式各樣的忙。」

「也就是說他是個優秀的魔導士吧。你說的工坊跟庫洛伊薩斯去的一樣，是索利斯提亞派的工坊對吧？我不認為我老爸會隨便把外人給帶進去。」

「茨維特你也很敏銳呢。好了，時間也到了，今天的課就上到這裡吧。明天從一早開始就要做實戰訓練了，你們要讓身體好好休息喔。」

闔上拿來當作參考資料的書籍，三人開始收拾使用後的道具。

在這段期間內，外頭依然吵鬧不休。

就在傑羅斯打算把東西丟進道具欄裡，離開房間時，莉莎敲敲門，隨著一句「打擾了」走入房內。

「哎呀，莉莎小姐。怎麼了嗎？」

「傑羅斯先生，不好意思，你身上有沒有機能飲料之類的東西？那個，亞特先生因為過度疲勞而倒下了……」

「有喔。等我一下……鏘鏘鏘鏘～超強力機能飲料『Dr.姆呼．極限轟炸Ⅷ』～！」

大叔用有如某個藍色貓型機器人的動作從道具欄中取出機能飲料。

或許是錯覺吧，但那個小瓶子上散發出詭異的氣息。

「這、這名稱是怎麼回事啊……超可疑的耶！」

「嘿，這玩意兒很有效喔～只要喝一次，馬上就會嗨起來，變得超～有～力～喔。」

「這個真的是機能飲料吧？不是什麼違法藥物吧？」

「……………安啦，沒問題。」

「你前面那段沉默是怎樣！」

大叔拿出來的道具超級可疑。

「這是不管疲勞還是理性都會瞬間蒸發，魔幻又流行的超強機能飲料喔～是我個人將卡儂的配方加了一些調整後的產物，可以激發只要有二十四小時就一定能解決事件的幹勁。畢竟亞特也相當疲憊了，還是挑個超強力的玩意兒給他喝比較好吧。」

「雖然我很懷疑這東西是不是真的沒問題，不過現在也沒得挑了……總之我試著給他喝看看。」

「趕快拿去比較好喔。要把一個大男人搬進房裡太浪費力氣了吧？讓亞特自己想辦法回房吧，不然也是給人添麻煩。」

「傑羅斯先生你太狠了吧！不過謝謝你。那我就告辭了……」

莉莎急急忙忙的跑出了房間。

目送她離去的傑羅斯臉上露出了壞心眼的詭異笑容。

「嘿嘿嘿……那個還沒有人試用過呢～真期待會有怎樣的效果。」

「「……真過分。」」

兩位弟子用冰冷的視線看著他。

沒過多久便聽到外面傳來『唯！我再也忍不住了！來生第二個孩子吧！』，還有『阿俊，你怎麼……呀啊～～♡』的對話聲。

看來傑羅斯的機能飲料在那方面有著超強的效果，以某方面來說會引發等同於「戀愛症候群」的失控現象。

被矮人們害得無法回到唯身邊的亞特似乎因為機能飲料的效果非常賣力，兩人隔天早上你儂我儂，釋放出草莓般的酸甜氣息——

不管怎樣，小倆口過得非常幸福美滿。

◇　◇　◇　◇　◇　◇

傑羅斯結束家庭教師的工作返家後，只見阿爾菲雅、伊莉絲，還有嘉內都在裡頭。

基本上傑羅斯家的大門不會上鎖，認識的人總是會擅自跑進他家喝茶吃飯。

不過現場還有一個陌生人。

不，正確來說是穿著小熊圖案的睡衣躺在地板上，把臉埋在軟綿綿的枕頭裡狂睡的女性。

「……嘉內小姐，我想問個問題。」

「如果是我能回答的問題，請便。」

「這個人是誰啊？」

「你問阿爾菲雅吧。我也不知道。」

傑羅斯看向阿爾菲雅後，正悠哉的咬著熱狗的歌德蘿莉風女神或許是注意到他的視線了吧，先停下了吃熱狗的動作，「呼～」地呼出一口氣。

「那是蓋拉涅絲。嗯，該說是曾為四神之一的傢伙吧。」

「「「啥？四神？」」」

突如其來的爆炸性宣言讓現場三人都嚇了一大跳。

他們完全沒料到邪神會把這個對傑羅斯和伊莉絲而言是憎恨的對象，可是對這個世界的居民嘉內而言可說是至高無上的女神給帶回家裡來。

「等等，為什麼那種傢伙會在家裡啊？我可沒聽說喔！」

「是吾昨天撿回來的。吾調查事象後，發現這傢伙整年下來也不吃東西，就是睡，反正也不會造成什麼危害，放著別管就行了吧？」

「不不不，為什麼要把她帶到這裡來啊！把她丟回原本的地方去啦！」

「吾是想這麼做啊，可是吾給了她枕頭和棉被，她就黏上來了，老實說吾也很困擾。」

「不不不不，因為這樣就把她帶回我這裡來，我也很頭痛啊！」

「她基本上就是個笨蛋，是個除了睡覺之外什麼都不做的廢物，無視她也無所謂喔？反正回來的時候她也幾乎都在睡。」

四神教中心之一的「大地之女神」，蓋拉涅絲。

雖然被譽為豐饒的女神，可是歷史上從未有人確認過她的身影，是一切成謎的女神。

就算有聖女也從未下達過神諭，據說會庇佑大地並使作物豐收，卻發生了飢荒。被視為慈愛的女神，實際上卻只是個懶惰鬼。

教義中是將她定位為默默守護世界，態度中庸的女神，可是沒人想得到，她居然會在民宅的地板上悠哉的睡覺吧。

而且身上還穿著睡衣——

「哈囉？阿爾菲雅小姐？妳打算拿這玩意兒怎麼辦？我不會照顧她的喔，麻煩妳負起責任把她拿去丟掉。」

「反正還有多的房間，隨便丟去哪裡就好了吧。就是個懶惰的傢伙，也不用餵她喔？」

「就算是這樣，為什麼要帶到我家來啊！」

「吾是有帶去教會過……不過被說她睡在禮拜堂裡很礙事啊。這傢伙的睡相太差了……」

「所以說她就是個無可救藥的廢物對吧？」

「……嗯。」

這下可傷腦筋了。

真要說起來阿爾菲雅，也就是邪神復活這件事本身就是祕密了，當事人還帶了危險的要素回來。而且還是四神之一。

要是事情在社會上曝光肯定會演變成大騷動，傑羅斯特別顧慮到這點而對外保密的用心全都白費了。尤其是嘉內人也在現場。

伊莉絲和傑羅斯是同類，所以只要把事情告訴她，她願意幫忙的可能性很高。可是嘉內要是得知了關於阿爾菲雅的真相，不管怎麼想都會陷入恐慌吧。

畢竟眼前居然有兩個天上的存在。

『…………更令人頭痛的是，我很想看看嘉內小姐不知所措的樣子。應該說現在這個狀況，我也只能說了吧。』

嘉內驚愕的整個人僵住了，而伊莉絲恐怕是全都察覺到了吧，她用有些冷淡的眼神看向傑羅斯。

這下顯然是完全曝光了。

「……叔叔。我之前就覺得很可疑了，不過阿爾菲雅是邪神吧。」

「果然被妳發現了啊～沒錯，以前差點毀滅世界，遭到勇者封印，被稱為邪神的存在……就是這個歌德蘿莉暴食神！」

「誰是歌德蘿莉暴食神啊！」

「真是的……而且這個不知道從哪裡撿來的傢伙，居然是四神之一！因為這件事很重要，所以我再說一次，這傢伙太礙事了，把她丟回原本的地方去，仔細封印起來。我們家沒有餘力照顧她。」

「不是，又不是小狗小貓，說要拿去丟掉這……唉，雖然我是可以理解叔叔你的心情啦。」

畢竟對方是有人類外型的女神，伊莉絲有點抗拒傑羅斯一直說要「把她丟掉」的發言。不過沒人把這句話聽進去。

阿爾菲雅無視伊莉絲的吐槽，繼續說下去：

「因為吾就算丟了，她也不知為何總會出現在吾身邊啊！吾也覺得很厭煩……甩開她好幾次了還是沒用。這傢伙究竟是怎樣啊……」

「我哪知道啊。妳是收服她了嗎？」

「吾是有和她交換條件，但沒和她訂下契約啊！只有現場口頭約定而已！後來她把吾當成什麼睡懶覺的睡衣神來拜，吾覺得很煩，就把她仔細地綁起來，丟在原生林的正中央，結果一回過神，她又睡在吾身後了～～！明明『風』三兩下就被吾封印了啊……」

「「「咦？」」」

她又做出了爆炸性宣言。

阿爾菲雅在蓋拉涅絲之前已經接觸過溫蒂雅，並且打倒她了。

傑羅斯也是第一次聽到這消息。

「喂，大叔……這個阿爾菲雅，真的是邪神嗎？」

「唉，都到這個地步了，我也瞞不住了吧……對，將世界大肆破壞到差點毀滅的邪神就是她。不過事情起因是創世神和那邊的四神就是了啦。」

「不，真的是真的嗎？我不覺得她看起來像那種怪物啊……」

「嘿嘿嘿～很可愛吧？」

阿爾菲雅粲然一笑，在原地轉了一圈。

裙襬隨著她的轉身飛揚，巧妙地強調了符合她外表年齡的可愛感。

「叔叔……小阿爾菲雅很會裝可愛耶。你到底是怎麼教的？」

「我是覺得有必要好好教育她啦……哎呀？」

就在他們話說到一半的時候，玄關的門打開了。表情看來十分凝重的雷娜連招呼也沒打就走了進來，默默坐在椅子上，雙手十指交錯，手肘撐在桌上，深深地吐出了一口沉重的嘆息。

然後——

「唉……我說不定懷孕了。」

——做出了今天最後同時也是令人震驚的爆炸性宣言。

「「「「妳說什麼～～～～？」」」」

雷娜的自白，比阿爾菲雅是邪神還是她帶了四神之一回來更有衝擊性，現場頓時陷入一片混亂。

假設她說的是事實，那對方就是連成年都還沒有的少年。而且不知道她染指多少人了。

「嗯～我是多少有預感事情會演變成這樣啦……不，應該說至今為止都沒演變成這種狀況還比較奇怪吧？」

「是誰！到底是誰的孩子啊！雷娜啊啊啊啊啊啊啊！」

「可能的對象太多了，我不知道是誰的啊。唉，是還沒確定啦……」

「為什麼啊？雷娜小姐，這不是真的吧？我們的小隊要面臨解散危機了嗎？」

「說不定只是每個月會來的那個遲到了。不過要是真有什麼萬一，我希望對方也能下定決心啊。

唉～……到底誰才是孩子的爸呢？」

「「「妳沒避孕嗎！」」」

「我怎麼可能會避孕。那樣對我的達令們太失禮了。再說避孕用的那個，大多都是牛或豬的腸子製成的喔？我才不想用那種東西。」

雷娜一副理所當然的樣子，如此斷言。

先不提她到底有沒有懷孕，這事實對嘉內和伊莉絲來說實在太刺激了。

就算退一百步，不管她和少年們發生關係的事，明明有可能會懷孕卻完全不做任何避孕措施的她，以某方面來說也是很了不起。

「雖然這點不重要，不過為何要跑到我家來啊？這種問題明明找同為女性的人商量比較好啊……」

「我有去找過路賽莉絲小姐喔？可是這不是該在孩子們面前說的事情……這麼說來，強尼他們也快成年了呢……嚇嚕。」

「「「快逃啊啊啊啊啊啊啊！你們被凶猛的肉食性野獸盯上啦！」」」

看來雷娜視教會的孩子們為性方面的捕食對象。

她偏差的性慾從未動搖，讓人忍不住想問她一開始的道德顧慮到底上哪去了。對自身的欲望忠實得嚇人。

「比起那種事，要是真的懷了孩子，妳打算怎麼養大他啊？」

「說什麼那種事……這對我們來說是很切實的問題耶，嘉內小姐……」

「我是沒特別缺錢，所以要養一個小孩不成問題。可是不能和可愛的達令們玩了也很傷腦筋呢……

唉～」」

「「雷娜（小姐）煩惱的點是那個啊……」」

雷娜煩惱的不是自己可能懷孕了，而是沒辦法和少年們一起做些快樂的事。簡單來說，她根本不介意和她平常染指的那些少年們之間有孩子吧。

眾人又重新體認到她是個早有覺悟的怪人。儘管不想理解，卻還是理解了。

「……看來汝是做好了覺悟才遊戲人間的吶。好色得無藥可救，簡直是可怕的淫魔。」

「真不知道該把這視為是嗜好還是母性啊。」

「不是母性吧。就我所知的範圍，只要對方是少年，她是見一個就上一個喔。」

「妳有要養小孩的覺悟嗎？」

「如果是女孩子，我是打算普通的養育她喔？不過是男孩子的話……我很期待他的將來呢。」

「「「這女人……是個病入膏肓的大色魔啊！」」」

這事到如今也不用多說了。

而且她還若無其事的補了一句很不得了的話。

「是說雖然話題偏了，不過這個怠惰的化身該怎麼辦？」

「……丟去二樓沒在用的置物間裡吧。為求保險起見，封印起來好了。」

傑羅斯用繩索把蓋拉涅絲連同棉被一起五花大綁後，像在搬貨物一樣扛了起來，走上了二樓。在那之後阿爾菲雅感覺到魔力流動的氣息，知道傑羅斯張設了蓋拉涅絲用的結界。

『這裡總是吵吵鬧鬧的呢。不過比起那種事，吾肚子餓了吶～』

阿爾菲雅望著眼前爭執不休的女性們，期待著今天的餐點。

從二樓下來的傑羅斯也無視吵鬧的三人，開始準備起晚餐。

這是題外話了。結果雷娜懷孕的事只是虛驚一場，三天後她便因為每個月會有的生理現象來了而欣喜不已，再度出沒於城鎮中，對少年們伸出魔掌。

沒有任何人可以阻止她。

第九話　大叔犧牲了好色村

隸屬於伊薩拉斯王國軍諜報部的菁英薩沙，這天在桑特魯城暗巷的酒館裡等待著某個人。

這也是因為他在結束諜報工作，回到旅館後，發現房裡的桌上不知何時放了一封信。

他雖然問了旅館的工作人員，可是沒人知道這件事，感覺這封信是在沒被工作人員發現的情況下放到他桌上的，從手法看來，他做出了對方是歷經訓練的高手的結論。

信上寫有大意是「我手上有對你有益的情報，希望你到指定的酒館來」這樣的內文，以及到酒館的地圖。

儘管是個可疑的邀約，但他不認為這是對方為了取他性命所做的小把戲。

因為對方潛入了有好幾名工作人員服勤的旅館，沒被任何人發現的留下了這封信。真要暗殺他的話，根本不會做這種事吧。

當然他也無法保證這不是陷阱，可是對方指定的酒館是傍晚時分非常熱鬧，老饕才知道的小店，也是薩沙經常會去，相當熟悉的店家。

『真傷腦筋……這表示我的行動都被對方看穿了。』

說起企圖接觸諜報人員的理由，他只想得到情報交易。

既然如此對方想必是自己的同類，問題在於對方是哪個國家的諜報員。

『再怎麼想也想不出答案吧。那麼……』

他隨便找了個位子坐下，向店員點了餐和酒之後，開始小心不被旁人發覺地觀察周遭，尋找打算和他碰面的人。

接著便有個看起來喝得醉醺醺的男人腳步搖搖晃晃的走了過來。

「唷，小哥。可以跟你一起坐這兒嗎？」

「嗯……」

對方像是五十多歲的工匠，雖然看起來喝醉了，眼神卻很清醒。

「你們……似乎在我們的國家（地盤）上做了不少事啊。」

男人口中的「國家（地盤）」，讓薩沙意識到對方是索利斯提亞魔法王國的人。

不過這個男人感覺不像諜報人員，而是黑社會的人。

這時薩沙大概猜到對方背後的人物是誰了。他當然沒有確切的證據，不過還是朝著這個方向接續了話題。

「……我大概猜到你是誰的手下了。不，是已經知道了。不過你們想和我接觸的理由是什麼？我們兩邊的關係沒那麼好吧。」

「你還真性急啊。哎呀，我也知道我們彼此間不是能夠互相信賴的關係，但你別這麼防備我嘛。這可是交易，小哥你也知道吧？」

「你們都用了這種手段，我是覺得除此之外也沒別的可能性了，可是我的國家可沒有能夠拿來交易的材料喔。你們的目的是什麼？」

「哎呀～你沒必要這麼擔心啦。不如說這對你們來說是件好事喔。你看看這玩意兒吧。」

「又是信嗎……哦……這！」

那是故意弄得像是信件的鄰國調查報告。

內容是鄰國——也就是梅提斯聖法神國的內情，該國的政治情勢和軍事情報也都鉅細靡遺的寫在裡頭。

其中還包含了幾件伊薩拉斯王國也在調查的事情，而且內容遠比他們所調查到的還要詳細得多了。

問題在於最後寫的幾行字。

「喂……這、這是……」

「哎呀，可別在這裡說出來喔？小心隔牆有耳啊。」

「但是，這……你們是認真的嗎？」

「我們的老大可是再認真不過了。」

那上頭寫著索利斯提亞魔法王國將會負責支援伊薩拉斯王國武器及補給物資。

對索利斯提亞魔法王國來說，實在沒有必要如此優待伊薩拉斯王國。

「你們那邊有些血氣方剛的傢伙意見很多吧？這時候不正是需要讓他們發洩一下嗎？現在的情勢雖然對穩健派有利，但也不知道能夠抑制他們到什麼時候啊。」

「確實如此，可是這樣做對你們有什麼好處？照一般的想法來看，你們只有損失吧。」

「小哥，你的腦袋太僵硬嘍？我們當然有利可圖啊。」

站在索利斯提亞魔法王國的角度來看，光是賣人情給伊薩拉斯王國都是有好處的。

畢竟那裡能夠開採到豐富的礦物資源。只要他們願意優待索利斯提亞魔法王國的商人，就能帶來很大的經濟效益。絕對有先行投資的價值。

索利斯提亞魔法王國內也有幾座礦山，可是開採量也不是無限的。

現在梅提斯聖法神國的國力衰退，獸人族現在也正從北邊的魯達・伊魯路平原進攻，梅提斯聖法神國雖然想派遣騎士團應戰，卻由於之前的戰爭和災害的影響，在對應上慢了一拍。

勇者這個最大戰力也只剩下兩個人能夠好好作戰，其他能上戰場的勇者現在不是在索利斯提亞魔法王國，就是在阿爾特姆皇國。剩下的勇者們則是不適合戰鬥職業的人。

既然國內情勢也不穩定，又沒有可以調去防衛的戰力，此時便是他國進攻的最好時機，要是放過這個機會就太傻了。

鄰接梅提斯聖法神國的索利斯提亞魔法王國、阿爾特姆皇國、伊薩拉斯王國這三個國家中，伊薩拉斯王國的國力是最低的。

對索利斯提亞魔法王國來說，梅提斯聖法神國這個宗教國家太龐大了，所以很希望能夠趁現在增強同盟國的國力。

「不，可是……這不是我一個人能夠作主的事。」

「還有時間。你在這段期間內和上頭聯絡就好了。我們這邊會先做好準備，隨時要送材料過去都行，你們沒採取行動的原因就是欠缺資金吧？」

「被你說到痛處了啊。不過……我可以相信你們嗎？這就算我懷疑你們背後別有用心也不奇怪吧。畢竟你們的老大可是那個人。」

「有需要的話，我們可以安排比會長更上層的大人物和你們談。有簽合約的話，你們也就能放心了吧？」

目前索利斯提亞魔法王國和伊薩拉斯王國之間的同盟關係僅限於經濟層面，這言下之意就是要在軍事層面上也簽署正式的同盟關係。

而且連請兩國國王共同簽署的事都計畫進去了。

伊薩拉斯王國那些血氣方剛的傢伙——主戰派的人，想必會接受這個盟約吧。

因為取回肥沃的土地是他們長年的宿願。

「……感覺會欠你們很大一筆人情啊。」

「對了，你們要購買的土地範圍可要適可而止喔？我們跟你們那邊能動用的工匠人數都不多。要是搬運材料的路途變得太長，搬運工會吃不消的啊。」

他這段話說白了，意思就是「就算要進攻梅提斯聖法神國，也別把領土擴張過頭了，兵力和人手都有限，要是距離拉長，會沒有足夠的護衛來輸送補給物資的」。

『因為雙方的軍事力都很貧弱，所以別太貪心的意思嗎……的確，要是補給線拉得太長就不好了。來不及補給物資可是硬傷。』

薩沙最近聽說了伊薩拉斯王國和阿爾特姆皇國締結了軍事同盟的消息。

雙方都在計畫著接下來要進攻梅提斯聖法神國，由於糧食不足，所以伊薩拉斯王國開始生產或採買能夠當成補給物資的軍用口糧，可是至今仍未準備好充分的物資。

可是到了這一步，要是接受索利斯提亞魔法王國的支援，至少可以奪回外圍的領土。他們沒有足夠的戰力進一步進攻，攻得太過深入反而不利於我方吧。

以他們現在的戰力來說，算是在勉強可以拓展國土的範圍。

問題是利慾薰心的自己人。戰爭是揚名立萬的好時機，必須考慮到自己人可能會無視侵略計畫，擅自行動的可能性。

在不容許失敗的情況下，必須避免喪失有限的兵力。所以索利斯提亞王國這一方才會特地給出這樣的忠告吧。

「我了解了。嗯，總之我會先向我們社長報告。我想不久後上頭的大人物就會有聯絡了。」

「喔。這方面我就期待你的好消息啦。我要說的就這些。再會啦～做了一樁不錯的交易呢。」

男諜報員和現身的時候一樣，踏著搖搖晃晃的腳步離開了酒館。

確認他離開後的薩沙用正好上桌的料理和酒填飽肚子後，為了和自國的同胞聯絡而展開了行動。

嘴裡叨唸著「暫時吃不到美味的餐點了嗎……」這樣的話。

◇◇◇◇◇◇

茨維特和瑟雷絲緹娜雖然進度緩慢，但實力確實地在提昇。

也因為他們的等級上升了，在實戰訓練中，用泥巴製成的魔像已經不足以作為他們的對手，如此一來就必須再提昇難度。

然而該說不愧是為了興趣而生的大叔嗎，他早就準備好魔像，打算要追加在過去進行的訓練中了。

「嘿嘿嘿，終於……終於輪到這傢伙出場了。」

「……師傅，你為什麼看起來這麼高興啊？」

「我有種非常不好的預感。老師，你究竟在打什麼主意啊？」

「要當你們對手的魔像在我的反覆測試下，從設計階段重新檢視，總算做出了像樣的成果。那我就立刻讓你們看看吧。ＣＯＭＥ　ＯＮ！魔～～像～～！」

有個圓形的黑色空間在傑羅斯身後擴展開來，從中出現了一個巨大的金屬球體。

看著封入了龐大魔力的球體，兩位學生不禁後退。

「……這、這個球體是、是什麼啊？」

「你、你剛剛說這是魔像吧？但這看起來就是個金屬球體啊。」

「嘿嘿嘿……接下來就是兩位期待的時間了。變形！」

大叔像是用某個機動兵器格鬥的鬥士一樣彈了一下手指，金屬球體上便出現無數的裂痕，分解為各個部位，開始變形。

有些部分成了金屬狀的零件摺疊起來，有些部分則是延伸成了連接用的接合用零件，或是變成了收納在裝甲內側的武器。

巨大的鋼鐵球體在兩人面前化為了上身前傾的異形騎士。

「「鋼、鋼鐵……魔像？」」

「ＮＯＮＯＮＯ，這是鐵騎士。是我以前跟有同樣興趣的伙伴設計出來，卻因為消耗過大而封印起來的玩意兒……終於！我終於完成了啊！呼哈哈哈哈哈！」

「鐵騎士」——又名「騎士魔像」。

本來應該是讓鋼鐵製的人偶穿上騎士鎧甲，再硬是用魔力驅動的魔像，但是這個魔像是全用金屬製成的自動型魔像。

而且有著全長高達四公尺級的巨大身軀，就算是在球體狀態下，直徑也有大約兩公尺。重量約二點七噸。骨骼和裝甲都是蜂窩狀結構，某些部位可以挖空來減輕重量。和雙臂化為一體的大型圓盾裡藏有木劍，也裝有奇怪的輔助手臂。

儘管體型粗矮，可是從藏在內部的魔力便能理解到這玩意兒是絕對不能大意的對手。說白了，這就是靠魔力運作的機器人——

「你還真是想做什麼就做什麼耶！」

「真的……要讓我們和這個戰鬥嗎？」

「那是當然。畢竟石魔像中也有非常強大的個體。要是不能勝過鐵騎士，在實戰中馬上就會沒命了喔。」

「不是，就算你這樣說……」

「感覺這個比石魔像更難對付啊……」

全副武裝的異形鋼鐵騎士。

巨大的身軀不用說，還散發出壓倒性的強大魄力。

「好了，上吧。」

「不不不，我們哪辦得到啊！這擺明是我們應付不來的魔像啊！」

「廢話少說。Machine～ＧＯ！」

接收到傑羅斯的命令，鐵騎士頭部仿造全罩式頭盔造型的縫隙間，亮起了兩道光。

接著便發揮出不符其重量的輕快活動能力，衝勁十足地奔向兩人。

「這也太突然了吧！」

「衝、衝過來了！」

鐵騎士朝著茨維特揮下木劍。

「唔喔！好快……」

他有一瞬間想用劍接下對手的攻擊，然而對手是魔像。

茨維特在千鈞一髮之際跳開後，木劍刺入了地面。

「這傢伙的動作比想像中還快！瑟雷絲緹娜，小心點！」

「是！」

或許是要讓這個魔像動起來就沒有餘力了吧，傑羅斯沒讓「瘋狂魔像」也加入戰局，茨維特認為這將是攻略的突破口。

兩人像是要包圍住鐵騎士般地往左右分開，決定先給敵人一擊。

「嘿！」

「喝啊！」

左右夾擊。

可是鐵騎士用雙臂上的盾接下了權杖和大劍的攻擊，並順勢化解了他們的攻擊力道。

「不會吧！」

「居然化解了我們的攻擊力道，居然能讓魔像做出如此精細的動作嗎！」

鐵騎士雖然不像「瘋狂魔像」那麼詭計多端，卻用著讓人想像不到是魔像的靈活動作玩弄著兩人。

堅固的裝甲加上廣泛的用途。不符合那笨重外觀的高機動性，支撐所有重量使其運作的龐大魔力。攻擊動作本身雖然很單調，可是光是有和人類同樣的靈巧動作，對與其戰鬥的一方來說便是相當棘手的敵人。

更何況魔像根本不會累。若是以打倒這魔像為前提，不找好幾個人來組隊是辦不到的吧。

「真是的……師傅為了讓這玩意兒動起來，用了多少魔石啊！」

「普通的魔石應該不夠……呀啊！」

反轉了上半身的鐵魔像打飛了瑟雷絲緹娜。

要是沒用盾牌擋下來，說不定會暈過去的強烈衝擊傳遍全身。

不過幸好她想辦法壓低了重心，避免自己倒下，才沒跌倒在地。

「還早呢！吃我這記飛翔劍——————！」

『啊……』

鐵騎士順著大叔的呼喊聲射出木劍，攻向兩人。

木劍用鐵鍊和盾連在一起，設計成了只要將鐵鍊往回捲，就能重新裝備的構造。

下達命令的大叔玩得非常起勁。

「不會吧！」

「危險！是說這魔像剛剛是不是出聲了啊！」

兩人拚命躲開，同時也因為避開來自中距離的木劍而一同站在鐵騎士的直線位置上。左右被兩條鎖鏈包夾，無處可逃。

鐵騎士用輔助手臂抓住伸出的鎖鏈，雙手交叉讓動作透過鎖鏈傳過去，像是在操縱鞭子一樣，用木劍從左右夾擊。

木劍逼近兩人。

「這是怎樣啊！有夠讓人不爽的！」

「擊落木劍吧！」

籠手劍和權杖擊落了木劍，兩人衝了出去，縮短和鐵騎士之間的距離。

可是鐵騎士用高速捲回鎖鏈，木劍瞬間回到了原本的位置。

「「什麼！」」

『啊……』

企圖拉近距離的兩人雖然發現鐵騎士瞬間收回武器，做好了迎擊準備，可是這時候才要應對已經慢了一步。

鐵騎士伴隨著鈍重的聲響迫近，兩人就這樣被打飛了出去。

是說這事情雖然不重要，不過鐵騎士確實出聲說了話。

「呀啊～～～～～～！」

「唔喔～～～～～～！」

兩位學生飛舞在空中。

他們似乎在緊要關頭發動了防禦魔法，所以都沒受到太大的傷害。

不過也是因為這是訓練，所以大叔將鐵騎士的攻擊力道控制在最底限。要是鐵騎士拿出真本事攻擊，就連防禦魔法都能輕鬆破解。

不，其實是因為關節部位無法承受這樣的負擔，鐵騎士很有可能會因為自身的力量而自我毀滅，所以才把力道控制在最底限。這個說法才是正確答案吧。

人形機械在具有高度汎用性的同時，也是最難保持平衡的型態。因為機械不像生物擁有柔軟且具有彈性的肌肉，有容易累積負擔的缺點在。

光是揮動手臂都會為身體帶來嚴重的負擔。

「……大叔。你怎麼做了這種人形兵器啊？那個不管怎麼看都是機器人吧。」

「哎呀，好色村小弟。你什麼時候來的？」

「就現在。因為我剛剛從窗外可以看見這裡的狀況，所以有點擔心。要是同志受傷了，說不定會變成我的責任啊……」

「這麼說來，你現在是茨維特的護衛嘛。仔細一看，連杏小姐都不知道什麼時候來了……」

「啊，真的耶……大叔，真虧你能發現她耶？」

杏正坐在草皮上，面無表情地用驚人的速度縫製女用內衣。

連精密機械都得甘拜下風的超高速裁縫技術。

「我是覺得不至於啦，但你是想征服世界嗎？」

「嗨～～喬治～你什麼時候變成了遺忘夢想的無聊人類？」

「誰是喬治啊！」

「OH～喬治～人是追求浪漫而生的生物。你那為了探索女性身體的神祕而偷窺女用溫泉的熾熱靈魂，到底拋棄到哪裡去了？我很傷心呢。」

「所以說誰是喬治啊！還有拜託你別用那種像某個殺人小丑的講話方式來說話。我會被殺嗎！」

「有追求浪漫的心，又有能夠實現的技術。那試試看也無妨吧。男人有著不管到了幾歲，依然嚮往的浪漫啊。比方說機器人的駕駛員或是戰艦的艦長。戰鬥機的駕駛員、動力裝甲。把人生奉獻給劍的武士、為了忠義而生的騎士。這不是男人從小到大都沒有改變過，永遠的夢想嗎。你也渴求著異性的裸體，跑去偷窺了吧～？就算知道那是犯罪行為也無法停下來，正是所謂的熱情啊。」

「唔……等等，我現在才注意到，為什麼你知道我跑去偷窺女用溫泉的事啊！」

偷窺的事大叔是聽茨維特說的。

這件事先放一邊，大叔的長篇大論還沒有要結束。

「就像是迷上名刀而在路上隨便試刀殺人的旗本一樣，我也無法停下追求浪漫的腳步啊。魔像是兵器？那又如何！在『Sword and Sorcery』裡受到限制沒辦法做的東西，現在都可以盡情去做了。最重要的是，時代會因為創作者而不斷改變。差別只在影響大或小的問題，創作本身並不是錯的！而且我也沒打算要量產，那種事情給想做的人去做就好了。」

「的確……所以只是為了自我滿足的話，就可以製作嗎？」

「首先，人形兵器能派上什麼用場。只有泛用性高，頂多只能用來搬運物資或是協助救災吧。用雙腿行走的笨重機器人在戰場上是絕佳的標靶吧？」

「不，看你製造出的那玩意兒，我可不這麼想啊……」

「只要挖洞灌泥水在裡面，這玩意兒就會因為太重自己沉下去了。而且也只有一開始能當兵器來用。消耗太大，要整修也需要大量人手。在沒有專家的這個世界裡，你以為要讓這東西一直維持在可以戰鬥的狀態要花上多少錢啊？還不如去製造槍械。」

「也是啦，想想巨大機器人也不是隨便就能保養的東西。又不是每個人都是結構、武器、電子設備的專家。」

大叔雖然說著非常不合理的理論，可是好色村也受他的魄力震懾，沒辦法去深思問題所在。

總結大叔的發言，就是「既然有能力製作，那製作出來又有什麼關係。我是已經製作出來了啦。」這種自我中心的想法，但好色村沒意識到這點。

他應該要看出大叔做這些事根本沒在瞻前顧後的才對。

「喂～喬治～你不想試著操縱看看嗎？就算巨大機器人不行，類似動力裝甲的東西就無所謂了吧。你難道一點都不嚮往嗎？沒想過要成為操縱鋼鐵機體，縱橫在戰場上的戰士嗎～？」

「哎、哎呀，我畢竟也是男人，要是有那種東西，我也想搭一次看看啊……」

「那就搭上去吧！為了浪漫，我甚至有把龍王變成素材的覺悟！」

「你說龍王，那不是多人共鬥型的稀有頭目嗎！」

大叔擺出彷彿會聽到「磅～～！」一聲的姿勢，做出了非常驚人的發言。若是他所言為真，那就表示真的有動力裝甲。

而就在這個時候，茨維特這兩個學生們正在被他們無法應付的鐵騎士追著四處逃竄。

「你要搭上的玩意兒是這個！」

只組好了骨架的作業用機器人伴隨著一道鈍重的聲音，無中生有的冒了出來。

僅有固定身體用的座位和少許裝甲，實在不像是可以在戰場上使用的裝備。用來固定使用者的環配合人體的形狀排列，可以藉由把手腳穿過環中，把四肢的動作傳達給裝甲。是可以直接捕捉使用者動作軌跡的動力裝甲。

硬要舉例的話，比較接近要跟在太空船內作亂的外星生物一對一決鬥的作業用機械吧。是動力輔助專用且相當粗糙的機械。

「這個……尚未完成吧。而且這與其說搭上去，不如說是穿上去才對吧。」

「我沒說這東西已經完成了。因為沒有控制姿勢的系統，只能靠搭乘者的平衡感來行動。因為這東西跟鐵騎士不一樣，是動力外骨骼，所以沒有外部裝甲的話就只是骨架了。不過好歹還會動喔？」

「在土木工程方面好像派得上用場……唉，難得有這機會，我就試試看吧。」

「啊，啟動鑰匙裝在左手的握把上。」

好色村把手腳穿過動力裝甲的手腳部分，將自己的背固定在座位上後，開始啟動動力。

動力裝甲的機械手臂不像人類一樣有五根指頭，而是只有兩爪的爪子，設計成要用手握把上的按鈕來操控那兩根爪子的構造。比起抓住，夾住這個說法會來得更貼切。

「魔力發電機有正常運作呢。」

「連觀看者的視覺效果都沒考慮進去……這就算是泛用的作業用機械，也太不靈巧了吧～」

「哎呀，這畢竟是試作機嘛～我光是要讓這玩意兒能走就費盡心力啦～」

「大叔你還真是想幹嘛就幹嘛耶……那我就來試著踏出那一步吧。」

好色村本來是打算像挪動自己的腿那樣，緩緩地踏出那最初的一步。

可是不知道是魔力發電機的功率比預期的高，還是試作機的操控比好色村所想得更難，動力裝甲朝著前方猛衝了出去。

「唔喔喔喔喔喔喔喔喔喔喔喔喔喔喔喔！」

人的輕微動作被放大，本來只打算輕輕踏出右腳的一步卻帶著衝勁，無視操縱者的意志，像是彈跳起來似地失控暴衝。

硬是使勁站穩想停下來便會往上彈起，就算著地了腳步也不會停下來，只會繼續加速。好色村幾乎陷入了恐慌狀態。

「呀啊！」

「那、那是啥啊？」

『啊！』

他跑到了實戰訓練中的茨維特他們身邊。

「別別別……別過來！」

試作機再度高高跳起。

這時好色村放棄動自己的腿了，打算試著用自然落下的方式著地。

然而計畫敗在著地時的衝擊讓他的上半身稍微動了。

「唔嘎啊啊啊啊啊啊啊啊啊啊！」

會直接將搭乘者的動作軌跡傳達給機體的動作捕捉系統過於敏感地反應了放大後的力量，反而造成了好色村這個搭乘者的負擔。

結果好色村些微的動作使機體的上半身用力扭轉，發出了「啪嘰」這個人體不該發出的響聲。

接著試作機又過度反應了他的身體因為疼痛而反射性後仰的動作，毫不留情地折磨著好色村這個可憐的活祭品——應該說受害者。

而這畫面看起來簡直像是在跳著某種激烈的舞蹈。

「……御宅藝啊。好色村表現得很從容嘛～」

「不……那狀況不太妙吧。你不能讓那玩意兒停下來嗎？師傅……」

這情況下訓練也不得不中斷了。

「沒辦法。在那種狀態下接近他太危險了。」

「那個……老師。為什麼連魔像都在他身旁跳舞啊？」

「是燃起了競爭意識嗎？我是不知道鐵騎士有沒有感情啦……」

像是在聲援偶像還是人氣聲優一樣，鋼鐵的人形機械並肩跳著舞。

這段期間內仍不時傳出「啪嘰！喀啦！」的聲音。

最後因為好色村暈了過去，試作機的動作停了下來。傑羅斯跑過去觀察他的狀況。

「好色村……啊，還活著。」

「剛剛響起了一些怪聲耶，他沒事嗎？」

「連骨折都沒有喔。不愧是高等級的人，真耐操耶～」

「老師……你好過分。」

平常沒用到的肌肉和僵硬的身體硬是被矯正過來，可憐的受害者口吐白沫失去了意識。如果是一般人，早就死於全身骨折了吧。

而到剛剛為止還在忙著製作女用內衣的杏來到了好色村的身旁，默默的在他的頭部——臉上套上了內褲，兩手合十祈禱著。

簡直就是在叫他安心成佛去吧——

「……好色村死了。為了男人的浪漫而犧牲……然而他想必毫不後悔吧。因為他終於可以戴上內褲，戴上這個他滿腔熱血的起源了。希望黃色笑話之神的慈悲與他同在……筍乾～」

「喂喂？杏小姐？妳是在對誰說旁白啊？而且不是筍乾，該說阿們吧。妳現在是很想吃拉麵嗎？」

「好色村先生……這樣就能平安升天了嗎？」

「如果是他的話，想必……」

「不是，他還沒死啊！不過他說不定很滿足啦……不對，比起這個，快點幫他治療一下啦！」

在眾人都覺得好色村已經升天了的時候，只有茨維特還保有常識。

在那之後好色村總算得到照料，重新復活，不過可能是在失控飆舞的途中撞到頭了吧，他失去了當時的記憶。

只留下了他後來一旦看到魔像，便會莫名地發起抖來的後遺症——

第十話　伊莉絲正在工作中

伊莉絲——和傑羅斯同為轉生者的女孩。

不，他們也有可能是轉移而非轉生，不過不管怎樣，她原本都是「Sword and Sorcery」的玩家。

而她現在——

「火焰之箭！」

——正在執行來自傭兵公會的委託。

最近她的魔法威力好像提昇了，漂亮地一舉擊倒了獸人。

「嗯～……總覺得好像不太對耶～」

「不是，妳放了一發大魔法，幹嘛還一臉不滿啊。在我看來威力已經夠強了喔？」

「是啊。威力非常強，強到可愛的男孩們都用熱烈的眼神看著妳了呢。我都要嫉妒起妳來了……」

「我想雷娜小姐的嫉妒是在別的層面上吧。」

包含伊莉絲在內，一如往常的女性三人組接下了在阿哈恩村的礦山遺跡裡調查怪物種類的委託。

這座礦山過去雖然能開採出礦石，可是因為棲息於此處的魔物增加，使得礦工們無法繼續前進而遭到封鎖。現在成了只能讓傭兵們練練身手或是蒐集武器素材，除此之外毫無價值的地方。

她們以前和傑羅斯一起來這裡的時候，發現這座礦山化為了迷宮，事後也是由她們向傭兵公會報告這件事的。由於這份功績，她們偶爾會接到這種調查委託。

說得好聽是得到了公會的信賴，實際上只是因為人手不足才被找來湊人頭，把她們當成調查員派去這偌大礦山裡的麻煩地點做些雜事。

儘管如此，由於酬勞豐厚，她們三個也就沒多說什麼的接下了委託。

「那些傢伙……為什麼會跟在我們後面啊？」

「那是因為他們的目標是雷娜小姐吧？其中是有認識的男孩嗎？該不會全都認識吧……」

「這個嘛。是有一個認識的，但其他男孩我都沒見過喔。我想他們應該是想跟在我們後面畫地圖吧。還有妳們好像以為我是順手抓到哪個就哪個，但我原則上是不會跟同一個男孩做三次以上的喔。」

「「做什麼？」」

當然是那檔事。

先不提這件事，六位少年要尾隨她們是無妨，不過說實話，少年們只會妨礙到她們三個。迷宮內有時會突然出現高等級的怪物，對經驗尚淺、初出茅廬的少年們來說是很危險的地方。

傭兵就算不小心踏入危險地帶喪命，也當然是他們自己的責任，是個總是會有一定人數的新手丟了性命的殘酷職業。

更何況這裡是迷宮。不知道危險潛藏在何處。

「『搜索陷阱』……啊，右側有個射擊陷阱。我們沿著左側的牆壁走吧。」

「有伊莉絲在輕鬆多了，真好。不過妳要注意魔力殘量喔。」

「不要緊吧。伊莉絲也受過那些咕咕們的鍛鍊，不會輸給普通的怪物啦。」

「跟那些咕咕相比，迷宮上層的怪物根本就不算什麼……照一般的眼光來看，咕咕們很奇怪吧？不管怎麼想都已經進化成別的品種了吧？叔叔不在家的時候，牠們還拖著超大蜥蜴的頭到處走喔。」

「「那什麼？我還是第一次聽說。而且牠們是從哪裡獵回來的啊！」」

和教會裡的飢餓孤兒們一同訓練的伊莉絲曾經多次目睹烏凱牠們不知道上哪去打倒了怪物，帶著戰利品回來的場面。

就算一天沒看到牠們，隔天也會出現，所以伊莉絲等人是認為牠們應該在附近狩獵，可是伊莉絲等人也不知道附近哪裡有光是頭部長度就超過一公尺的蜥蜴棲息的地方。

咕咕們的行動範圍是個謎。

「算、算了，那些神祕生物的事情先放到一邊……前面不知道還會出現怎樣的魔物，妳們兩個也要小心一點。」

「我知道啦。嘉內妳真愛操心。」

「雖然這裡的構造大致上和以前的礦坑一樣，不過這前面好像是擴張後的地方，我不會大意的。」

「是說我們該拿那些傢伙怎麼辦？光是讓他們待在雷娜附近就已經很危險了……」

「真失禮。我也是會挑打炮地點的。不過在迷宮裡很刺激，試個一次或許也不錯……」

「雷娜小姐！在野外可不行喔，妳會被衛兵逮捕的！」

伊莉絲覺得認真地想在野外打一炮的雷娜簡直危險得不得了。

要是因此上癮，那她就完全是個變態女了。

不過雷娜也是個懂分寸的人。儘管在性癖好上無法信任，作為伙伴，伊莉絲還是想要相信她。

「謹慎地前進吧。」

像這樣探索時，嘉內會成為小隊內的領導人物。

單由女性組成的小隊經常會面臨戰力不足的問題，不過嘉內她們也沒有弱到在上層階段就會陷入苦戰的程度。

嘉內負責擔任前衛的坦克型及游擊型角色，雷娜是可以兼任前衛及中衛的萬能型角色並負責紀錄，伊莉絲則是以魔法進行援護攻擊以及處理搜索陷阱等事務，負責探查敵人位置的角色。以一個小隊來說有著不錯的隊伍平衡性。

當然人手愈多探索起來也會愈輕鬆才對，不過像迷宮這種地方有不少狹窄的空間，在某些狀況下人數太多反而不利。

追根究柢，她們根本沒打算收男性成員，所以新的伙伴也必然會是女性，可是要找到實力接近這三人的女性也不是件容易的事。

伊莉絲她們很重視可以輕鬆地自由行動這件事。

「咦？這裡……好像長出草了耶。」

「這裡是礦坑耶。感覺很可疑啊。」

「是空間型的領域迷宮嗎？畢竟聽說在巨大的迷宮中，地底下會出現廣大的森林，這個廢礦山迷宮變成了那種類型的東西也沒什麼好奇怪的吧。」

迷宮是由整個廣大領域的一切構成的一隻魔物，會在體內準備餌食，等待獵物踏入其中。主要分為兩種類型，一種是先創造出草原等環境，引入草食性動物，最後再引入肉食性動物，構成一個生態系的類型。另一種則是持續召喚、增加魔物，利用變質的武器或素材引誘人類上鉤的類型。

不管是哪種，在吞食生物性命這方面上都是一樣的，不過如果在亞空間中製造出了廣大的領域，表示這個迷宮可能已經有相當大的規模了。

「變得好像可以採集藥草了呢。」

「可是感覺成了比之前更危險的迷宮啊。因為現在根本不知道這個迷宮擴張到什麼程度了。」

「考慮到迷宮現在還在持續變化，過去畫的地圖也有可能會失去意義呢。好了，所以這前面到底變成什麼樣子了呢。」

三人抵達的地方，是一片位在地底世界的開闊草原。

頂部有如白天一樣明亮，裡頭還有些零散的樹叢。

由於已經有怪物棲息於此了，以那些魔物為食，長有銳牙的肉食魔物四處遊走著。是叫做「沙貝洛伊」的虎形魔物。

沙貝洛伊的牙和毛皮是寶貴的素材，但是非常凶猛，曾有初出茅廬的傭兵運氣不好碰上，便就此成了不歸人。是一種在草原或森林裡必須多加留意的魔物。

「唔哇……不管怎麼想，這大小都很奇怪啊。迷宮的邏輯到底是怎樣啊？」

「根據我聽來的說法，好像是會在狹小的空間裡創造出特殊領域喔？詳情我也不清楚就是了。」

「這裡到底有多大啊？比起這個，再繼續走下去，那些孩子們會有危險呢。」

雷娜看著她們方才走出的空洞深處低聲說道。

以為他們到現在還沒被發現的少年傭兵們躲在稍微突出的岩石後頭。

因為再繼續前進下去會有危險，雷娜她們基於所處的立場，必須要出言勸誡少年們才行。這對階級較高的傭兵來說是一種義務。

儘管如此少年們還是不打算回頭，就是他們自己的責任了。

「你們幾個，我們知道你們跟在我們後頭！別躲了，出來！」

嘉內大喊後，傳來了「呃，被發現了嗎！」還有「所以我才說別這麼做嘛！」之類的對話聲，最後少年們或許是認命了吧，一行人紛紛從岩石後走了出來。

「利用別人，想要輕鬆畫好地圖這些事情之後再說。你們別再繼續往前走了。接下來我可沒辦法保證你們能活著回去。」

「讓我們跟著也無所謂吧。真小氣。」

「人數愈多就表示戰力也會跟著提昇吧？我覺得這比只有妳們三個女的往前走來得安全啊。」

「雷娜小姐，我們也一起……」

該說是年輕氣盛嗎，初出茅廬的少年們只想著要立功，沒把要活著回去這件事情放在心上。

嘉內她們的確是三位女性，可是有著一定的實力。

令人頭痛的是少年們似乎沒意識到自己在這裡只會礙事。

在嘉內她們看來，這些少年們就只是一群麻煩的拖油瓶，可是也很難做出對他們見死不救的選擇。

「我說啊～……我們是接了公會的調查任務才來的喔。你們要擅自跟上來是無所謂，但是就算被強大魔物襲擊，我們也不會出手救你們的喔？傭兵無論是誰，都要自己為自己的行動負責。不聽我們的忠告死了也是你們自找的，隨便你們。不過我再說一次。只想偷懶的話就趕快回去。不聽勸死了也只能怪你們自己。」

「為什麼啊！妳們隊上不是也有個跟我們差不多的女孩子嗎！」

「我有鍛鍊過，而且階級也是比你們高的C級喔？你們是新手的話，應該是F級或E級吧？我跟你們的實力可不同喔？」

「什麼嘛。如果跟我們差不多年紀就能爬上C級，那我們也很快就能升上去了吧。」

少年們小看了伊莉絲。

不僅如此，他們的發言只讓人覺得他們甚至小看了傭兵這份工作。

「喂……好像有隻長有大角的牛朝這裡過來了喔？」

「「咦？」」

揚起沙塵，全力奔走的大牛。

那是草原的破壞者，「巨角水牛」。

「太好了！感覺能吃肉吃上好一陣子了。」

「可以帶個不錯的伴手禮回去給路了呢。」

「傑羅斯先生之前做的那個是叫牛丼嗎？看來又能吃到了呢。」

不時出入大叔住處的三人其實還意外的常吃傑羅斯所煮的飯。

雖然傑羅斯的料理在使用了哪些食材上有許多不明之處，不過牛丼單純是道美味的料理，所以雷娜特別有印象。

「好，先發制人！紅色閃電！」

伊莉絲率先採取了攻勢。

這是正確來說應該叫「雷電赤炎」的魔法，但是伊莉絲像某部動畫的主角一樣，使出了幾乎電漿化的烈焰。

魔法直接擊中了巨角水牛，發出巨響及衝擊，揚起了大量沙塵。

「嗯，大概像這樣？這種發動魔法的方式感覺才對嘛。」

「喂，伊莉絲……那頭牛還活著喔？而且只有速度減緩了而已，還是往這裡衝過來了喔？」

「咦？真的假的？我剛剛那一下算是有認真出手了耶……」

「這樣就輪到我出場了吧。喝啊啊啊啊啊啊啊！」

嘉內拔劍朝著沒停下腳步的巨角水牛奔去。就算只是被那巨大的角擦過，想必都不是受一點小傷就能了事的吧。

然而嘉內猛然擺出迎擊的姿勢，使魔力纏繞在愛用的大劍上，朝著巨角揮下。

一般來說這根本是自殺行為，不過破壞魔物拿來當作武器的角或是甲殼是很常見的手段，她也只是有樣學樣罷了。

嘉內的大劍是傑羅斯打造的，強韌程度媲美名匠之作。

不，或許更勝於名匠吧。

巨大的角和大劍互相碰撞。

「喔啊啊啊啊啊啊啊啊啊！」

嘉內在拚命地承受住衝擊的同時，鼓起幹勁全力揮下大劍，漂亮地斬斷了巨角水牛的角。

巨角水牛或許是因為失去了一邊的角導致重心不穩吧，身體搖晃，衝刺力也一口氣下滑了。

「哞喔喔喔喔喔喔喔喔喔喔！」

「別想逃！」

「交給我吧！」

追在嘉內身後的雷娜逼近並用短劍刺向想要重整態勢的巨角水牛。

這把短劍上塗有速效性的麻痺毒，是要封住大型魔物動作時經常會使用的常見攻擊手法。正因為她私下是個賭徒，所以採用了相當穩固又確實的進攻方式。

「我不會讓你逃走的。『蓋亞之矛』。」

伊莉絲又接著從巨角水牛的正下方發動了魔法蓋亞之矛，深深地刺入了巨角水牛的腹部。

如同巨牛的魔物發出悽慘的叫聲。

「最後一擊！」

嘉內大力一揮，用大劍斬下了巨角水牛的頭部。

「呼，結束了。趕快來支解這玩意兒吧。」

「得在被迷宮吸收掉之前趕快處理才行……這種時候就覺得迷宮很麻煩呢。連想要慢慢支解都不行。」

「畢竟有時間限制啊。不過我們也變強了呢，如果是以前八成打不倒這傢伙喔？」

「是啊。因為是大型魔物，魔石也很值得期待。真想知道可以賣到多少錢呢。」

女性小隊喜孜孜的開始動手支解巨角水牛。

就連在異世界長大的伊莉絲現在也已經完全習慣支解工作了。

「頭要怎麼辦？我記得要鞣製牛皮，好像要用到腦髓……」

「咦？拿去吃掉也行吧？我好像有聽人說過，牛的腦髓很好吃喔。」

「大叔之前好像有這麼說過……」

魔物當中也有全身上下的素材都能夠獲得充分利用的種類存在。

特別是牛型的魔物，角可以製成武器，皮能製成各式各樣的防具或皮革製品，肉可供食用。骨頭也能拿來熬湯、當肥料或是製成防具。

會穿骨製防具的傭兵很少就是了──

這三個人確實已經變強了許多。

「好了……在那邊看著的你們幾個，看了剛剛的狀況，你們還想繼續往前走嗎？」

「「「「…………………」」」」

嘉內一邊繼續支解，一邊問剛剛那群少年。

少年們似乎一度逃走後又跑回來了，但是他們無法回答嘉內的問題。因為他們已經理解到不管怎麼想，繼續往前走都是自殺行為。

「……算了。畢竟這前面我們應該撐不住。」

「聰明的決定。傭兵這個職業啊，勇往直前的人會先死喔？只有謹慎到膽小的程度，又懂得做事訣竅的人階級才會往上升。你們這下也好好上了一課吧？」

「……是。」

「啊啊……雷娜小姐果然是女神。我、我……」

「我們的等級……還有鍛鍊都不足呢。」

「照這樣下去會死的。」

「所以我不就說了嗎，我們不行啦。」

目睹三人乾脆俐落地打倒了草原破壞者的實力，少年們天真的想法徹底消失了。

繼續往前走說不定會出現和巨角水牛同等的魔物，他們跟在嘉內等人身後絕對會礙事，就算硬是前進，要是出現強大魔物，他們也沒自信能夠逃得掉。

儘管想要些小聰明來繪製地圖，但少年們終於意識到自己踏入了危險地帶，臉色蒼白。

要是嘉內一行人沒發現他們，就沒人會警告他們，他們說不定會在踏進這個廣大的異空間後就丟了性命。

「我們因為還要調查，得繼續前進，你們可要乖乖回去喔？要知道，做這一行的年輕人死亡率很高喔？」

「我們知道了……抱歉，我沒想到妳有這麼強。」

「哎呀，畢竟我們年齡相近嘛，你們會以自己為基準來思考也是無可奈何的事。不過你們最好記住，凡事都會有例外的。」

「我們下次會注意的。那我們回去嘍。抱歉妨礙到妳們了。」

少年們沿著來時路回去了。

「他們的本性還滿老實的嘛。」

「因為耍小聰明跟真正的聰明不一樣啊。幸好沒出什麼意外。」

「比起那個，伊莉絲，拜託妳把肉收進道具欄裡。要是被迷宮消化掉，我們就虧大嘍？」

「啊，對喔。」

趕緊收好今天的收穫，三人又再度為了調查展開探索。

她們盡量避免和魔物交手，確實地繪製地圖，同時將以前沒在這迷宮裡看過的魔物記錄下來。

由於這裡的生態系徹底改變了，所以她們也目擊到了許許多多的魔物。

舉例來說，有常見的獸人及哥布林，還增加了巨大的蛇型魔物猛毒蝮蛇，大地精等棲息在森林中的物種。

雖然也有蜘蛛或螞蟻一類的昆蟲型魔物，但她們很意外這裡甚至有寒冷蠕蟲和冰觸手怪這些棲息在寒冷地區的魔物出沒。

「這下已經變成階層型迷宮了吧？我是聽說過迷宮會產生變化，可是規模這麼大，讓我有些擔心起來了啊。真害怕這裡完全變化完之後的樣子。」

「哎呀？嘉內也會怕啊。我還以為妳會因為有了個方便的獵場而開心呢。」

「難保不會發生魔物集體失控暴衝的危險現象吧。迷宮愈大就愈難管理啊。」

「如果真的發生那種事，首當其衝的就是周遭的村落和桑特魯城了。雖然有傑羅斯先生在，我是覺得不會有事啦。」

「為什麼這時候要提起那個大叔啊？」

這當然是因為大叔以前曾抵達這座阿哈恩礦山的最底層，並且平安生還了。

聽說他當時使用了大規模的魔法，所以雷娜覺得就算真的發生魔物失控暴衝事件，大叔應該也有辦法解決。

不過要是真的發生了那種事，城鎮之外的地方可能會嚴重受損就是了……

「嗯～……都調查到這裡了，還是沒發現礦脈呢。」

「那也是調查的一環，不過沒發現也沒辦法吧。其他調查隊的人說不定有發現，我們今天就調查到這裡吧。」

「這裡到底是變得多大了啊～而且感覺還在持續變化，我們來調查是不是也只是白費工夫啊？」

「感覺拜託叔叔來調查會比較快耶？」

傭兵是種賺不了錢的職業。

特別是武器和防具耗損得非常快，光是修理費就要用掉大半收入。

就算有細心保養，反覆使用下來總有些看不見的地方會鏽蝕、磨損，總有一天會壞。

畢竟是攸關性命的裝備，傭兵們當然會想要更好的武器，可是重要的礦脈徹底從以前所在的區域消失了，現在她們只能開採到少量的鐵礦。

盡量找出祕銀等稀有金屬的礦脈，也是委託的一部分。

「找大叔調查感覺確實是會比較快，可是妳覺得他會接下這種委託嗎？」

「說得也是～基本上他只會去做自己想做的事情，所以除非他特別有興趣，不然他不會接受公會的委託吧。」

「啊啊～……可是說不定他會願意接喔？因為他感覺很喜歡製作或改造武器嘛。他為什麼不乾脆開間武器店啊？」

「因為大叔做的武器性能很好啊，會被一些手腳不乾淨的人盯上吧。」

「只要把外觀做得普通點，應該就能矇混過關了吧？我有點嚮往裡頭藏了劍的杖那種武器耶。」

傑羅斯會將既有的武器加上各種非正規的改造到極限為止。要是礦石沒了，就會自己出來採礦，很有行動力，所以像礦脈這種東西，他有可能三兩下就找到了。

而傑羅斯經手過的武器──嘉內的大劍雖然也有著破格的性能，但伊莉絲的裝備性能更是非同小可，這些裝備對於惡徒來說已經充分足以作為下手的目標了。

「伊莉絲……妳這想法太樂觀了喔。只要使用時有人看到，就會被盯上了。」

「傭兵的眼睛都還滿利的喔？伊莉絲的裝備只是因為有點那個才沒人想搶。」

「唔……這套裝備外觀看起來確實很花俏又醒目，可是這是原本設計的問題，不是我的喜好……」

「傑羅斯先生改造過後，造型變得有點可愛了耶？沒想到他那個年紀了卻懂這方面的事，該不會是他的個人嗜好吧？」

「我實在摸不透那個大叔啊。」

三人邊說邊往深處前進。

然後終於穿過草原區域，來到了沒路可以繼續走下去的溪谷。

「……溪谷。我們該往下走嗎？」

「這裡實在不像在地底下耶。居然有這樣的溪谷存在……感覺我的腦袋都快要變得怪怪的了。」

「哎呀，因為這是迷宮啊。一一去在意這些事情是在意不完的啦。」

「「……伊莉絲的心靈還真是堅強。」」

伊莉絲已經習慣了「Sword and Sorcery」裡的迷宮，事到如今這也不是什麼值得驚訝的事情了。

不過這是嘉內和雷娜第一次正式地探索迷宮，兩人對於異空間這個無法理解的現象毫無免疫力。

因為不管怎樣都會拿來和地面上的狀況做比較，就算腦袋可以理解，似乎還是有些無法接受的事。

特別是明明應該在地底下，頂部卻很明亮，而且天也會黑。

她們搞不懂這到底是基於什麼原理運作的，無論如何都會擔心起來，容易感到精神疲勞。

兩人對於特殊的存在還是有些抗拒。

「嗯嗯，這才是冒險！我就是想做這種事啊。」

「妳的情緒為什麼這麼嗨啊？」

「伊莉絲的這種地方真讓人搞不懂耶。傑羅斯先生也有些類似的地方，我有時候都會想說你們是不是哪裡出了毛病。」

「好過分！」

由於溪谷的岩石面上也長有植物，其中也有根部延伸到對岸，像是橋梁一樣將兩側連接起來的地方。具有飛行能力的魔物為了尋找獵物而來回飛舞著。

鳥型的魔物會捕食巨大的昆蟲，而這裡偶爾也會發現想吃這種鳥型魔物或其他魔物的飛龍出沒。構成了一個完整的生態系。

「從這裡好像有辦法走到對面去。」

「雖然不知道那是什麼魔物，不過鳥型還真麻煩。」

「要是敵人在我們穿越溪谷的時候襲來，我們可沒辦法應付啊。」

她們要靠藤蔓和樹根從崖壁移動到對面的岩台上，但是途中要是被會飛的魔物襲擊，可是連一下都撐不住。

三人一邊提高防備，一邊抓著藤蔓，謹慎地走過不穩的落腳處。

在她們靠著感覺可以落腳的岩台一路往下後，偶然發現了一個洞窟，點燃火把往裡頭走了二十分鐘，發現從深處傳來了尖銳的聲響。

「這聲音……是有人在採礦嗎？」

「在這種地方？這裡可是沒人來過的區域喔。難道有人沒向公會報告就闖進來了？」

「說不定是其他的調查隊喔？我們也無法排除從別的路線能抵達這裡的可能性……」

確認這裡是迷宮後，除了已調查的區域之外，其他路線都被傭兵公會的職員給封鎖了。如果是其他調查隊是無所謂，要是對方是未經許可的非法入侵者，那事情可能就有點麻煩了。

傭兵既然有登錄加入公會，只要擅闖公會判定有危險的地點，就等於是違反了規定。儘管如此，要是有把擅闖的未調查區域的探查情報報告給公會那還好說，不過那種從一開始就違反了規定的缺德傭兵根本不可能盡到報告的義務。

對方很有可能會害怕受罰而主動攻擊她們。

「妳們覺得是哪個？」

「是調查隊呢，還是非法入侵者呢……唉，如果是後者，初犯也只會被嚴厲警告而已啦。」

「我們看狀況再決定該怎麼處理吧。在不知道對手有幾個人的情況下闖進去很危險喔？這時候要謹慎行事……」

三人留意著別發出腳步聲，謹慎地往洞窟深處前進。

洞窟往內走後是一片較大的空間，由於過去曾是礦山而遺留下來的礦車和軌道就這樣被棄置不管。開採的聲音是從更深處傳來的。

三人躲躲藏藏地接近目標，從倒下的礦車後方緩緩探頭觀察。

而她們在那裡看到的人是——

「哇哈哈哈哈哈哈♪」

——開心地用誇張的速度揮舞十字鎬採礦，曾經在哪裡見過的大叔身影。

「「「他怎麼會在這裡啊！」」」

在傳出十字鎬敲擊一下礦脈的聲音瞬間，他又在剎那間揮下了數次十字鎬。動作快得令人感到岩壁還沒碎裂簡直不可思議的程度。

「喂，大叔！這裡被封鎖起來了喔。你為什麼會在這裡啊！」

「哎呀？這不是嘉內小姐嗎？工作辛苦了。」

「說什麼辛苦了咧！你少在那邊裝傻，擅闖公會禁止進入的地方啦。會給人添麻煩的。」

「禁止進入？這裡……有被封鎖起來嗎？我沒費什麼工夫就來到這裡了耶……」

「「「沒費什麼工夫？你是怎麼進來的……」」」

「和以前一樣，利用落穴射手抵達最下層，再從下面爬上來而已啊？雖然我是來找鐵礦的，這樣算是繞了遠路。」

嘉內她們這下可頭痛了。以前傑羅斯為了救出克莉絲汀所使用的墜落陷阱。

這個陷阱至今依然存在，形成了可以從上層直接抵達最下層的盲點。

這樣就算上面有傭兵公會的職員在看守，也可以輕易的闖入下層。

「那就是偶爾會有人失蹤的原因吧。我們也完全忘了這件事。」

「……得向公會報告呢。」

「你說你是來挖鐵礦的，叔叔你又打算要做什麼了嗎？」

「是已經做完了喔。我做了加上槍和可變形構造的魔像之後，就把鐵全部用光了吶。要去伊薩拉斯王國那邊也很麻煩，我想找近一點的地方解決，才會來這裡的。一路下來也挖了不少，我差不多要收工回家了。」

伊莉絲雖然在內心想著「有可變形構造的魔像？叔叔，那是機器人吧？而且還加了槍……」，但是沒有再繼續追問下去。

因為她的直覺告訴她這事不妙。

這個大叔是個重視興趣的人，就算只因為一時興趣就趁勢做出什麼危險物品也不奇怪。畢竟他是「殲滅者」之一。

實際上也有許多關於這方面的傳聞。

「你知道接下來有些怎樣的區域嗎？方便的話就詳細告訴我們吧。」

「嗯～……就算妳叫我詳細告訴妳們，可是我就是隨便走，所以沒什麼印象啊。有灼熱的熔岩地區吧？好像有像蛇一樣，身體長長的魔物會在地底和熔岩中游動。那玩意兒很大喔。使出的炎之吐息也很厲害呢～」

「還有呢？我們的工作就是要探查目前迷宮的狀況。」

「我有看到都是水晶的區域，和像是熱帶叢林的區域耶～但是卻莫名的冷，還有很大的蚊子在飛，超煩的。好像還有長得像粉紅色猩猩的魔物會丟大便吧……那玩意兒還會用屁擊落昆蟲型魔物呢～」

「你說的是某個獵人遊戲嗎？」

廢礦山迷宮變得超乎他們預期的大，伊莉絲等人體悟到再繼續探索下去，對她們來說負擔太重了。就算是為了完成委託，她們也不可能像傑羅斯那樣直接掉到最下層再爬上來。在談論等級之前，她們和大叔之間的實力差距就大得過頭了。

要是有人叫她們做跟大叔一樣的事，她們一定會立刻拒絕吧。那等於是叫她們無謂地拋棄自己的性命。

「回去吧……感覺我們沒辦法再繼續往前走下去了。」

「是啊。我也還想珍惜自己的性命。」

「叔叔呢？你還要繼續挖礦嗎？」

「這個嘛～……也差不多到一個段落了，今天就到此為止吧。也累積了好幾錠了，應該可以撐一段時間吧。」

「「「你又是當天來回喔。」」」

在那之後，伊莉絲等人先去傭兵公會的外派據點報告，又在阿哈恩村住了一晚才回到桑特魯城。

回到教會後，三人很在意大叔在做些什麼，便基於好奇去偷看了傑羅斯家，結果發現大叔正在研究豚骨湯頭。

真的是個讓人摸不透他在想什麼的人。

第十一話　茨維特明知沒用，還是給了庫洛伊薩斯忠告

索利斯提亞公爵家的領主館。

除了克雷斯頓和瑟雷絲緹娜之外，公爵家的人都在這裡生活，不過目前在使用這棟宅邸的只有現任當家德魯薩西斯，還有茨維特和庫洛伊薩斯兩兄弟。

本來兩位公爵夫人應該也會在的，然而——

「……最近沒看到母親大人們呢，她們上哪去了？」

「兩位夫人為了執行身為貴族的任務，前往王都了。」

回答茨維特的是年老的女僕長。

「啊～……一如往常的貴婦聚會啊。那應該暫時不會回來吧。」

「茨維特少爺……庫洛伊薩斯少爺也是，兩位對母親大人是不是太冷淡了？」

「說是這樣說，可是母親大人們和我們話不投機啊～老實說我和庫洛伊薩斯那傢伙都不太想跟母親大人們有所牽扯。」

茨維特和庫洛伊薩斯的母親，也就是兩位公爵夫人們說穿了就是典型的貴族夫人。

兩人到現在還是和丈夫德魯薩西斯談著戀愛，是徹底體現了何謂不知世事的女性。甚至會讓人懷疑她們是不是活在夢中。

明明是這樣，在民眾面前卻擺出一副貴族的高姿態。

由於她們好歹也是公爵家的一員，姿態高是無所謂，只是她們實在太不在意政治情勢，也毫不關心世事的走向。

說得難聽點就是花瓶。

「因為是策略婚姻，所以她們受到的教育或許就是叫她們不要干涉政治，可是一想到那種人是我的母親，就覺得心情很複雜啊。」

「茨維特少爺，夫人可是您的親生母親喔！您居然用這麼輕蔑的說法……」

「實際上她們就是這麼愚蠢吧。我和庫洛伊薩斯可沒看過那兩人做出任何像是母親該有的行為喔？她們總是黏著老爸，身為母親的印象實在太薄弱了。」

「儘管如此，夫人依然是您的母親。您應該更敬重夫人一點吧！」

茨維特和庫洛伊薩斯出生後就立刻交給奶媽照顧了。

因為育兒全權委由他人處理，所以兩人對母親的認知基本上就只是有血緣關係的人，要說能否敬重母親，他們都會回答沒辦法吧。

他們之間幾乎沒有家族的牽絆可言。

「本來就已經有繼承的問題在了，少爺您至少和母親大人心意相通吧。這樣下去會被庫洛伊薩斯少爺搶走繼承權的。」

「沒問題吧。庫洛伊薩斯滿腦子只有研究，才不想繼承家業，處在那種麻煩的立場上。而且繼承問題什麼的，只有母親大人娘家那邊自己在吵吧？畢竟是我那個老爸，我想他應該會處理掉那些人吧。」

「…………」

這位女僕長是長年侍奉茨維特的母親伊莎貝拉的娘家，侯爵家的年老女性，是在伊莎貝拉嫁入公爵家時陪嫁過來照料她的。

她同時也是刻意擴大繼承人之爭的人物，茨維特在伊斯特魯魔法學院被布雷曼伊特的血統魔法洗腦時，她也灌輸了茨維特很多錯誤觀念，讓狀況變得更糟。說她是讓茨維特變成「唯我獨尊大少爺茨維特」的推手之一應該比較好理解吧。

現在因為洗腦已經解除了所以沒什麼問題，不過這個女僕長似乎希望茨維特可以變回以前被洗腦時的樣子。恐怕是從侯爵家那邊接到了什麼指令吧。

茨維特倒是不想再變成那種愚蠢的人了。

「喂，瑪莎莉……妳還想活久一點的話，就別再和母親大人的娘家聯手了。妳也不想忽然就消失在這世上吧？」

「怎、怎麼會……老爺不會做那種事的。」

「老爸他做得出來吧。畢竟他是重視才能的人，我想他應該會讓企圖篡奪公爵家的傢伙見識到地獄喔？因為他對敵人絕不手下留情的。」

女僕長瑪莎莉臉色蒼白地顫抖著。

她從以前就聽說過關於德魯薩西斯的傳聞，年輕時就被譽為是天才的男人，現在已經化為了更勝當年的傑出人才，令所有貴族都對他有所防備。

可怕的是他繼承公爵家之後立刻展露頭角，那些企圖利用他而接近他的貴族也幾乎都因為某些原因而失去了爵位。

雖然有傳聞暗指是德魯薩西斯動了什麼手腳，可是沒有任何證據。

假設那傳聞是事實，就算瑪莎莉的雇主侯爵家成了公爵家的姻親，德魯薩西斯公爵也不會因此手下留情。

她現在才重新意識到自己的立場非常危險。

「畢竟是老爸，我想他之前都是故意睜一隻眼閉一隻眼的吧。不對，他搞不好很樂在其中，想看你們能做到什麼程度吧……是說庫洛伊薩斯在房裡嗎？」

「咦？是……少爺到昨天為止還經常會去商會的工坊，今天難得沒從房裡出來呢……」

「……他該不會死了吧？」

商會的工坊只是表面上的名義，其實正確來說那裡是索利斯提亞派的工坊。

庫洛伊薩斯既然會每天跑去那裡，茨維特認為他八成是基於德魯薩西斯的指示，接下了什麼工作。

不過茨維特還是有些疑惑，並非正式研究家的庫洛伊薩斯到底能做些什麼。

像他這樣的人會連續好幾天都過去，表示工坊在進行某些格外有趣的研究吧。

既然這樣，那個為了研究不惜連日熬夜，徹頭徹尾的研究狂，一定是過於疲勞，倒在房間裡了。

「沒辦法。我去看看他的狀況吧……要是他死在垃圾堆裡就太丟臉了。」

茨維特說完後，朝著庫洛伊薩斯的房間走去。

這事不重要，不過他對庫洛伊薩斯的評價非常過分。

唉，雖然他的評價也沒錯就是了——

◇◇◇◇◇◇◇

在索利斯提亞公爵家，庫洛伊薩斯的房間也是幾乎不會打開的房間。
明明陽光會透過迴廊的窗戶照進屋內，茨維特卻覺得只有他的房間前面特別暗。
該怎麼說呢……擋在房間前的門扉上散發出詭異的氣息。
『咦……那傢伙的房間有這麼暗嗎？』
茨維特對這只讓人覺得物理法則扭曲了的詭異現象充滿了疑惑。
他彷彿曾經在哪裡感受過同樣的氣息。
「庫洛伊薩斯，你在嗎？」
總之先不想這件事了，茨維特試著出聲叫了應該在房裡的庫洛伊薩斯，然而沒人回應。
不管他叫了多少次，房裡都沒傳出庫洛伊薩斯的聲音。
『終於死了嗎？那傢伙……一扯上研究就會變成狂人啊～』
真是個過分的哥哥。
既然房裡沒人應聲，他也差不多只剩硬闖一途了。
不過這時他想起了庫洛伊薩斯在學院的房間的慘狀。
「……庫洛伊薩斯，我要自己進去了喔。」
茨維特鼓起勇氣進房後，發現裡頭是堆滿了雜物的腐海之森。簡直就跟他在學生宿舍的房間一樣。

不，正因為是老家，所以比那裡還慘。

庫洛伊薩斯的房間分成兩間，茨維特現在所在的是化為腐海的研究室。

寢室雖然只是多少有些雜物，但研究室跟他在伊斯特魯魔法學院的宿舍房間沒兩樣。

這個眾多女僕們曾經挑戰打掃，卻因為那過於誇張的慘況而絕望辭職的魔窟，就連那個德魯薩西斯都不願意靠近。只有他（庫洛伊薩斯）在研究時會使用這個房間。

「跟我想的一樣啊……」

踏出一步便會揚起塵埃。

茨維特在黑暗中前進。儘管途中踩到了好幾次不知道是什麼的東西，他也沒去確認那到底是什麼，就繼續往前走了。他一點都不想確認。

眼睛習慣了黑暗，稍微可以看清房裡的樣子後，他總算找到了庫洛伊薩斯。

庫洛伊薩斯手上拿著一疊文件，埋在雜物堆裡睡著了。

「……為什麼在這種慘狀下他還睡得著啊。」

實在不像是貴族子弟的丟臉模樣。

要說這是因為他是研究家，那茨維特也無話可說，但就算是那樣他也太誇張了。

「他到底是從哪裡搞來這些雜物的啊。比起那個，這份文件是……圖？是設計圖嗎？這邊是報告……」

茨維特拿起庫洛伊薩斯手上的文件，拉開窗簾確認起文件的內容。

上頭有著茨維特從未見過，外型像是杖的東西，還有外型看起來也像是杖，但應該是發掘出的古文物的分解圖。

看著其他隨手放置、散落一地的文件，茨維特皺起了眉頭。

茨維特從庫洛伊薩斯是暗中行動這一點，判斷這是和軍事有關的研究。

『……這是武器嗎？「梅提斯聖法神國製造，火繩槍分解圖」？杖……不對，應該將這個視為從筒狀零件射出某樣東西的射擊武器吧。「對於連射構造的衝擊造成的誤射，需要重新做更單純有效率的設計」？「魔法發動時對膛室內部造成的瞬間壓力恐導致零件劣化，對此應優先處理強度不足及挑選耐用金屬的問題。金屬的候補名單請參照他項」，「重新檢視重視生產性及簡化構造的計畫」？也就是說這是他們希望可以量產的武器吧。』

文件幾乎都是用不同格式拼湊而成的，可以看出庫洛伊薩斯粗枝大葉的個性。

不過相較之下，他更在意庫洛伊薩斯正在執行這個他未曾見過的武器的量產化計畫這件事。茨維特覺得這簡直像是以要和哪個國家開戰為前提在進行的。

「我想老爸跟這件事是脫不了關係，不過『需盡快添增能將合金以最恰當的比例完成加工的鍊金術師人員。請盡速安排』？為什麼他會把這種報告書帶進來啊。這是要交給派系的文件吧。」

文件中附有梅提斯聖法神國製造的武器的詳細資料，根據報告來看，聖法神國已經將這種武器運用在實戰中。上頭也有寫到這種武器的殺傷力不算強。

茨維特一邊整理沒收好的機密文件，一邊看下去。

他的目光停留在其中一份從舊時代的現存遺跡，地下都市「伊薩．蘭特」發現的武器的拆解調查報告上。根據這份報告的內容來看，這武器他們好像成功使用了兩次，但馬上就壞掉了。已經確認這武器具有可以貫穿魔法實驗場的厚重牆壁的威力，具有足夠的殺傷力。

庫洛伊薩斯參與的似乎是強化並開發梅提斯聖法神國的武器，使之量產化後配備到各個部隊的計畫。然而就算是從茨維特的角度來看，這個計畫也非常駭人。

『這武器……大量流通會很危險吧？只要用比發動魔法更少的魔力就能殺傷敵人的話，女人或小孩也能在戰場上作戰。不僅如此，這東西要是流入市井，恐怕會演變為掀起叛亂的火種啊。』

他馬上就意識到了槍這種武器的危險性。

而且這樣不用花大把時間訓練，便能得到足以殺敵的龐大戰力。是一個沒處理好，就會讓所有國民都成為士兵的危險武器。

雖然有搶在敵人發動魔法前便殺死敵人的優點在，但不知道這個武器哪天會不會指向自己。必須嚴加管理。

畢竟這武器藏有甚至可以輕鬆掀起革命的可能性。

「老爸不可能沒注意到這個危險性吧……」

這武器落入其他貴族手中也很危險。

若是可以輕易發動叛亂，只要多花點時間，要破壞現有體制也並非難事。

不，也可以輕鬆地在檯面下動手腳，造成混亂。

畢竟就連遠距離暗殺都變得容易多了。

「……真讓人頭痛。」

劍的時代或許已經走到了盡頭。

不，這本身並非壞事，問題在於人類將可以輕易地獲得力量。

茨維特是認為人類沒有那麼愚蠢，然而他也不覺得人類有多聰明。

對於有野心的人來說，這武器充滿了魅力，從獲得的那瞬間便會無法克制那股欲望。尤其是貴族當中有許多野心勃勃的人。

愈渴望獲得權力的人，愈無法抵抗力量的誘惑吧。

『老爸……居然開始做起這種棘手的事。』

索利斯提亞魔法王國目前正在改革。

他或許是想趁亂把這種武器的管理體制也加入改革之中，問題是要拓展到什麼地步。這武器就算只是被偷走了一把，處理起來都會相當棘手。

必須對武器加上一些限制才行。

「……唔，身體好痛。」

庫洛伊薩斯醒來了。

他的臉上清楚地留下了被某個魔導具壓出的痕跡，讓他俊俏的臉變得非常不像話。茨維特真希望他能多少在意一下旁人的目光。

「你醒了啊。誰叫你睡在那堆垃圾裡。」

「哎呀，哥哥……真難得你會來我房間。還有你偷看機密資料不太好吧。」

「把這種機密資料隨便亂放的你也有問題啊。如果不想讓人看見，你也至少做好管理吧。這種危險的玩意兒應該要藏好吧！」

「哎呀～這是因為疲勞和肌肉痠痛讓我的身體累到了極點，結果我好像一回房就倒下了。真是不小心啊。」

「這不是一句不小心就能解決的問題吧。」

他完全沒顧慮到機密資料。

茨維特心中甚至冒出了「讓這種傢伙參與重要的計畫真的好嗎？」的疑問。

「你似乎在做非常不妙的玩意兒啊。是老爸指示你做的嗎？」

「嗯，是這樣沒錯啦……不過我也很樂在其中喔。」

「因為你沒跑去找師傅，我就想說你多半是投入了別的事情裡……可是這計畫超乎我想像的危險啊。你可不能對任何人提起這件事喔。」

「我這麼不值得信任啊。我好歹也有自己是貴族的自覺喔？」

「如果你還知道自己是貴族，就別帶著這種重要的東西到處走。要是弄丟就糟了。」

庫洛伊薩斯處理這些不管怎麼想都是國家機密文件的態度非常隨便。

裡頭的資料順序也亂成一團，說得再好聽也很難說他有謹慎地處理這些文件。

這要是被哪個國家的諜報人員給撿去，幾年後周遭諸國的戰力圖便有可能會發生極大的改變。

就算對研究以外的事情毫無興趣，也該有個限度。

「不過梅提斯聖法神國居然製造了這樣的武器啊。」

「因為他們的是火藥式，跟我們在工坊裡試製的東西威力不一樣喔。而且我聽說傑羅斯閣下也有製造過耶？」

「師傅？這個設計圖該不會是師傅……」

「不，是我們將梅提斯聖法神國的……好像是叫火繩槍吧，拆解之後再加入舊時代遺物的結構後繪製而成的。雖然是舊時代遺物的劣化製品，不過因為我們改用魔法的爆發力來取代炸藥，所以內部的零件也相對的要夠堅固耐用才行。我們現在就是在做耐久性的測試。」

「我沒你那麼了解技術層面的事情，不過這玩意兒會讓戰爭的型態變得非常悽慘喔。你是在理解這點的情況下去幫忙的嗎？」

「這東西也不過就是工具啊？只是使用方式可能會因為使用者的人品而改變而已。這也不是那麼嚴重的事吧。」

「那不就是最大的問題嗎！這東西夠危險了。」

庫洛伊薩斯是用道理來思考事情的研究家。工具——這裡指的是武器，不管是用在正確的方面拯救眾人，還是大量屠殺生命，庫洛伊薩斯認為責任都在使用者身上，不是製作方應該肩負的責任。

相較之下，茨維特因為有參與軍務，所以知道這武器的危險性，認為開發者必須背負非常重大的責任。

兩人的認知都沒有錯。

騎士雖然為劍賦予了騎士道精神，可是對於這個比劍可以奪走更多性命的武器，他們能否做到一樣的事就要打上問號了。這武器中潛藏著因為可以輕鬆的大開殺戒，便輕視人命的危險性。

要是使用在防衛戰上那還好，若是使用在侵略戰爭上，必然會帶來悲劇性的結果。就算戰爭獲勝，也只會在擴大的領土內留下新的戰火的火種。

「人沒那麼聰明。這種武器要是流通在市面上，不滿目前情勢的傢伙會引發叛亂的。這東西足以成為煽動笨蛋野心的火種。」

「只要由國家管理就好了吧。比方說在有必要用上之前都先收在某處，嚴加保管。」

「要是武器生鏽，等真要用的時候根本不能用，那就沒有意義了。像這種構造複雜的武器，平常一定要有人負責維護保養才行吧。說不定會有人把零件帶出去，在別的地方生產製造。」

「這不是我該思考的事情，是國家要思考的問題。」

庫洛伊薩斯畢竟只是研究家，管理武器的事只想交給別人去處理。

當然茨維特也不認為父親德魯薩西斯沒有注意到管理的重要性，可是他不認為這樣的武器可以完美地一直藏下去。

在國家情勢動盪不安時經常會發生弄丟武器這種事，也有可能會被人帶到敵對國家去。

真要說起來，他們手上就握有梅提斯聖法神國那個叫火繩槍的玩意兒的情報了。就算發生同樣的事情也不奇怪。

一旦在戰場上用過，世人便會發現這武器的存在，又會有人做出性能更強的武器。

要是流入一般民眾手中的話，犯罪率也會上升吧。

「梅提斯聖法神國……居然做了這麼棘手的玩意兒出來。」

「傑羅斯閣下也是啊。」

「那個人應該不是為了販賣才做吧。大概是……出於興趣吧。」

「只要有被人看見就是問題了吧？對方的武器也只要改良一下，就可以連續射擊了，加工技術提昇後應該也能輕易地生產製造才對。」

「得在那之前摧毀那個國家……等一下！梅提斯聖法神國該不會跟哪個國家開戰了吧？忽然開始開發比對方的武器性能更強的武器，怎麼想都是考慮到最壞的情況，在思考對策啊。」

出現開始蒐集武器或物資的徵兆，大多都是以戰爭為前提所展開的行動。

由於討伐盜賊也需要準備應有的物資，所以許多單位會在事前就開始動作。張羅高性能的武器也是徵兆之一。

尤其是弓兵會消耗掉大量的箭，工匠們會總動員一起製作所需的數量。著手開發新武器則有可能是在籌備要耗費數年的侵略計畫。

要是相信他所看的文件資料上所寫的資訊，表示這武器算是弓的進階型武器，只要準備一定的數量，便能在初戰的戰局占上風。

感覺會比用魔法攻擊來得更有效率。

「你怎麼看？」

「天曉得？你問我我也很傷腦筋啊。畢竟我接下的工作只有設計魔導槍的魔導零件而已。樣品已經完成了，接下來其他人就會自己去改良，提昇效率了吧？」

庫洛伊薩斯這徹底覺得事不關己的態度，讓茨維特非常頭痛。

他經手的武器明明蘊藏著未來會徹底改變軍務型態的可能性，他這個當事人卻漠不關心。

庫洛伊薩斯主張他的工作就只是製作零件，堅稱後續的改良與生產與他無關。他根本就不在意這武器會導致怎樣的後果吧。

「庫洛伊薩斯……你也差不多該有點自覺了吧。你好歹是公爵家的人，這麼不負責任好嗎？」

「為什麼？反正要繼承家業的人是哥哥，我會繼續往研究家之路邁進，所以這跟我無關吧。畢竟我總有一天會離開這棟宅邸。」

「我是很懷疑你一個人到底有沒有辦法活下去啦——不，這種事情不重要。要是你做出了危險物品，因為你沒有好好管理而遭竊，被用在犯罪上，你打算怎麼負責？」

「我哪知道。這種情況是偷走的人該負責吧？」

「做出危險物品的人也會被追究管理責任啊！要是有人因此受害，你是沒辦法找藉口脫罪的。」

「真搞不懂。我只覺得這很不合理。明明是偷走東西拿去用的人不對啊。」

「你搞清楚，在製作出危險物品的時候，你就必須負責了！」

魔導士——特別是研究家，不時會創造出危險物品。

這些危險物品若是基於某些使用方式而具有實用性，國家也會用合適的地位來招攬這些魔導士，但在此同時，他們也得對自己製作出的東西負責。

不管是兵器還是回復藥，製作者對於自己做出的東西都多少有些責任。可是庫洛伊薩斯實在太不關心這件事了。

「這個——叫做魔導槍的武器很危險。要是被人知道你有參與這玩意兒的開發工作，你會被其他國家盯上的喔。跟這件事情扯上關係的時候，你就該有自己成了最重要人物的自覺了。就算是諜報人員，只要蒐集被分割的零碎情報，經過仔細審視，就能夠窺見全貌了喔！」

「怎麼會呢，就只是個零件而已耶？」

「那個零件很重要啊！從這份資料看來，有使用到魔法的零件不就只有一個嗎？拜託你理解這點好嗎！」

站在研究家的立場和站在國防的立場，兩者之間的思考方式隔著一道鴻溝。

茨維特知道參與了魔導槍開發工程的庫洛伊薩斯有多重要，當事人卻完全不懂。庫洛伊薩斯只把這當成研究的一環來看待。

如何用現在的技術及知識重現舊時代的魔導具這件事占據了他的腦海，結果會被利用在戰爭上，害得許多人因此喪命的事，便被他輕易地劃分為國家的責任了。

而且事情結束後，他就會把注意力移到別的研究上，最後根本忘記自己曾經參與開發的事。

雖然茨維特再三強調魔導槍的危險性，然而他在最根本的想法上就和茨維特不同，所以幾乎無法讓他理解。這也是庫洛伊薩斯之所以無法融入周遭這些有一般常識的人類之中的原因。

儘管如此茨維特還是想開導庫洛伊薩斯，持續說教了三十分鐘後——

「呼、呼……你現在，有稍微……聽懂了嗎？」

「嗯，大致上有……雖然我只是在其中一個零件上刻上了魔導術式而已。」

「那就是問題所在啊……唉～拜託誰來教教這傢伙常識啦。」

「真失禮。我好歹也是個有常識的人啊。」

「哪裡有啊！」

——然後他放棄了。

庫洛伊薩斯說他多少理解了，可是聽起來的感覺就像伸手抓住雲霧一樣不可靠。

茨維特忘了，庫洛伊薩斯是研究家，不是負責生產製造的人。

他只想探究知識，根本就不在意在過程中製作出的東西被誰拿去生產製造。

實際上，他以前製作出的「豐胸藥」和「性別轉換藥」意外的賣得很好。

只是庫洛伊薩斯完全沒有參與生產製造。

「……我知道繼續說下去也沒用了。是說真虧你在這堆垃圾裡面還睡得著。這裡比你在學院的宿舍還要亂吧。」

「說垃圾太過分了。別看它們這樣，這些也是舊時代的魔導具喔？不覺得這些東西使用了哪些技術，是件很值得玩味的事情嗎？」

「你的腦袋裡連整理這個選項都沒有嗎——嗯？等一下，如果這個房間跟你在學院的宿舍裡的狀況一樣——」

茨維特腦中掠過一股不祥的預感。

庫洛伊薩斯在伊斯特魯魔法學院的房間因為經常會發生奇妙的現象，相當有名。就算換了房間，只要庫洛伊薩斯住在那間房裡，就會引發那個現象。

更何況這裡是庫洛伊薩斯從以前就住到現在的房間。

因為茨維特直到最近才沒那麼疏遠庫洛伊薩斯所以不知道，不過索利斯提亞公爵家的宅邸中一直有女僕會不時消失的傳聞。

當然沒有人就此失蹤，只是有時候有人會忽然消失不見幾個小時。

「「啊……」」

由於囤積在房間裡的不知道究竟是什麼的魔力……

——而那個現象果然發生了。

在找茨維特的好色村來到了庫洛伊薩斯的房門前。

他之所以會跑到不太熟的庫洛伊薩斯的房間來，是因為——

『難得學院放假，同志和他弟弟卻只顧著訓練跟窩在家裡。這時候就該由我出馬幫幫他們，帶他們去鎮上健康地找人搭訕跟好好打扮一下。說不定我身為他們的朋友，也會有點機會……』

——這個想乾脆靠別人來把妹，滿是歪腦筋的無聊理由。

要找女孩子搭訕的話，就應該靠自己的魅力來一決勝負，好色村卻想耍小聰明，打著靠庫洛伊薩斯坐享漁翁之利的如意算盤。他笨成這樣反而讓人討厭不起來。

不過這計畫倒是失算了，首先庫洛伊薩斯這個家裡蹲本來就不會對搭訕女生這種事情感興趣。而且好色村沒意識到，假設他真的成功把庫洛伊薩斯帶到鎮上去，大多數的女生也會以庫洛伊薩斯為目標，只會使他顯得很可悲而已。

不，若是他的腦筋有好到能了解這一點，一開始就不會想用這種手段了吧。

「喂～同志、庫洛伊薩斯，你們在嗎？」

他從在宅邸服務的女僕口中問出了茨維特的所在位置，為了帶兩人去搭訕女生，坐享漁翁之利而把手伸向了房門的門把。

但是……

「咦？這門打不開耶，是壞了嗎？」

因為他可以感覺到房裡的氣息，所以他知道茨維特他們在裡頭。

可是重要的房門打不開的話，那他就連想約他們去搭訕都辦不到了。

『怎麼辦……我總不能在這裡就放棄吧……嗯？』

從門後稍微傳來了裡頭的聲音。

好色村豎起耳朵確認裡頭的狀況。從旁人的角度來看他完全是個偷窺狂。

『要上嘍，庫洛伊薩斯！』

『唉～受不了，真拿你沒辦法呢。』

『『變身！』』

——《我是旋風～》

《我好像是小丑？》

《最佳拍擋！》

總覺得裡頭傳來了各種不妙的聲音。

『等等，同志！你在房間裡做什麼啊！那個很像效果音的聲音是什麼？我超在意的！』

誇張的戰鬥音效，斬擊聲、槍擊聲，甚至還有遠距離武器擊中敵人的聲音。

他很在意裡頭的狀況，拚命地試著開門，可是那扇門卻紋風不動。

「喂喂喂……這該不會跟學院發生的奇異現象一樣吧？居然在老家的宅邸裡也會發生……不過這房間到底是連上了哪裡啊？」

這個現象在短時間內便會結束，所以外頭的人只能默默等待。這是不變的鐵則。

可是好色村實在太在意裡面的狀況了，在意得不得了。

『『用這一擊畫下句點吧。』』

──《Hey～Final Attack Ride，全填充好嘍～》

《沒錯、沒錯！沒錯！就是這樣！不過，太慢了啦～》

《《用超～棒的感覺，大．開．眼！》》

「這什麼狀況！而且有太多東西混在裡面了吧！為什麼效果音會是女孩子的聲音啊！這到底是什麼必殺技啊！讓我見識一下啊！不對，讓我加入啊！」

好色村那憧憬著正義伙伴的少年之心，以及男人熱血的靈魂被喚醒了，他猛烈地試著打開門。變身和必殺技可是男人的浪漫。

他很在意兩個人到底做了什麼變身，放出了怎樣的必殺技，發展出了什麼樣的故事。

不，可以的話他自己也想變身。他想加入他們。

「可惡～～～我早上為什麼要答應去幫忙買東西啊！」

好色村萬分後悔，心想著要是自己再早點過來就好了。然而故事已經迎向了最高潮。門後或許是用必殺技華麗地分出勝負了吧，響起了劇烈的爆炸聲。

沒辦法目擊堪稱最精彩的最後瞬間，找回了少年之心的好色村當場雙膝跪地，流下了悔恨的淚水。

在宅邸裡工作的女僕們把他的樣子全都看在了眼裡。

「……那個人。」

「他居然在庫洛伊薩斯少爺的房門前說『讓我加入』……」

「不過我搞不好有點想看耶……畢竟那個人不開口的話，長得也還算不錯。」

「「咦？啊…………原來如此，原來如此，的確不錯耶！」」

從這天開始，女僕間的腐女書籍傳教活動就變得熱絡起來了，不過這並不重要。

唉，雖然對公爵家兄弟和好色村來說是一場災難就是了——

第十二話　索利斯提亞公爵家別館的慘劇？

「「…………」」

茨維特和亞特盯著彼此。

經常造訪克雷斯頓家這棟別館的茨維特，以及今天也充滿活力的預備從克雷斯頓家去索利斯提亞派工坊上班的亞特。

兩人今天終於可喜可賀的在客房前初次碰面，現在正待在會客室。

亞特從早到晚都在艱辛的職場裡工作，茨維特則是到了傍晚就會回到自家所在的索利斯提亞公爵家本館，由於兩人一直巧妙地與對方擦身而過，結果至今為止都沒有碰過面。

而這兩人現在不知為何沉默地看著彼此。

在亞特身旁抱著嬰兒的唯也一臉疑惑地看著他們。

「哥哥，這位是老師的弟子，亞特先生。」

「……你好。」

「亞特，這位是索利斯提亞公爵家的長男，下任當家茨維特。」

「……初次見面，你好。」

「然後這是不知道為什麼一起跟來了的高階玩……高層人士粉絲的伊莉絲小姐。」

「大家好～？」

「「不是，她為什麼會在這裡啊！」」

茨維特打量著據說是傑羅斯弟子的亞特，亞特則是和公爵家的少爺初次碰面，內心哀嘆著「唉……又和當權人士扯上關係了啊」。

在這種情況下，他們忍不住開口吐槽了跟著傑羅斯一起出現的伊莉絲。

一般來說，就算是別館，只是區區一介傭兵的伊莉絲踏入公爵家宅邸本來就是件奇怪的事。

唉，雖然站在傑羅斯的角度，他是顧及到瑟雷絲緹娜在老家這邊沒有同齡的朋友，才想讓她和年紀相仿的伊莉絲多加交流，增長見聞的。

畢竟說起瑟雷絲緹娜的朋友，就只有伊斯特魯魔法學院的同學烏爾娜和卡洛絲緹，除了教會的孩子們之外，沒有能夠好好跟她交談的人了。

那些孩子們也不是把瑟雷絲緹娜當成朋友，而是視她為寶貴的情報來源。

由於瑟雷絲緹娜身上背著公爵家大小姐這個頭銜，對教會的孩子們來說，他們之間不管怎樣都會有貴族家女兒這一道隔閡在。完全不怕的只有小楓而已。

要是她的祖父克雷斯頓在現場，一定會說「緹娜的朋友來了家裡……你們，用接待王族的規格來款待這位小姐！可不許做出什麼失禮的事！」之類的話，喜極而泣的盛大慶祝吧。

幸好克雷斯頓因為有事去本館而不在家。

「不過公爵家的宅邸還真大呢。跟便宜旅館的房間差多了。」

「這兩者不能拿來比吧，旅館老闆太可憐了。而且這裡是別館，本館還更大喔？」

「哇喔，規模真不得了。是說沒看見那種頭髮盤得很誇張，洋裝底下穿著裙撐的貴婦，或是白色褲襪配燈籠短褲的打扮耶。」

「到上個時代為止好像還看得到啦～現在好像都消失嘍。」

「真遺憾。不過到上個時代為止都還存在啊，真想見識一下。」

伊莉絲一臉稀奇地環顧別館內部，感覺有如前來觀光的大嬸。

大叔倒是有點在意伊莉絲對貴族到底是抱持著怎樣的印象。

「我說啊，傑羅斯先生，這裡雖然是別館，但好歹也是公爵家的宅邸喔？又不是什麼觀光勝地，別把一般民眾帶進來啦。」

「哎呀，因為我還滿受信任的啊。」

「就算受到信任，亂來也該有個限度。真虧他們會放你們進來……」

別館這裡對公爵家認識的對象沒什麼限制，傑羅斯光靠臉就能輕易的進來了。

「喔，不愧是有『腳踏實地』這個別名的亞特先生。比叔叔更有常識呢～」

「啥？我可是第一次聽說那個別名喔。腳踏實地是怎樣……」

「真失禮，我也是有常識的。說得好像我很沒常識一樣，這叔叔我不太認同啊～」

「包含你在內，所有殲滅者都是沒有常識的象徵吧。」

亞特在他本人也不知道的地方被取了個別名。

順帶一提，這個別名的由來是因為他都會照著攻略方針，確實地完成活動任務。不過別名是腳踏實地，他實在不覺得高興。

真要說起來別名這種東西聽起來就有夠中二的，太丟臉了，他不需要。

「亞特先生、亞特先生。等下次你有空的時候我們去冒險啦。這附近有迷宮喔？雖然現在還在成長中，不太穩定，不過有亞特先生這種會腳踏實地攻略的幫手在，感覺會很安心可靠耶～」

「迷宮喔，這種程度的事我是不介意啦……」

「真的嗎？太好了～！哎呀～這樣迷宮的調查工作就會更有進展了呢。」

伊莉絲抓起亞特的手，開心地上下甩動著。

她早已經徹底調查過崇拜的「殲滅者」以及他們身邊的高階玩家名號，在遊戲內的目標也是總有一天要練到跟他們一樣的等級，和他們一起去冒險。

而她不僅是為了實現自己的夢想才提出這個要求，從她還盤算著可以趁機提昇傭兵工作的效率這點來看，伊莉絲也已經習慣異世界的生活，變得十分強悍了。

這件事先放一邊，傑羅斯很在意不是很清楚事情背後緣由的唯的目光，內心裡冷汗直流。他有非常不好的預感。

他是很想相信唯不至於在抱著孩子的情況下失控，可是她微笑著的樣子莫名的可怕。從剛剛開始就沒有參與對話這點反而很詭異。

「伊莉絲小姐，妳這樣亞特先生很不知所措喔？」

「啊哈哈哈，因為我跟叔叔去做過各種冒險了嘛，想說下次也和亞特先生一起去，就沒放過這個機會，試著約他了～我是不是有點太積極啦？」

「我可以理解。因為老師他們真的很厲害……不過這樣有點失禮喔？」

被瑟雷絲緹娜叮嚀，伊莉絲裝可愛的「欸嘿」地笑了笑。

不太了解內情的瑟雷絲緹娜雖然跟著點頭，不過以她的情況而言，是敬重高階魔導士的心情比較強烈吧。

兩人的認知有一點落差。

「伊莉絲小姐很了解老師他們對吧？方便告訴我他們至今為止留下了哪些豐功偉業嗎？」

「……那個該說是豐功偉業嗎？哎呀，算了，叔叔和亞特先生經常一起行動，所以留下了很多厲害的傳聞呢～像是被ＰＫ……應該說被殺手盯上的時候，煽動暴風飛龍去攻擊殺手的事蹟……」

「事實正好相反啦！相反！是我們在狩獵的途中被那些傢伙盯上，暴風飛龍轉移了攻擊目標而已。我們什麼都沒做！就算做了什麼，那也幾乎都是傑羅斯先生他們搞的。」

「因為他們的裝備還滿值錢的啊～我們那時候正忙著籌措打多人共鬥稀有頭目的資金，老實說他們幫上了一點忙呢。雖然我們後來安排了魔物去襲擊他們，當做謝禮啦。」

「……看吧？殲滅者就是這種人啦。打多人共鬥稀有頭目的時候我也曾經被魔法炸飛出去好幾次啊～不要忽然把那種有可能會失控的危險試作魔法拿來用在實戰上啦……」

「這件事情我不是跟你道歉過很多次了嗎？你意外的很會記恨耶。」

「要是沒有因為那時的混亂造成的二次傷害，我也不會這樣一再抱怨啊……」

『咦？咦咦～～～？』

瑟雷絲緹娜內心十分困惑。她原本只是想知道自己敬重的老師，曾和朋友一起創下怎樣的英雄事蹟，結果內容和她所預期的完全不一樣。

實際上和英雄完全相反，是只會招致混亂，沒常識的活躍。而且最後反而還搜刮了襲擊他們的人身上的財物。是與英雄差距甚遠，會搞黑吃黑這一套的惡徒。

該說是大膽還是傲慢呢，他們就是一群恣意妄為又任性，糟糕透頂的魔導士。

就連他們的朋友亞特到現在都還懷恨在心，抱怨個沒完。

而亞特所說的內容包含了「使用了具有使狀態異常效果的魔法，結果連伙伴也一起中招」、「被他們拿去當成引誘凶殘魔物的誘餌」、「拜託他幫忙試用新做出來的武器，結果一用就被詛咒」、「順便自爆把他炸飛出去」、「佯稱是新的回復藥水，騙他當了好幾次藥物實驗的白老鼠」、「喝下去就長出了動物的耳朵和尾巴」、「在那之後被綁架到了獸耳迷宮，最後被關在籠子裡供人觀賞」諸如此類，徹底把別人當成實驗動物的行為。特別是最後說的那件事，瑟雷絲緹娜完全不懂那是什麼意思。

當然傑羅斯的這些誇張行徑，瑟雷絲緹娜以前就聽傑羅斯本人說過了，只是她完全沒想到這些全是每次都會發生，有如家常便飯的事。

「叔叔你們總是受到爆炸或是失控現象牽連耶。你們真的有好好戰鬥過嗎？」

「……有啊。應該有吧……」

兩位沒自信的高階玩家。就算試著回想，結果也總是被什麼騷動給波及，或是成為引起騷動的事主，因為這些事情的印象太強烈，正常的戰鬥反而沒留下什麼記憶。

人類就是唯有討厭的事情會強烈地刻劃在腦海中的生物。

「你是師傅的弟子吧？你看起來跟我年紀差不多，感覺不出你有那麼厲害啊。」

「我不是弟子喔。唉，不過我是不否認我的立場很接近弟子啦……只要跟在這些人身邊，就算不想也會遇上各種慘事啊。最好是當作遇上這些人，自己的運氣就已經用盡了。」

「你這話真過分耶。我也有去幫過亞特你的小隊啊。還有亞特的年紀比茨維特大喔？只是基於民族特性，通常看起來會比較年輕而已。」

「你也有幹過說是順便，就逼我們和稀有怪物戰鬥這種事啊。我們明明打算要逃跑，你卻說『別擔心，這玩意兒沒有傳聞中那麼強啦，可以輕鬆搞定的』，然後就率先出手攻擊……結果我們戰鬥了整整三個小時。沒有半個人脫隊根本是奇蹟啊。」

「真慘啊……」

茨維特用同情的眼神看向亞特，接著用輕視的目光看著傑羅斯。

其他人也一樣盯著大叔。

「老師…………這太過分了。」

「…………叔叔。」

「別用這麼冷淡的眼神看我啦。害我有點興奮，快要開啟新世界的大門了。唉，我這是說笑的啦……那時候我們遇上的是一旦認定對方是敵人，便會窮追不捨的魔物啊，一碰面就先打傷牠比較有效率啦。反正逃不掉的話也就只能一戰了啊。」

「你這是馬後炮吧。那時候你不是什麼都沒向我們說明，就忽然出手攻擊了嗎？當時明明還有時間把這個資訊告訴我們吧。」

「人啊，是不親身經驗過就學不到教訓的生物啊。而且我所知的資訊也有可能是錯的，我當下也是半信半疑啊。」

既然事情都過去了，要找多少藉口就有多少藉口。

雖然大叔嘴上要說什麼都行，不過真相其實是「都是些打起來沒什麼成就感的戰鬥，我想再多體驗一點刺激感呢～」這個一時衝動所做出的行動。

其中完全沒有顧慮亞特小隊的感情或想法。

「唉，確實是有那種會狂追盯上的獵物追到死為止的魔物啦。像是守寶妖精或雞蛇之類的……」

「你是叫茨維特？別被騙了。這個大叔啊，只是一時衝動才出手攻擊的。八成只是覺得都是些打起來沒成就感的戰鬥，作為最後的收尾，想挑個危險的傢伙當對手而已，沒有什麼太深刻的理由啦。」

「呵……亞特，我要把這句話送給你。『就是因為這樣，我才討厭你這種直覺敏銳的小鬼啊。』」

「叔叔……那是反派角色的台詞耶。」

因為已經認識很久了，亞特在一定程度上算是了解傑羅斯的個性。

剛認識的時候他還會上傑羅斯的當，但是在經歷過多次受害後，他現在已經完全領悟，傑羅斯絕對是故意的。不，應該是被迫領悟才對。

本來有些遲鈍的亞特直覺之所以會變得敏銳，也是因為和包含這個大叔在內的「殲滅者」們扯上了關係。

雖然本人完全沒有想到，這會成為他在異世界生存下來的能力……

「你接連遭遇了很多慘事耶……」

「平常生活的時候是可以信任這個人，可是當他投入興趣時，絕對不能信任他。因為這個大叔和他的伙伴曾經做過好幾次只能用誇張來形容的事情……」

「是、是這樣嗎？」

「是啊……不久前才沒做任何準備，就把我帶去雪山打龍王。打了整整三天三夜，我還以為我會死。我好像還因為太冷而數度徘徊在死亡邊緣……」

「「龍王？」」

為了讓阿爾菲雅復活而被當成活祭品的龍王，「暴雪帝王龍」。

就算他們是超脫了世界法則的存在，龍王依然是僅憑兩人去挑戰實在太亂來的對手。

而且還是在雪山裡。

會演變成長期戰也是當然的事，同時還要和寒冷作戰。

沒弄好的話，很有可能會在打倒龍王之前就凍死。

「你們跟那種東西交手了喔！」

「老師，你太過分了。」

龍王的存在本身就是最凶殘的災厄級魔物。

光憑兩個人就想去打倒龍王，別說是自殺行為，根本就是瘋了。

「畢竟有些我們不得不去做的原因啊，這點亞特也知道。而且我覺得茨維特和瑟雷絲緹娜小姐你們沒有權利說這種話喔～」

「「為什麼？」」

「你們還記得自己今天早上吃了什麼嗎？這棟別館的早餐端出的培根。那個啊……是我們打倒的龍王最後的下場。光靠我們吃不完，所以賣了一些給公爵家喔。」

「雖然賣出了相當高的價錢，不過我把那些錢都拿去給在伊薩拉斯王國時照顧過我們的人了呢～要是稍微留一點下來就好了，可是一想到那邊有很多為飢餓所苦的人，我就全捐出去了。順帶一提，我分得的份還有一大堆……」

「不是，師傅……你說龍王的肉，該不會有一整頭龍的分量吧？就算是一般的龍都很難吃完啊。」

龍雖然也要依據種類來看，不過幾乎都比飛龍更大。

龍王級就算是殘留在傳說中的紀錄，也有高二十～三十公尺的巨大身軀，要是真的打倒了，素材和肉的分量將會相當可觀吧。

素材不僅有當成史料的價值，也是鍊金術師極度想要的稀有材料，就連少量使用了龍王素材的魔藥，效果都會比一般的更好。

光是把肉賣給各個商會，茨維特就無法想像那會是一筆怎樣的金額了。

「……比起肉，你們把龍王的素材怎麼了？鱗片或是牙齒也賣掉了嗎？雖然我是不覺得師傅你們會全都賣掉啦……」

「因為不僅魔石、心臟、龍爪、龍牙，連骨頭和鱗片都是最棒的素材啊。我們只有讓少量流入市場上啦。」

「要是把素材全都賣出去，這個國家的經濟可能會垮喔……我記得心臟和血液確實是製作『萬靈藥』的素材之一吧。」

「「萬靈藥！」」

據說能夠讓亡者死而復生的「萬靈藥」。

喝下去便能立刻治好傷勢，無論是怎樣的病情或毒藥都能治癒，甚至連失去的手腳都能重生，傳說中的祕藥。若是能用來製作這個的素材，是國家可能會不管用什麼手段都想弄到手的危險物品，如果獻給王家，也難保其他國家不會主動攻過來。

鱗片和龍骨也是會招致市場混亂的玩意兒，所以如果讓周遭的人知道目前是由個人持有這些物品的話，也有可能會派刺客過來。

「這麼說來，杏小姐不在呢，她是茨維特的護衛吧？我覺得用龍王的鱗製作『鱗線』給她的話，她應該會很開心。」

『鱗線』是把龍鱗熬煮到脫色，沿著纖維撕裂成細絲，再用絲束製成的線，是擁有裁縫師這個職業的人拿到會很開心的素材。

質地輕巧，比鋼還要堅固，魔力傳導率高得嚇人，防禦力也很高，觸感又舒適。如果是杏這個擁有「神」級職業技能的專家，一定能做出最棒的衣服吧。

「小杏確實不在呢。亞特先生有再見到她了嗎？」

「沒喔？還沒見到她呢……沒在躲藏的忍者。」

「咦？伊莉絲小姐，妳常常見到杏小姐嗎？我只有在幾天前，她跑來委託我幫忙補充苦無和手裏劍的時候有見到她……」

「她會來教會賣東西喔。那個……雖然是買女用內衣啦。」

神出鬼沒的桃色忍者，甚至跑到了教會去販售女用內衣。

她蒐集情報的能力本來就很強，會突然出現在可能會成為顧客的對象面前，採用硬是把商品拿給對方看，讓對方試穿試用品的販售方式來增加客源。

不知道她目前已經有多少顧客了。

「這個國家的內衣啊～觸感很差耶。因為裁縫師大多是男性，都是在不了解女性細微需求的情況下做出那些商品的。」

「我懂。因為開始穿杏小姐製作的內衣後，我就不想再穿其他的內衣了……」

「而且有很多漂亮的款式呢～」

「該說設計非常用心嗎？我有時候甚至會懷疑，這真的是年紀比我還小的女孩子做出來的嗎？畢竟其中也有很不得了的款式……」

「「很不得了的款式？」」

瑟雷絲緹娜和伊莉絲不停點頭，同意彼此的說法。

然而男性們的注意力卻被吸往了別的方向。

『很不得了的內衣？那到底是怎樣的玩意兒啊？』茨維特無法想像。

『她說很不得了的內衣？這應該要讓唯也買一件……不不不，還是謹慎一點比較好吧？為了孩子的教育……』亞特如是想。

至於大叔則是……『既然她有去教會，就表示她也有賣給路賽莉絲小姐和嘉內小姐。這兩個人的身材比例都很好，還真是有點想看看呢。』帶著這種悶騷的好色想法。三人分別在心中有了不同的反應。

男人還真是可悲的生物。

「叔叔……」

「哥哥……」

「阿俊……喂，你現在想像中的人是誰？你想像了些什麼？」

同鄉的女孩和學生，以及少婦那帶著殺氣的視線非常冰冷。

「哈哈哈，唯小姐啊，亞特在想像的當然是妳吧。動了邪念，他現在可是心癢難耐得要命啊。年輕真好呢～」

「為什麼這時候要拿我出來講啊！而且你幹嘛用像是老頭的語氣說話啊，傑羅斯先生！」

「阿俊……我覺得這個讓小華音聽到，在教育上不太好啦……（羞）。」

「這種事情麻煩等你們兩人獨處的時候再做吧。」

『傑羅斯先生感覺到唯的殺氣，所以才拿我當哏來轉移話題……』

可能是傑羅斯這句話讓她們意識到了什麼吧，伊莉絲和瑟雷絲緹娜都滿臉通紅的低著頭。

要是傑羅斯沒有想辦法矇混帶過，現在這房裡已經被鮮血染成紅色的了吧。

雖然是以結果論，不過茨維特也沒有因此遭受波及，逃過了一劫。

可是總是會有人在聊天的途中丟下炸彈。

「嗯～……小華音？亞特先生的女兒是叫小華音嗎？」

「是啊，是從兩個候補名單中選出的名字，我也很喜歡這名字叫起來的感覺。」

「該不會是故意取了和叔叔同為殲滅者的卡儂小姐發音相同的名字吧？那個人很照顧低階玩……新手傭兵呢。」（註：卡儂和華音在日文中的發音都是kanon。）

「別把我女兒跟那女人相提並論！那傢伙在某種意義上來說可是比傑羅斯先生更難搞喔。誰要拿那種女人的名字來幫女兒命名啊……呃，嗯？」

亞特雖然否定了，可是伊莉絲沒有惡意的發言已經創造出了來不及挽回的狀況。

肩膀被人拍了一下的亞特，戰戰兢兢地轉頭確認身後的人……

——轟隆隆隆隆隆隆隆隆隆隆！

唯的臉不知何時已經迫近到亞特的眼前。

陰影遮住了唯的臉，完全看不出她臉上的表情。

然而她那散發出殺意的魄力非常驚人。

「傑、傑羅斯先生，我看到了難以置信的事情……唯在生氣。而且還是氣到不能再氣的那種程度。她氣到渾身顫抖，簡直像是會立刻停止時間，用壓路機輾死我。我想你應該不知道我在說些什麼，但我也不知道自己在說什麼。唯一知道的是，這絕對跟她之前出於感情或衝動捅我那種小事不一樣……」

「雖然很難以置信……不過很遺憾，這是現實呢。」

「不是吧！」

「阿～俊～～～～……」

極為駭人的聲音響起。從漆黑的氣息中，用沉重的語氣呼喚亞特的唯反而很可怕。

彷彿有什麼邪惡的東西就要顯現於世了。

『『這可不妙……』』

大叔和亞特真心這麼想。

惡靈……不，鬼女確實存在。

「阿～俊……阿俊你啊～用了其他女人的名字～來幫可愛的女兒命名嗎～？」

「不、不是這樣的！我再怎麼說，都不可能會想拿那女人的名字來幫女兒命名吧！」

「那麼～小華音的名字～到底是從哪來的呢～～？」

「……是、是我以前看過的漫畫還有叫起來的感覺。」

「真～的～嗎～～～～？」

「是真的！」

這情況實在讓大叔有些同情亞特。

雖然不想蹚渾水，可是總之得先安撫唯小姐的怒氣，把受害範圍控制在最底限才行，大叔拚命的在思考著。

然後他很快的就得出了答案，開始幫忙居中協調。

「啊～唯小姐。關於卡儂小姐，那個也不是她的本名啊？」

「是～這樣～嗎～～～？」

「我是不知道她名字叫什麼，不過我記得她的姓氏是『觀音大寺』喔～因為她從以前就覺得這名字很像寺廟，很討厭，才會簡稱叫卡儂的。」

「哦～～～～～～……」

這是他臨時隨口掰出的理由。

然後又加上了他擅長的混入部分真相的手法。

「而且亞特也經常是她手底下的受害者啊～亞特曾經拿了她試做的藥水來喝過幾次，那時候的下場真的有夠慘的，所以亞特對她一直是能避就避，沒什麼大事根本不會接近她啊。我是不認為亞特會拿她的名字來幫自己的女兒命名啦。」

「……是這樣啊。太好了～」

邪惡的氣息消失了。

亞特雖然沒有說出口，但他淚眼汪汪地感謝著傑羅斯。

大叔漂亮地救場成功。

「可是……名字還是一樣吧？我聽到小華音的名字，不管怎樣都會聯想到卡儂小姐耶。」

「不是，可是那名字也不是卡儂小姐的本名啊？」

「但和其他女性同名的事實還是沒有改變吧？」

——轟隆隆隆隆隆隆隆隆隆隆隆隆隆隆隆！

伊莉絲在快熄火的汽油上又投下了一顆核彈。

有如墮落的英雄釋放出來，從深淵中湧出的漆黑邪惡氣息已經超越了獸、超越了人，達到了神的領域，彷彿要吞沒世界般，劇烈地燃燒起來。

而伊莉絲完全沒有惡意這點正是最糟糕的。

「妳這傢伙！為什麼盡是說些多餘的話啊，居然拿鎚子往未爆彈上用力敲下去！」

「咦？我只是把想到的事情說出來而已……」

「伊莉絲小姐，妳好好反省一下吧。今天因為妳不謹慎的一句發言，將會發生一場人倫悲劇。而且是從現在開始，在我們的眼前上演……再加上把唯小姐比喻成未爆彈……已經不管說什麼都來不及了。這樣可能連我們都會被拖下水吧？真是短暫的人生啊～」

「「「咦咦咦咦咦咦咦咦？」」」

伊莉絲先不論，就連不知道病嬌為何物的茨維特和瑟雷絲緹娜，都因為這駭人又醜陋，名為愛的占有慾而感到恐懼。

唯用病嬌來形容也實在是危險過頭了。

根本是（心意）太龐大、（愛）太沉重、（占有慾）太強烈……凶殘過頭的暗嬌。

也有可能是心理病態。

「對不起喔，小華音。爸爸好像只要聽到妳的名字，就會想起其他女人……呵呵呵，別擔心。媽媽不會讓妳落單的……死的時候會大家一起死的喔。」

「唯、唯小姐，請妳冷靜點！」

「撞名這種事情很常見吧。別想那種傻事啦！」

「叔叔！怎麼辦！都怪我，亞特先生一家人要發生慘劇了！」

「要是只有亞特一家人消失那還好說呢。我剛剛有說吧？『這樣可能連我們都會被拖下水吧？』這句話。」

「「咦？」」

沒錯，問題在於唯是嚴重的病嬌。

唯不能容許女兒的名字與她素未謀面的女性一樣，也不能容許那位女性是亞特認識的人，也不能容許女性的名字經由他人之口傳入亞特的耳中。

而且她也無法容許自己所愛的丈夫一旦聽到這個名字，腦中就會浮現那位女性的臉這件事。

既然生活在一般社會，就經常會發生因為手機來電而想起某人的事情，可是唯就連這種情況都不能接受。更何況那是亞特認識的女性。老實說真的太強人所難了。

而他們現在就處在唯不管什麼時候爆炸都不奇怪的危險狀態下。

「我明明一直不希望必須用上這東西的那天到來……為什麼大家都想從我身邊奪走阿俊呢？那些人還是消失比較好吧？」

唯從道具欄中取出的東西。

那是結合了因為大家都知道的某個殺人狂用過而聞名，本來是用來砍樹的道具製成的一把劍。

「這、這個……難道是傳說中的鏈鋸劍，『十三號星期五 V－Max』？」

「啥，你說的……是岩鐵先生打造，初期的瘋狂武器系列？為什麼唯手上會有那種東西……」

「泰德和岩鐵一時興起趁勢製作的初期咒裝武器……我記得那玩意兒好像還附帶自爆能力……泰德為了調整詛咒而帶出去了，該不會！」

「泰德那傢伙，就這麼想要殺了我嗎！」

「初戀對象身邊已經有別的男人了。這個～也難怪他會想殺了你吧。雖然是藉由他人之手啦……」

「他是想連同唯一起解決掉我嗎……那傢伙到底多病態啊。」

跟蹤狂有好幾種類型。

「殺了你之後我也會去死」的拖對方一起上路型，「只要殺了你，你就永遠屬於我了……」的自我中心占有思考型。還有「他背叛了我……他背叛了我！」這種擅自激動起來自滅的類型。共通點是都會給旁人添麻煩。

泰德似乎是會自己待在安全的地方操控情勢，再借刀殺人，把周遭的人全都牽扯進去的類型。而唯應該算是會排斥一切的破滅型吧。

「唔呼呼呼……阿俊只要有我就好了，不需要其他女人……這個世界上只要有我們一家人，也不需要其他的人。因為太礙眼了，得仔細地除掉所有人才行呢……呵呵呵。」

「老、老師……為什麼我有種連無關的我們都被當成了目標的感覺……」

「啊哇哇哇……唯小姐原來是這樣的人嗎！叔叔，想點辦法啊！」

「為什麼連我都被當成目標了啊？師傅……那女人很危險耶！」

「我可能不該幫忙讓亞特和唯小姐重逢吧。完全沒想到事情會演變成這樣呢。哈哈哈……」

「……總覺得很對不起大家。我在地獄也會向各位賠罪的……請大家死心吧。」

「「「你也太快放棄了吧！」」」

大叔後悔自己不該出於好意，做出讓兩人重逢的錯誤決定。亞特則是已經死心，覺得事到如今說什麼都沒用了，準備接受這個命運。而遭到牽連的三人，單純就是運氣和出現的時機太差了。

慘劇就此揭開序幕。

「……夏克緹小姐、蜜絲卡小姐。妳們有沒有聽到慘叫聲？」

「有聽到……我也不敢去看情況，就放著別管吧。反正一定又是唯小姐拿刀捅了亞特先生。」

「呵呵呵，事情似乎變得很有趣了呢。為了避免出現受害者，也把這件事情告訴其他的僕役們吧。沒錯，叫大家千萬不要靠近……呵呵呵。」

『『這、這個人是怎樣……這件事有這麼有趣嗎？』』

響徹索利斯提亞公爵家別館的好幾道慘叫聲，碰巧被造訪這棟別館的商人們聽見，謠言瞬間傳遍了整座桑特魯城。

雖然新聞記者也有跑來採訪，但無論是誰都絕口不提事情的真相，這件事僅在社會上引起了一點小騷動後，便消失在歷史的黑暗之中了。

只除了一個人，隸屬於傭兵公會的少女魔導士有好一陣子晚上都會作惡夢，痛苦地喃喃說著：「唯小姐好可怕，唯小姐好可怕，唯小姐好可怕……」

◇◇◇◇◇◇

梅提斯聖法神國中的某個商業都市。

裡頭的商人大多和神官勾結圖利。商人們仗恃著神官的影響力，在周遭諸國的交易上占有優勢，再將營業額的其中一部分拿去賄賂神官，建立起雙方的關係。

然而長久持續下來的關係，也因為回復魔法開始廣泛地在周遭諸國內販售而開始走下坡，現在神官們的影響力仍持續低迷不振。

結果這些以神官們為後盾的商人受到至今為止遭受不當待遇的他國商人反擊，被逼入了絕境，連要進行一般的交易都很困難。

其他國家的商人就是如此的怨恨他們吧。

當然也有很多商人因此失業，無法接受現實而開始接觸毒品，逃入回憶之中的人也增加了。

其中某個原為商人的男人，現在正在沒什麼人會來的地下水道購買毒品。

「喂、喂～快點給我啊……我已經沒有那個就受不了了……」

「喂喂喂，只有這點錢，我可沒辦法賣多少給你啊。頂多只能賣你三天份喔。」

「求你了！我的腦袋快要瘋了。藥……快把藥賣給我！」

「唉，你想要的話我是會賣給你啦。不過真慘啊。就連原本經營大商家的你也變得如此落魄。我還真不想變成你這樣。」

奪走毒販手上的毒品後，原為商人的男人顫抖著手取出一顆，沒配水就硬是吞了下去。

這或許是速效性的毒品吧，男人轉眼間便露出了幸福的笑容，沉浸在回憶之中。

「有錢的話我會再賣給你的。在那之前好好賺錢吧。」

毒販用憐憫的眼神看著原為商人的男人，接著便為了去找下個客人而離開了。

獨自留在現場的男人正因為毒品而做著美夢。

然而惡夢逼近了正傻笑著流口水的他。

漆黑的影子悄悄地靠近男人，確認周遭沒有其他人類後，霧狀的身體一口氣透過男人的口鼻侵入他的體內。

「咕哈、嗯咳…………唔唔……咕唔……」

男人雖然痛苦掙扎了好一陣子，最後仍在一陣抽搐後安分了下來。

經過一段漫長的寂靜時光後，發生了異變。

男人的身體開始異常地膨脹，從脹起的背部肉塊上長出了無數的白皙手腳。

簡直像是寄生蟲吞噬了宿主的肉體，並羽化為成蟲。

只不過穿破男人的身體出現的不是蟲子，而是樣貌駭人的怪物。

怪物的外觀有點像蜈蚣，但是全身都像是人類的肌膚，頭部附近長出了女性的上半身。看起來多得數不清的手腳，外型也和人類的手腳一樣。

此外，長出來的女性上半身的頭部上，原本應該是眼球的位置長出了有如蝸牛的雙眼。

身體各處都有著眼球與嘴巴，且各自恣意蠢動著。

「唔呵呵……成功了。我終於取回肉體了！」

「不是，我說莎蘭娜大姊啊……妳仔細看看自己的身體吧。這是人類的身體嗎？」

「咦？」

莎蘭娜仔細確認了自己現在的身體。

不用說，這模樣和她所希望的外表相去甚遠——不，應該說簡直像是在地平線另一邊那種程度的天差地遠。

「這、這什麼啊！」

「完全是個怪物呢。」

「雖然得到了身體，但這樣可沒辦法出去外頭啊。」

「而且這身體連想上個女人都不行啊……嗚呼。」

「你們這些傢伙，殺了人還有臉說這種話啊！」

「還來！把我們的人生還來！」

「咿嘻！嘻嘿嘿嘿嘿……」

從身體上的無數嘴巴裡分別吐出了不同的話語。

「怎、怎麼會變成這副模樣……」

「這我們怎麼可能知道啊。」

「因為大姊是笨蛋嘛～……」

「那種事情根本無所謂！你們居然殺了我的家人！我要詛咒你們！」

「啊哈哈哈，看妳這悽慘的樣子，真愉快。」

無奈的盜賊們的靈魂，以及化為殭屍的受害者魂魄自顧自地吵了起來。

這副模樣出去一定會成為眾人討伐的對象，離開地下水道跟自殺沒兩樣。

「不、不要啊啊啊啊啊！我才不是這副模樣～～～！」

莎蘭娜可能是受不了這過於駭人的樣貌吧，她使出全力逃離了現場。

他們之所以會變成這副可悲的模樣，是因為原為商人的男人服用的毒品。

這個毒品是以前伊薩拉斯王國為了強化軍力而加入魔導具中的邪神石，由於無法控制，所以被開發部門和亞特視為危險物品，以處分廢棄物為名行恐怖行動之實，將邪神石混入了破壞行動用的毒品裡，流入了黑社會。

亞特的目的是稍微找一下四神麻煩，伊薩拉斯王國的軍務部也想多少對敵國造成一些打擊，所以刻意讓這東西落入了梅提斯聖法神國的罪犯手裡。

亞特和軍務高層人士有扯上關係的事情，包含守護符在內，就只有這兩件事了。

這種毒品效果雖然很微弱，不過多次攝取會讓人類變質為怪物，所以在和索利斯提亞魔法王國結為同盟的小國家群內屬於禁藥。

莎蘭娜他們就是吸收了這些毒品才會發生異變。

因此從殭屍變成了噁心生物的莎蘭娜等人，幾天後被下水道的清潔人員發現，成了遭人追殺的討伐對象。

第十三話　貝拉朵娜小姐的私人問題

在山脈上空飛行的黑色生物。

那張開巨大雙翼飛行的姿態有如巨龍，然而散發出的氣息卻邪惡的不像生物。

『……喂。』

『幹嘛？』

『你想說點什麼有趣的事情嗎？比方說覺醒成為被虐狂的男人。』

『那件事已經說七十三次了喔？』

『不是，不是那件事啦。我們……是不是有從那個女神那裡得到一個別名啊？』

如同大家所知，這是勇者們的魂魄集合起來，篡奪了生物的肉體，完成異常進化的「賈巴沃克」。

不知是偶然或是必然，他們遇見了女神，因此解決了肉體不穩定（主要是過胖）的問題，為了實現每個人的復仇計畫，正漸漸朝著梅提斯聖法神國移動。

雖然途中魂魄們在試著靈活運用身體的同時，討論該如何復仇，還多聊了很多無謂的事情，所以好像花了不少時間……

而他們從女神「阿爾菲雅．梅加斯」口中獲得了別稱，然而——

『是來自黑暗的復仇者……嗎？』

『我記得是比黃昏更為血紅之物喔？』
『這樣很灰暗耶。我記得是饅頭好可怕吧？』
『不是Mr.烏克麗麗嗎？啊，我們之中也有女生嘛。那應該不對。』
『無所謂吧。別名那種東西很丟臉耶。』
『感覺很蠢。』
『比起那個，全裸橫越大陸的女人的冒險故事還比較有趣～好在意後續喔。』
『『『『真的。』』』』
——他們徹底忘了。
「滅魔龍」好歹也是神賜給他們的別名，可是當時的魂魄們終於從過度肥胖的身體當中獲得解脫，只顧著高興，沒什麼在聽人說話。
他們好像也順勢對阿爾菲雅說了些什麼，不過在和她分開之後，他們為了習慣這個身體，一邊往西前進，一邊在各地和魔物大戰，把瑣碎的事情全都忘光了。
這也就表示他們有多受過去那個肥胖的身軀所苦吧。
照一般的情況來想，忘了這件事會遭天譴的吧，不過阿爾菲雅可能也是順著當下的氣氛取了這個別名，所以應該不是特別在意這件事。不如說她本人也很有可能已經忘記了。
說穿了不過是順勢而生的一幕。
『我是還記得名字是賈巴沃克啦……』
『那就夠了吧。比起那個，現在該討論的問題是要先襲擊哪裡吧。』

『不就找個城砦下手嗎？從國境開始慢慢地摧毀這國家，將他們逼入恐懼的深淵。』

『不，這種時候該從城鎮開始下手吧。燒光四神的教會。』

『不能把無關的居民也拖下水吧。要做就得做得爽快點。』

『是啊。我們原本好歹也是勇者。』

他們雖然算是復仇者，不過他們怨恨的對象只有包含法皇在內的神官們，並沒有打算要屠殺所有的居民。

經由阿爾菲雅之手調整過後，那些自我意識差點崩壞的古代勇者們的魂魄也找回了理性，決定朝著不要傷及無辜的方向來採取行動。

更重要的是他們想要帥氣的登場。

他們是有所堅持的復仇者。

『總之先在國家上空繞圈吧，這樣應該會讓他們嚇得驚慌失措吧。』

『我沒異議。然後大前提是要一個個打掉神殿，城砦只要在受到攻擊的時候反擊就好了吧。』

『下手的地點隨便挑就好了，看當時的心情跟情勢來決定。』

『如果碰到同類（勇者）該怎麼辦？』

『這種時候該好心地告訴他們真相吧。他們應該會不知所措吧。』

『呀哈哈哈啊～揭露真相的時候到啦～！』

『那我們就～出發吧——！』

漆黑的巨大身軀從空中飛往目的地。

於是賈巴沃克就這樣大搖大擺地侵入了梅提斯聖法神國的領空。

在地面上發現了賈巴沃克身影的城砦守衛騎士，還有正忙著務農的民眾無不驚愕，國內頓時陷入一片混亂。

將會震撼整個梅提斯聖法神國的事態終於開始了。

◇◇◇◇◇◇

位於梅提斯聖法神國與阿爾特姆皇國交界處的「修托馬爾要塞」。從那裡往西北方再過去一段路的地方，有一座名為「十七號城砦」的據點。

沒有正式名稱，只有編號的這座城砦，主要是用來收藏及保管物資，在出狀況的時候負責供應修托馬爾要塞糧食及物資，扮演著後方支援的重要角色。

進攻阿爾特姆皇國之際也運送了許多物資到這座十七號城砦，然而當時由於戰敗，這座城砦也曾被當成野戰醫院使用，負責接收、治療修托馬爾要塞無力收治的眾多傷患。

在「強大巨蟑」出現時，此處遭受大舉進擊的小強軍團殘黨波及，落得了城牆損壞，建築物也半毀的悽慘下場，現在仍在進行修復工作。

不過因為能找到的工匠比想像中的更少，所以修復工作也遲遲未有進展。

「喂～休息了。」

「啊？喔……我站著睡著了一下。」

「真虧你能站著睡。是說你別偷懶啦。」

「不是啦，是太閒了，害我忍不住想睡。」

負責看守城牆的士兵們暫時從漫長的監視工作中獲得了解脫。

雖然這裡離修托馬爾要塞有一段距離，但是名為「邪神爪痕」的溪谷雖時都有可能出現強大的魔物，所以士兵們總是保持著警戒。可是最近陷入了人手不足的困境。

其中監視更是尤其重要的任務，可是現在從原本的四班制改成了兩班制，因為上哨的時間大幅延長，導致士兵累積了不少精神上的疲勞。

只要稍微鬆懈就會倒下吧。

「儘管離國境有段距離，但這裡可是重要的據點喔。雖然我是可以理解你的心情啦。」

「在魯達．伊魯路平原的敗戰大幅加重了我們的工作負擔啊。勇者到底算什麼啊。」

「真是太小看獸人了……唉，不過就算勇者再強，光憑一個人也打不了仗啊～」

「像白痴一樣突擊，結果被人打趴回來了呢～這種事情發生過多少次了啊？唉……好想放假。」

在這不到一年的時間內，梅提斯聖法神國連續發生了不幸的事件。

從聖都「瑪哈．魯塔特」的崩壞開始，在魯達．伊魯路平原徹底敗北。周遭國家締結同盟造成的外交衝突，以及回復魔法開始在一般通路販售後，導致各國對神官的需求性降低。

若是再算上「強大巨蟑」襲擊時造成的損害，這些連續發生的不幸事件讓人不禁覺得梅提斯聖法神國根本就是受到詛咒了。而且還有好幾位勇者失蹤。

據說四神也沒有降下神諭。

「回復魔法啊……我也想學呢。據說鍊金術師已經開始自稱為醫療魔導士了。利用藥物和魔法實施的治療方式一旦普及，應該會比神官們更有需求性吧。」

「嗯，比起經過漫長的修行，好不容易才學會一種神聖魔法，採用魔法藥與回復魔法雙管齊下的做法更有效率啊～不管受傷還是生病都不用怕啦。萬無一失～」

「這個國家真的沒問題嗎？」

「我不知道。我本來就是傭兵出身，對那些神官或聖騎士沒什麼道義可言～」

「這話可別對其他人說喔？你會被當場砍死的。」

許多士兵和騎士都有著一股難以言喻的不安。

其實不僅他們，居住在城鎮的民眾、商人，甚至連黑社會人士，每個人都認為梅提斯聖法神國岌岌可危。

商人們尤其認為這狀況是個危機，實際上已經出現了從周遭國家進口的商品物價攀升的問題，愈是接近聖都，價格就愈是翻漲。

其中又以鹽最嚴重，已經漸漸漲到對一般民眾而言有些負擔不起的高價了。

「小國之間要是聯手，從戰力層面來看也足以和這個國家抗衡吧。要是隨便找理由發動侵略，反會被別的國家攻入。狀況真的是很麻煩呢～」

「現在光是內政就已經夠吃緊了，沒有多餘的預算或人力來攻打其他國家吧。畢竟最大的威脅是獸人族。」

「過去從他們手中搶來的土地，又被他們搶回去了吧？而且還成立了組織……一定有帶頭的王。」

「至今從未出現過的發展似乎讓上頭的人一陣慌。一定是他們平常做太多壞事的報應啦。」

盛衰榮枯乃世間真理。

梅提斯聖法神國至今從未遭受過強力的反擊，跟鄰接的大國葛拉納多斯帝國之間也只起過小規模的衝突。

就算回顧過去，歷史性的敗戰次數也是屈指可數。

梅提斯聖法神國奉行人類至上主義，精靈和矮人的地位低落，獸人在這個國家甚至被當成奴隸。

梅提斯聖法神國曾經給了光會靠蠻力打仗的獸人們的作戰「只懂得猛衝，沒有戰略性可言」的悽慘評價，萬萬想不到如今自己會在戰術層面敗北吧。

而且敗北的局勢仍持續至今，騎士和士兵的人數也因此大幅折損。

畢竟除了在戰場上喪命之外，遭到俘虜的人也會被打斷手臂或雙腿，讓他們陷入即便接受治療也無法再正常作戰的狀態。而且培育士兵也不是免錢的，只能在遭受更多無謂的損傷前，命令士兵們撤退。

更嚴重的問題在於，聽說獸人族的領袖強得跟怪物沒兩樣。

對方最近甚至會隻身闖入並攻陷城砦。

「是說，關於那個傳聞……就是對方隻身攻下城砦的那件事，你怎麼看？」

「正常來說不可能吧。如果是派間諜下毒那還另當別論，單挑城砦不是正常人能做到的事情吧。」

「我也是這樣想，但那傳聞好像是真的喔。我的同梯剛好派駐在那座被打下的城砦，結果被毀了雙手雙腳，騎士人生就這樣完蛋了。活該啦～」

「你很惡劣耶……你這麼討厭對方喔？」

「那傢伙不但長得帥嘴巴又甜，超受女人歡迎啊。我姊也迷上了那傢伙……可惡，帥哥都去死一死啦！」

「說得對！」

雖然是休息時間，不過這兩個大男人完全忘了監視工作，只顧著聊八卦。

他們不覺得阿爾特姆皇國會攻打過來，所以光明正大的在偷懶。而且因為過度的長時間勞動，導致他們的士氣低落無比。

要是被人撞見這副景象，他們兩個肯定會被滅薪，不過相當於他們上司的隊長也處於差不多的狀態下，所以沒有人會責怪他們。

然而這兩人一如往常的日常生活，今天卻有所不同。

兩人的周遭突然出現了黑暗的影子。

「怎、怎麼了……等等，那是什麼？」

「那、那那……那玩意兒是龍嗎！」

漆黑巨龍飛過上空。

不，要說那是條龍，也未免太過邪惡了。

看起來能夠輕易毀滅城砦的巨大身軀，正朝著本國高速飛去。

「不好了！要是那種東西在國內大鬧……」

「不知道會造成多大的犧牲。趕快派人騎馬傳令！」

「不，已經太遲了吧？對方飛在天上，傳令怎麼可能來得及？」

城砦內陷入恐慌。

畢竟不光是同僚，連負責修復城砦的工匠們都親眼看到了。

而且那還是一條擁有災害級巨大身軀的龍。眾人都只在童話故事裡頭聽說過這種生物。

雖然有可能已經太遲了，城砦的士兵們仍派出快馬傳令。

這一天，梅提斯聖法神國首度目擊了「賈巴沃克」的身影。

同一天，據說有一座神殿被破壞得面目全非。

◇◇◇◇◇◇

「嗯……」

朦朧中的意識逐漸清醒，貝拉朵娜在床上醒了過來。

「妳醒了啊，糖糖。」

「啊……路希翁。你已經起床了嗎？」

「不，已經中午了。我看妳好像很累，所以想說讓妳好好休息。我應該叫醒妳嗎？」

「謝謝你這麼體貼我。畢竟在店裡只會累積壓力……還有，別叫我的本名。」

平常住在自己經營的魔導具店裡的糖——不，貝拉朵娜，現在正在她男友位於舊街區的家裡。

貝拉朵娜經營的店終年赤字，無可奈何之下只好到公爵家經營的索利斯提亞派工坊打工。工作內容由於被下了封口令，所以她不能透露給任何人。

每天做的都是將魔導術式刻在鐵板上的單調工作，精神與魔力都疲勞到了極點。

雖然她有想過要住在工坊裡，可是跟思考邏輯有問題的矮人在一起，很有可能會被塞額外的工作，所以她才跑到鄰近的男友家來過夜。

順帶一提，她的男友路希翁是個鞋匠，在舊街區一隅擁有一間工坊兼自用住宅，是一個希望能獨當一面，正在努力鍛鍊手藝的好青年。

「呼……嗯～～！總覺得很久沒有這樣好好休息了。」

「以我的立場來看，我是希望妳隨時過來住。一個月只能見面兩、三次，老實說讓我充滿了危機意識啊。」

「我也很想，但我不想讓那個笨蛋跟你見面啊。你人太好了。」

「妳為什麼不開除她？如果是妳，應該馬上就會這麼做了啊。」

「我開除了啊。可是那個笨蛋笨到連自己被開除了都會忘記，會給我添一堆麻煩。她是真的覺得世界都圍繞著她在轉。」

「我雖然每次都會聽妳抱怨……不過原來她比我想像得更自我中心啊。」

「我想要除掉她的次數已經多到數都數不清了。」

即使在店裡，那個自稱天才的愚蠢店員也一定會惹事生非，只會害貝拉朵娜累積更多的壓力。

揍她也不會改善，總是往對自己有利的方向來思考事情。不，應該說故意把事實扭曲成那樣。

說好聽點叫做積極正向，說難聽點就是自我中心型的沒常識犯罪偽證欠缺學習能力的重度白日夢病患。是個所有事情都能在自己的腦中作結的異常人士。

貝拉朵娜根本不想讓男朋友見到這種人。也不打算讓他們碰面。

「要是她和路希翁你碰面，一定會把你當成嫌疑犯。她就是個無可救藥的笨蛋。」

「即使是如此，糖糖妳也沒必要一個人承擔啊。」

「唉……要是跟那個笨蛋扯上關係，路希翁你也會無法保持正常的。我不想讓你碰上那種事。」

「看妳用那死魚般的眼神這麼說，我反而很擔心耶？要是妳有個萬一，我可能會發瘋吧……原來那個人這麼誇張嗎……」

「沒關係，我對那個笨蛋有抵抗力。不過認識那個笨蛋的人絕對都想著『她怎麼不快點去死一死啊』吧。我想應該有很多人想要殺了她吧？」

「真虧她沒有變成罪犯呢……」

廢物店員庫緹。

她之所以沒有變成罪犯，是因為她犯的錯全都是些可以靠溝通就解決的小問題，而她會把責任丟給她身邊的人來處理。

比方說她就算在餐廳裡賒帳，也會推給貝拉朵娜或其他朋友去付錢，等事情發展到無法解決的狀態時才會哭著求饒。然後再反覆做出同樣的事。

一旦對她好她就會得意忘形；對她冷漠，她又會丟下「哼，無所謂～！等到我不在了妳再儘管傷腦筋吧～」之類的話離開。

即使趕走她，她也會在鎮上徘徊時被別的事情給吸引，然後完全忘記自己是被趕出去的，若無其事的跑回來。

還會附帶她在這段期間內在鎮上幹盡蠢事的伴手禮。

衛兵似乎也不想跟庫緹有任何瓜葛，甚至說過「請別讓這種傢伙出來亂跑。我們建議您，可以的話請把她拴好，鄭重地隔離在地下室內」之類的話。要是真的可以，貝拉朵娜早就這麼做了。

「我想要是我殺了她，應該也會酌情輕判，獲得無罪判決吧。」

「不，對我來說，糖糖妳動手殺人是個不可忽視的問題啊！」

「世界上就是有這種人。明明是好人，卻是惹火他人的天才……庫緹就是這樣的人。而且她不會反省自己的行為……不，因為她沒有自覺，所以不會知道自己有問題。」

「這已經不是一句精神異常可以打發的事情了喔？」

不管再怎麼調皮的小孩，父母都會持續叮嚀，有時也會用打罵來教會孩子如何明辨善惡或是事物的好壞。可是庫緹沒有這樣的經驗。

她應該是根本性地缺少了理解他人痛苦或不高興的能力，所以才會不斷重複做出同樣的行為。而且她真的認為自己是天才，同時也會因此得意忘形，偶爾還會做出揶揄他人的言行。

這樣的人卻算是好人，實在奇妙。

「我還是把店收一收，結婚好了……」

「結婚是很好，不過聽了這理由，我的心情很複雜啊。那個廢物店員不會一直糾纏著妳嗎？」

「我可以毒殺她之後拿去餵給史萊姆……呵呵呵。只要找不到屍體就是完全犯罪了，鎮上的人也會很開心。那個笨蛋根本不知道自己有多討人厭……」

「糖糖，妳病了……」

看著每次見面，精神狀態便每況愈下的女朋友，路希翁心裡很是擔憂。

貝拉朵娜已經被逼到想要殺死廢物店員的狀態，再這樣下去她可能真的會執行殺人計畫。這已經是遲早的問題了。

反過來說，可以把一個人逼到這種程度的庫緹也是厲害。

「唉～……我去外面呼吸一下新鮮空氣。舒爽的早晨就這樣報銷了。」

「不，所以我說已經中午了喔？午餐也準備好了……比起這個，妳想穿那身煽情的打扮出去嗎？」

「哎呀？」

貝拉朵娜一身光溜溜，只披了件襯衫。

她久違地與男友度過了熱情的一晚，唯有這方面充分地補充了活力。

「呵呵呵……矮人們也真會差遣人呢。雖然在這裡有你療癒我，可是我的身體使不上力氣……」

「我是覺得我也是害妳使不上力氣的原因之一啦……別說這個了，我本來就覺得矮人很不正常。妳整個人都搖搖晃晃的嘛，我扶妳。」

「還有，幫我……換衣服。」

「好好好。」

看樣子要不是兩人度過了相當火熱的一晚，就是工作太過勞累，讓貝拉朵娜消耗了大量的體力。路希翁動手幫她換了衣服。

先不論火熱的夜晚如何，跟工作狂矮人共事，不眠不休不吃不喝地連續被操個三天以上可是家常便飯。

保證供應早、午、晚三餐，晚上可以好好睡個覺的職場，可是相當少見的幸福企業。

就這個層面來看，某土木工程公司算是不錯的了，不過現在貝拉朵娜打工的地方是索利斯提亞派工坊。這裡對矮人們來說是兼具了興趣與實際利益的理想職場，所以根本停不下來。

反正在做出成果之前可以盡情做到爽，所以矮人們也是想做什麼就做什麼。

目前的狀況就是這裡對於欠缺體力的魔導士而言化為了地獄的職場。

「要是不請上頭的人加薪，老實說實在不划算呢。這樣下去在賺到生活費之前我就會沒命了。只有錢能夠讓我提起幹勁。」

「妳的精神還撐得下去嗎？唉，畢竟職場裡有矮人在啊～……」

換好衣服之後，兩人為了呼吸外頭的新鮮空氣，從玄關走了出去。

然而兩人在那裡看見的是——

「啊～～！找到店長了！」

「……妳、妳為什麼會在這裡啊？」

「莫、莫非，她就是傳說中的……」

「沒錯！同時具備閃耀的知性與美貌，揭露邪惡的大犯罪。正義的天才名偵探庫緹，降臨傳說中的現場啦！」

『『應該是「天災」吧……明明沒人叫她來，煩死了。』』

好死不死的是他們最不想見到的人物。

穿著女僕裝，會走路的災難。

閃亮的眼鏡正是她魅力所在的廢物店員，一身繃帶地掛著得意洋洋的表情，在大街上絲毫不覺得羞恥地擺出了奇特的姿勢。還光明正大的大聲報出了自己的名號。

而且很厚臉皮的強調自己是天才還是美貌什麼，超讓人火大。

「她為什麼身上包滿了繃帶？」

「因為明明沒做好人家交代的工作，卻擅自增加了多餘的工作，被矮人們給痛扁了一頓。儘管如此她還沒死，所以說她真的很強壯……明明死一死就好了。」

「毒……對她有用嗎？」

「在我一度趕她出去的時候，她好像有去撈廚餘來吃。所以她對毒說不定也有抗性。感覺就算人類滅亡了，也只有這傢伙能存活下來。」

庫緹果然在打工地點也派不上用場的樣子。

順帶一提，庫緹負責的工作是加工鐵板，因為她還是冒險者時有揮過鎚子，所以是她自願從事這份工作的。

可是原本就很粗枝大葉的她根本不可能好好完成工作，做出了大量的瑕疵品。

就算工匠們指示她要怎麼加工，她也會瞧不起人的說「這種事情由我這個天才出手，根本就是輕而易舉，隨便做就夠了」這種話，繼續亂做，因此惹怒了重視專業的矮人們，並數度對她飽以老拳。

再說她前一天應該比貝拉朵娜更早就回去了才對，貝拉朵娜實在搞不懂她為什麼會出現在這裡。

「店長～店裡的門鎖著沒開喔？妳這不是害得我只能睡在小巷裡了嗎～」

「啊……這麼說來鑰匙在我身上呢。不過反正是妳，就算睡在小巷裡也沒人會偷襲妳的啦。」

「才沒有那種事呢！像我這種絕世美少女睡在小巷裡，一定會有一堆男人哈得要死！啊啊～我真是太罪過了。」

「說什麼美少女……妳都成年過了多少年了啊。根本已經錯過結婚的時機了吧。」

「女孩子啊，無論何時都不會忘記少女心的～連這種事情都不懂，店長也終於踏入大嬸的領域了嗎……咯噗！」

貝拉朵娜憤怒的拳頭不由分說地揍上了庫緹的臉。

而且這還是用身體強化魔法使威力加倍，毫不留情的一擊。

庫緹的身體用以物理法則而言不可能發生的方式旋轉並撞擊地面，誇張的彈起來之後撞飛了垃圾桶，用力的撞上了牆壁。

「那樣她應該死了吧……」

「如果是那樣就好了。」

「痛痛痛……店長～妳好過分喔。妳就是因為這樣才沒人要娶……啊噗唔！」

不僅強化了身體，還用火系魔法附加了屬性，再加上加速的力道，威力爆增的飛踢再度擊上了庫緹的臉。在正常情況下這威力就算徹底粉碎了她的頭也不奇怪，可是她卻只有後腦杓陷入牆裡而已。

儘管如此還是活著的庫緹，以某方面來說或許是個妖怪。

「唔……我只是說實話啊。」

「煩死了！比起那種事情，妳為什麼在這裡亂晃啊。有可疑人物在街上走來走去，光這樣就算是犯罪行為了吧。」

「誰是可疑人物啊～！請稱呼我為人人欽羨的天才。」

「妳不是天才，是天災吧。小孩子看到都會嚇得逃跑的可疑人物，少在這邊給我光明正大的走在街上！妳會給一般民眾添麻煩吧！」

「這要怪店長妳沒有先打開店門啊～可以準備一把鑰匙給我吧～」

「把鑰匙給妳，妳一定會擅自拿去打備鑰，我死都不要。要是我把妳趕出去之後妳又偷溜回來捲款逃走，那我就頭痛了。有怨言就去對曾經留下從老家偷拿生活費逃走這個前科的妳自己說吧。」

可能是因為以前做的壞事被人挖了出來，庫緹別過頭去，想要裝死。

畢竟她的腦袋裡就是「沒錢」→「畢竟有我這個天才在當店員，稍微拿一點出去也無所謂吧～」→「比起超難吃的飯，還是奢華的大餐比較適合我這個天才～」→「今天就去高級的店吃晚餐吧！」裝著這樣的思考邏輯，無可救藥的自我中心。

她不會想到這是店裡的營業收入或是別人的錢。

離開老家的時候，她也是抱著「我這天才的腦袋待在農家只會遭到埋沒，反正等我出人頭地再送錢回家就好了，現在借用一點也還好吧～」這種想法，就擅自把錢拿走了。

因為這樣逼得庫緹的父母和兄弟過了超過三個月的貧困生活。而且不用說，庫緹到現在還是沒有送錢回家過。

「哼、哼。店長妳還不是一樣，妳跟我沒見過的男性在一起做什麼啊？難道……」

『呃！』

對貝拉朵娜而言，她最不希望庫緹提起的就是路希翁的事。

要是又失去了安寧之處，她會很頭痛的。

「難道……店長，請妳去自首。」

「啥？」

庫緹的愚蠢腦袋導出的結論，實在是讓人想不透前後是怎麼串在一起的。

以前貝拉朵娜雖然說過「我有男朋友」，可是庫緹完全忘記了。

「就算再怎麼樣交不到男朋友，居然抓著別人的弱點，逼人家任妳擺布……店長是什麼時候變得這麼沒人性了……啊，原本就是呢。」

「妳、妳這大笨蛋……」

「唉～嫁不出去快變成中年大嬸的店長，居然墮落至此了啊～放心吧，在刑期結束前我會負責管理店面的！」

「煩死了！妳給我差不多一點！」

貝拉朵娜用有如行雲流水般的動作繞到了庫緹的背後，用雙手抱住她的腰往上抬，來了一記漂亮的背橋摔。

然後硬是把眼冒金星的庫緹拉起來之後，頭下腳上的抱著她，接著來了一記頭部坐擊。再加上一記巨人迴旋，讓她撞在了路燈上。

頭部接連受到重擊，強壯如庫緹也還是暈了過去。

反過來說就是不做到這種程度，她是不會暈過去的。

貝拉朵娜的身體強化效力還在，她靠著增強後的體力把庫緹摔到了鋪有石板的路面上。這樣要是還沒暈過去，那就不是人了。

庫緹還是人類這件事勉強得到了證明。

「嘖……還有呼吸啊。」

「糖糖……妳平常都在做這種事嗎？」

「只要這個笨蛋沒惹我生氣，我是很善良無害的。」

「這……辛苦妳了呢。如同妳所說的，她真的很令人煩躁。」

畢竟庫緹明明受僱於人，卻把雇主當成罪犯，還大言不慚的要貝拉朵娜把店「交給她」。如果把店交給庫緹，一定三天就會被賣掉了吧。

會讓信用這兩個字赤腳狂奔逃跑的生物，這就是庫緹。

「別提那個了，倒是要怎麼處理這傢伙比較好？」

「放著不管的話，我們的關係會曝光的，也不能把她帶回家吧。」

「我不希望路希翁也成為這傢伙的受害者，該怎麼辦呢……」

暈過去的庫緹總會醒來。

要是把她帶去路希翁家，路希翁和貝拉朵娜在交往的事就會曝光，最後庫緹一定會跑來找路希翁討吃或是討錢。這些事情路希翁也聽貝拉朵娜說過了。

路希翁也不想讓這種一看就知道很煩人的女人接近自己。

「為什麼呢？我光看一眼就知道我跟她應該處不來了。」

「我想不管是誰都會有這種感覺的……嗯？」

就在兩人煩惱著該如何處置庫緹時，她碰巧看見了拿著釣竿的可疑灰袍魔導士。對貝拉朵娜而言，這個魔導士可以說是她的同志。

「喔？這不是貝拉朵娜小姐嗎？妳今天也對廢物店員使出了巨人迴旋啊？她也真是學不會教訓耶。」

「傑羅斯先生！」

「他是誰啊？」

雖然和路希翁是初次見面，不過魔導士似乎不在意這件事，觀察著庫緹。

正確來說是他光看一眼就了解庫緹現在的狀況了。

「嗯……還活著啊。我接下來要去釣魚，順便幫妳把她帶去丟進歐拉斯大河裡吧？」

「可以拜託你嗎？憑我的體力沒辦法把她帶到那裡去。」

「反正是順便。嘿咻……唔哇，比我想像中的還重。這傢伙是吃了什麼啊。」

「她大概在來這裡之前吃了什麼吧。而且她恐怕在這前提之下，還打算要我請她吃飯……」

「她到底多會吃啊。唉，要是她不在了，妳就能放鬆一下了吧。」

「如果能成真就好了……」

大叔魔導士抱起庫緹，說著「要是她能一路流向大海就好了呢」之類的話，稍微揮揮手道別後，便朝著碼頭走去。

雖然庫緹就這樣從路上被帶去歐拉斯大河了，不過這時候路希翁才意識到，這兩個人想活生生的把暈倒的人丟進河裡的異常行為，他的腦中浮現了「咦？這樣算是犯罪吧？」這個理所當然的問題。

他是個正常人。

「糖糖……這樣好嗎？這一般來說算是殺人行為吧。」

「衛兵看到庫緹漂在歐拉斯大河上也會坐視不管，他們只會覺得開心，根本不會想去調查的。因為庫緹就是給周遭的人添了這麼多麻煩。」

「這樣啊……（她給周遭造成的麻煩超乎我的想像嗎？鎮上的人到底有多排斥她啊……）」

就連衛兵都會對她見死不救的廢物店員。

老實說覺得沒跟她扯上關係真是太好了的路希翁決定立刻忘記這件事。和貝拉朵娜一起度過了幾天的甜蜜時光。

舊街區就這樣再度找回了平穩的時光。

◇◇◇◇◇◇

傑羅斯在歐拉斯大河河畔垂下釣線。

在不遠處的前方，穿著女僕裝的浮屍——也就是剛剛被丟下歐拉斯大河的庫緹正往下流漂去。

「喂，有浮屍耶……啊，這不是那個找碴偵探嗎。」

「什麼啦，別嚇我。反正她八成又是幹了蠢事，被丟進歐拉斯大河裡了吧。」

「這是第幾次了啊？我認識的漁夫都說『漁網會被弄壞，希望可以把她丟去更下游的地方』喔？」

「這傢伙就光會給人添麻煩。」

「真的是。」

船夫們發現隨波逐流的庫緹後，便打定主意要無視她，簡直把這景象當成了家常便飯。

不可思議的是沒人打算要救她。

「老大，有浮屍……」

「笨蛋，別用手指她。不然她醒了會跑來我們這裡啊。」

「等下再拋竿！要是鉤到那玩意兒，會看到地獄的。」

「是誰啊！把那種大型垃圾丟進歐拉斯大河裡。很礙事耶！」

真的沒人想要救她。

不僅如此，甚至還有人邊高喊著三聲萬歲，邊目送漂在水上的庫緹離去。

「……那個廢物的店員到底多惹人厭啊。」

大叔看著這景象，點燃了香菸，用冷淡的眼神觀察周遭。

最後或許是膩了吧，大叔將意識集中在釣線上，把庫緹的事情忘得一乾二淨了。

◇◇◇◇◇◇◇

一週後。

「店長～妳為什麼沒來找我啊～優秀的店員失蹤了耶～？我是在海岸邊的漁村醒來的耶～！」

「妳……我才想說有好一陣子沒看到妳了，妳居然偷懶沒工作跑去海邊了啊。是去渡假？妳過得還

真爽啊。反正妳多半是在港邊午睡，結果掉進河裡了吧？」

「我不記得有發生過那種事啊……咦～？」

一身破破爛爛的回來的庫緹完全忘了自己原本和貝拉朵娜跟路希翁在一起。

幸好如此，貝拉朵娜開始責怪起庫緹擅自曠職的事。

「妳的記憶怎樣都無所謂啦。既然回來了，趕快去動手打掃吧。」

「咦～我好不容易才回來的耶！讓我休息一下……」

「妳不知道上哪去閒晃了一整週，還想要休息？反正妳也派不上用場，所以至少幫忙打掃吧，妳這個飯桶！」

「這太沒道理了吧！」

唯有這次庫緹說得沒錯。

可是在她平日的所作所為造成了旁人莫大困擾的前提下，自然沒有同情的餘地。

自稱名偵探的廢物店員，庫緹。

距離她改過向善的日子還很遙遠……

賢者大叔的
異世界生活日記

阿爾特姆皇國

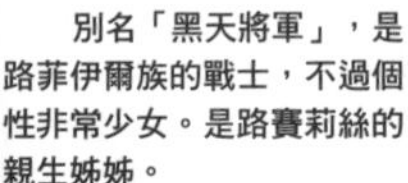

路瑟伊

別名「黑天將軍」，是路菲伊爾族的戰士，不過個性非常少女。是路賽莉絲的親生姊姊。

菈夏菈

為阿爾特姆皇國的二公主。雖然外表看來年幼，實際年齡卻比表妹路瑟伊還大一歲。

飯場土木工程

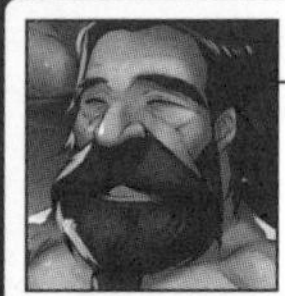

那古里

飯場土木工程的領導。在愛好勞動的矮人當中也是格外熱愛工作。有著工匠性格，對部下也毫不留情。

保齡丘

飯場土木工程的工匠，那古里父親的弟弟。是少數沒有留鬍子的矮人。個性溫和，很會照顧他人。

勇者

姬島佳乃

勇者五將之一。和以為已經喪命的青梅竹馬風間卓實重逢，在各方面都受到了很大的打擊。

一条渚

姬島的朋友。聽了傑羅斯的話之後不當勇者了。現在在索利斯提亞魔法王國的餐廳裡工作。

田邊勝彥

原本是勇者，但和一条一起辭任了。現在在索利斯提亞魔法王國和一条共同行動。

八坂學

勇者五將之一。從以前就對梅提斯聖法神國存疑，在聽過傑羅斯他們的話後更確定推測為真。

岩田定滿

勇者五將之一。在勇者中是戰鬥能力最高的人，但最終遭到梅提斯聖法神國的主教殺害。

其他

札彭

善良的漁夫。偶然間救助了莎蘭娜，因對方溫柔對待而喜歡上她，卻徹底受騙失去了財產。

玄真

日夜不懈，勤於鍛鍊劍術的流浪劍士。然而女兒楓對他懷有甚至想取他性命的恨意。

梢

楓的母親，和玄真一同旅行中。是善於隱匿行動的忍者，但也能靈活地使用魔法。

京之助

玄真的對手。過去曾是個性非常認真的劍士，但卻接觸了會讓人踏上歪路的危險藥物。

甘特

犯罪組織「毒蛇」的首領。為了掌控索利斯提亞魔法王國，鎖定了桑特魯城作為計畫的第一步。

魔導具店

庫緹

在貝拉朵娜店裡工作的店員，是個麻煩製造專家。本人真心認為自己是個能幹的天才。

卡洛絲緹

聖捷魯曼侯爵的女兒。言行舉止表現得完全是個大小姐，不過個性溫柔，很懂得體貼他人。

伊斯特魯魔法學院

迪歐

茨維特的好友。喜歡瑟雷絲緹娜，可是遲遲不敢告白。常會自己想太多。

馬卡洛夫

庫洛伊薩斯的好友，經常和他一起進行魔導具的實驗。個性爽朗不拘小節，和茨維特的關係也很好。

烏爾娜

獸人族的少女，同時也是薩加斯的養女。很仰慕在她被人霸凌的時候出手救了她的瑟雷絲緹娜。

薩姆托爾

惠斯勒侯爵家的次男。企圖靠著派系鬥爭暗殺茨維特，然而作戰失敗，最終自取滅亡。

非人之物

阿爾菲雅

過去被稱為邪神的存在復活後的樣貌。為了從四神手中奪回世界，正在做著各種努力。

路西菲爾

其他世界的觀測者派遣過來的使徒。為了讓阿爾菲雅復活，一邊哭著抱怨一邊工作。

弗雷勒絲

四神之一，火之女神。充滿活力、開朗樂天、粗枝大葉，總之個性有些幼稚。只有行動力格外的高。

阿奎娜塔

四神之一，水之女神。外表乍看之下散發出知性的成熟魅力，實際上什麼都沒在想。

溫蒂雅

四神之一，風之女神。話很少，總是在發呆。被阿爾菲雅發現後遭到封印。

蓋拉涅絲

四神之一，地之女神。對除了睡覺以外的事都沒興趣，也沒和阿爾菲雅交手便自投羅網了。

艾維爾子爵家

克莉絲汀

艾維爾子爵家的三女，同時也是繼承人。有強烈的正義感，個性認真。想成為品格高尚的騎士。

薩加斯

指導克莉絲汀魔法的魔導士，烏爾娜的養父。從以前開始和克雷斯頓就是競爭對手。

索利斯提亞公爵家

瑟雷絲緹娜

公爵家的么女，個性堅強不服輸。以發掘出自己魔法才能的傑羅斯為師，敬愛著他。

克雷斯頓

前公爵，曾有「煉獄魔導士」之稱，為人所懼怕。非常溺愛孫女瑟雷絲緹娜。

德魯薩西斯

現任公爵，精明幹練且善於經商。別名為「沉默之獅」，在黑社會中的人面也很廣。

蜜絲卡

瑟雷絲緹娜貼身專屬女僕。能幹但神出鬼沒，身上藏有許多謎團。和德魯薩西斯是學生時期的舊友。

孤兒院

路賽莉絲

是負責管理孤兒院的修女，對傑羅斯有好感。儘管身為見習神官，卻對四神教有所不滿。

強尼

住在孤兒院的男孩，是孩子們當中的領袖人物。懷抱著當上傭兵後一舉致富的野心。

拉維

和強尼同住在孤兒院的男孩。看起來做事隨便，實際上卻是個很為伙伴著想又可靠的人。

安潔

住在孤兒院的女孩。個性率直又大膽。不時會和強尼因意見相左而起爭執。

凱

住在孤兒院的男孩。平常個性敦厚又溫柔，但只要扯上肉的事便會燃起異樣的執著。

楓

住在孤兒院的高階精靈少女。鍛鍊著東方的劍術，想著總有一天要打倒父親。

傭兵

嘉內

和伊莉絲以及雷娜一同行動的傭兵。平常揮著粗獷的大劍，實際上卻很擅長料理和縫紉。

雷娜

傭兵，擅長用短劍和弓作戰。喜歡可愛的少年，過著夜夜笙歌的生活。

賽馮

史提拉傭兵公會的公會長。在原為S級傭兵時代，擁有「閃光之賽馮」的別稱。

魔導具店

貝拉朵娜

位於桑特魯城內的魔導具店的店長。因為店員庫緹的緣故，店裡的財務狀況總是很悽慘。

卷末附錄

賢者大叔的異世界生活日記

Character collection

角色介紹集

轉生者

傑羅斯

身為魔導士擁有壓倒性的強大實力，卻美中不足地有著瘋狂個性的中年大賢者。本名為大迫聰。

伊莉絲

傭兵階級C的魔導士。個性開朗有活力，無論什麼事都能順利的完成。嚮往著大冒險。

亞特

優秀的魔導士。和傑羅斯是朋友，也像是師徒。本名是安藤俊之，是唯香的未婚夫。

莉莎

是個性認真開朗的魔導士。經歷一番波折後，現在和夏克緹一起在克雷斯頓的宅邸裡當女僕。

夏克緹

散發出成熟女性氣息的魔導士。或許是因為原本想當律師，善於分析情勢。

唯

本名為船橋唯香。是亞特，也就是俊之的未婚妻，生下了他的孩子。愛吃醋到了不尋常的程度。

好色村

個性輕浮又有點笨，不過的確有實力的勇猛騎士。目前擔任茨維特的護衛。本名為榎村樹。

杏

沒在躲躲藏藏的忍者。基本上態度沉穩，言行舉止卻十分大膽。擅長縫紉，私下在販售女用內衣。

凱摩・布羅斯

熱愛獸人的凱摩・拉斐恩的弟子。作為獸人族的首領，持續和梅提斯聖法神國交戰。

莎蘭娜

說謊像呼吸一樣自然，有如詐欺師的女人。是傑羅斯，也就是聰的親姊姊。把弟弟當成工具來利用。

索利斯提亞公爵家

茨維特

索利斯提亞公爵家的長男。為了成為能擔當得起公爵家的人而日夜不懈地努力著。個性意外的熱血。

庫洛伊薩斯

公爵家的次男，與茨維特同年齡。是個徹底的研究家，而且毫不關心研究以外的事情。

©Matsuri Isora, Nanna Fujimi 2021 / KADOKAWA CORPORATION

Silent Witch 沉默魔女的祕密 1 待續

作者：依空まつり　插畫：藤実なんな

「這本輕小說真厲害！2022」單行本部門第2名
極度怕生的最強魔女充滿反差萌♥

「沉默魔女」莫妮卡·艾瓦雷特是世上唯一的無詠唱魔術師，曾獨自擊退傳說的黑龍！其實她的本性怕生到無法在人前開口!?她卻獲選為「七賢人」，還被硬塞了護衛第二王子的極祕任務？有社交恐懼症的天才魔女，展開痛快無比的奇幻冒險劇！

NT$220/HK$73

©Tsutomu Sato 2021 / KADOKAWA CORPORATION

續・魔法科高中的劣等生

魔法人聯社 1~3 待續

作者：佐島 勤　插畫：石田可奈

為爭取魔法師出國的人身自由
司波達也最強的魔法再次釋放！

真由美與遼介即將動身前往USNA和FEHR商討合作事宜。然而國防陸軍情報部為防止優秀魔法師外流到他國，竟企圖暗中阻擾!?不過，達也有其因應之道，為了確立魔法師的自由及展示魔法的存在意義，他將使出最強的魔法「質量爆散」──

各 **NT$200~220/HK$67~73**

©Matsuura, keepout 2021 / KADOKAWA CORPORATION

轉生後的我成了英雄爸爸和精靈媽媽的女兒 1~7 待續

作者：松浦　插畫：keepout

艾齊兒的女兒艾米爾在鄰國下落不明!?
鄰國海格納卻進行著一樁可怕的陰謀！

我是還在修行的女神艾倫。爸爸的宿敵艾齊兒的女兒艾米爾在鄰國下落不明。腹黑陛下求助我們幫忙，我們也決定用精靈之力幫他。但在同一時間，鄰國海格納卻進行著一樁可怕的陰謀──「艾倫會因你而死。」家族牽絆更穩固的第七集！

各 **NT$200~220/HK$67~73**

©Neru Asakura 2021 Illustration: Sawayaka Samehada / KADOKAWA CORPORATION

與其喜歡他，不如選我吧？

作者：アサクラ ネル　插畫：さわやか鮫肌

即使她有喜歡的男生我也要攻略她
臉紅心跳的百合戀愛喜劇揭開序幕！

從小就認識的少女堀宮音音有了喜歡的男生。雖然同是女生，但水澤鹿乃喜歡音音。不知不覺間，音音在鹿乃心中的地位已不只是單純的摯友。儘管如此，鹿乃在百般煩惱後的結論卻是：「就算得不到她的心，也還有機會得到她的身體……！」

NT$220/HK$67

國家圖書館出版品預行編目資料

賢者大叔的異世界生活日記/寿安清作 ; Demi譯. -- 初版. -- 臺北市 : 臺灣角川股份有限公司, 2022.03-
冊 ;　公分. -- (Kadokawa fantastic novels)
譯自 : アラフォー賢者の異世界生活日記
ISBN 978-626-321-289-3(第11冊 : 平裝). --
ISBN 978-626-321-426-2(第12冊 : 平裝). --
ISBN 978-626-321-780-5(第13冊 : 平裝)

861.57　　111000557

Kadokawa
Fantastic
Novels

賢者大叔的異世界生活日記 13

（原著名：アラフォー賢者の異世界生活日記 13）

2022年9月26日　初版第1刷發行

作　　者：寿安清
插　　畫：ジョンディー
譯　　者：Demi

發 行 人：岩崎剛人
總 編 輯：蔡佩芬
編　　輯：黎夢萍
美術設計：黃永漢
印　　務：李明修（主任）、張加恩（主任）、張凱棋

發 行 所：台灣角川股份有限公司
地　　址：104台北市中山區松江路223號3樓
電　　話：（02）2515-3000
傳　　真：（02）2515-0033
網　　址：www.kadokawa.com.tw
劃撥帳戶：台灣角川股份有限公司
劃撥帳號：19487412
法律顧問：有澤法律事務所
製　　版：巨茂科技印刷有限公司
ＩＳＢＮ：978-626-321-780-5

※版權所有，未經許可，不許轉載。
※本書如有破損、裝訂錯誤，請持購買憑證回原購買處或連同憑證寄回出版社更換。

ARAFO KENJA NO ISEKAI SEIKATSU NIKKI Vol.13
©Kotobuki Yasukiyo 2020
First published in Japan in 2020 by KADOKAWA CORPORATION, Tokyo.
Complex Chinese translation rights arranged with KADOKAWA CORPORATION, Tokyo.